中年纪

杨献平 著

山西出版传媒集团　北岳文艺出版社
·太原·

图书在版编目(CIP)数据

中年纪 / 杨献平著 . —太原：北岳文艺出版社，2021.12

ISBN 978-7-5378-6501-2

Ⅰ．①中⋯ Ⅱ．①杨⋯ Ⅲ．①散文集－中国－当代 Ⅳ．① I267

中国版本图书馆 CIP 数据核字（2021）第 262389 号

中年纪

杨献平 / 著

//

出品人
郭文礼

选题策划
李向丽

责任编辑
李向丽
康 瑜

书籍设计
张永文

印装监制
郭 勇

出版发行：山西出版传媒集团·北岳文艺出版社
地址：山西省太原市并州南路 57 号　邮编：030012
电话：0351-5628696（发行部）　0351-5628688（总编室）
传真：0351-5628680
经销商：新华书店
印刷装订：山西人民印刷有限责任公司

开本：787mm×1092mm　1/32
字数：213 千字
印张：10.25
版次：2021 年 12 月第 1 版
印次：2022 年 5 月山西第 2 次印刷
书号：ISBN 978-7-5378-6501-2
定价：69.80 元

本书版权为本社独家所有，未经本社同意不得转载、摘编或复制

目录

001　边塞军旅或青春的巴丹吉林

029　沙漠里的细水微光

050　这只是一个时间问题

070　成都笔记

095　误药记

110　地下铁

130　虚妄的行途

150　邢州记

173　抑郁记

188　圣诞，夜之诗，以及一个人的内心图景

201 混沌时刻：抑郁症与日常悬念

222 中年的乡愁

241 中年的诗歌

264 中年的爱与痛

296 我深爱着的他和你

313 **后记：人世磨难与精神履历**

边塞军旅或青春的巴丹吉林

二十三年前的那个中午特别明亮。从宿舍楼向西,穿过蝉鸣与日光的篮球场,一座红砖旱厕兀然屹立,像其他地方的同类功能建筑一样,这座厕所也分男女。但平素连个女人的影子都难以见到,只有暑假,才有几个家属带着孩子或者只身来队。男人多,小路被诸多的脚底磨得锃亮。厕所门口长着一丛红柳树,这种表皮泛红、总也长不高的沙生灌木,质地很硬,据说在古代可以做箭杆。

厕所臭气熏天,成堆的苍蝇充分发挥本性。如厕完毕,抬头看到光滑的水泥墙壁,除了臭气萦绕不去,竟然一丝灰尘都没有,这当然是官兵勤拂拭的结果。也不知道出于何种心理,我瞬间有了要在上面写点什么的冲动。正犹豫时,一摸裤兜,居然掏出一截白色粉笔。那时候,新兵训练结束后,我和几十个同年兵一起，被分到这个连队学习无线电和雷达技术，然后再根据个人情况，分配到各个合适的岗位去。

捏着粉笔，在弥散的臭气当中，我挥笔写道：

> 这沙漠由来已久，而我却像一个含苞的故事
> 刚刚发生，而且在起伏的沙丘
> 和孤单的杨树及其阴影里
> 一个人从远处来到，被河流敲醒
> 也肯定会被风抖动……

这是我到这个连队之后写的第一首诗。那时刚十九岁。此前几个月，我就像一只懵懂的兔子或者山猪，在偏僻的南太行乡村，尚还不知道中国究竟有多广阔，也不知道该怎么去面对山外的世界以及更多的陌生人。参军入伍，在彼时年代，对于多数农家子弟来说，好像是读书之外的唯一出路。当我穿过数千里山河，置身于西北的巴丹吉林沙漠，并且第一次一个人融入一个庞大的集体之后，我发现自己还是那个懵懂而又倔强、自卑却又狂妄的乡村青年，尽管军事训练和思想政治教育频繁而又深入，但我却没有因为某些理论与规则而变动半分，反而有所增强。

巴丹吉林沙漠的冬天西风刮骨，尘土飞扬。在紧张而辛苦的军事动作当中，我依旧想有一些自己的时间。这当然不被允许，我只好选择脚疼、感冒等时机，借以从整齐划一的队列和集体活

动中解脱出来。那是一个空旷的夜晚，我一个人躺在容纳十几个人的大通铺上，忽然想写一首诗。这种自觉的冲动显然与少年时代有关，也肯定受到了生命和心灵的某种特殊遭遇，尔后产生一种隐秘的宣泄与表达欲望。翻身下地，在班长的抽屉里找到一沓子稿子，然后写下以上一些诗句。

几乎从那一时刻，我就觉得了诗歌内在的力量，或者说，除了好的语言、象征和隐喻之外，诗歌还有一种隐秘的、类似天启谶语或预言的功能。我也知道，诗歌的起源大致与巫师的卦辞或祷告语有关，它应当是一种具有神启性质的文体。如写诗的时候，诗人本身并不清楚诗句的来源，特别是语词选择和语词组合方式，也不知道究竟是怎样的一种力量或者情绪状态，让我们把那些缥缈甚至虚无的情绪、判断、认知、思想用形象化的语言组合在一起，并且逻辑无误，意象跳跃而别致，进而形成了独特而又具有典型性的艺术品。

这种奇妙的写作状态是诗歌之外其他文体感觉不明确的。我坚信诗歌写作是一种通神的行为，犹如神助、佳句天成等等，用来表达诗歌创作的过程是可信和科学的。那晚，当我写下以上诗句，内心甚至灵魂里瞬间有了一种轻盈与愉悦的感觉。

我把那首诗抄写在自己的政治教育笔记本上，郑重合上。

这是阿拉善高原南部边缘，它的北部是蒙古，也就是匈奴和蒙古的漠北地区。在这一带发生的历史和传奇，仅乌孙、大月氏、霍去病、卫青、李陵、路博德，以及后来的诗人王维、胡曾、回鹘道、居延回鹘、斯坦因、科兹洛夫和居延汉简等名字就足够了。如果加上居延海、土尔扈特、胡杨树、发菜、贺兰山岩画、仓央嘉措的传说,那么,关于这里的一切,都可以不用再做任何解释。王维的《使至塞上》"大漠孤烟直,长河落日圆",《出塞作》"居延城外猎天骄,白草连天野火烧。暮云空碛时驱马,秋日平原好射雕。"无疑是产生于这一地区的优秀边塞诗歌。

由此来看,阿拉善地区不只黄沙漫漫,兵戈战马,也是文气充沛、富有文化与艺术气质的。

而关于写诗,可以追溯到我的乡村少年时代。那时候的南太行乡村,似乎隔绝了自身之外的一切。当然,再偏僻的地方,也必须与时代同步,政策或者主流意志对于每一个人都要进行全方位的触摸与渗透。我记得,那时,改革开放,包产到户,鼓励手工业和制造业,还有煤矿铁矿开发,随后是表彰万元户、革新能手、种粮大户和计划生育先进个人,是当时最热烈的词汇,也是人们追逐的目标。尽管,我们的南太行乡村也和大多数北方乡村一样,只有沸腾的粪堆与渐渐干涸的溪流,呼啸的风与被奇形怪状的山峰切割的流云长空,腾起无尽尘埃的日常生活充满了油盐酱醋被加热之后的各种味道,乃至邻里之间的飞短流长,但人们对于供养孩子读书,进而"学成文武艺,货与帝王家"始终保持了不竭的热情。所谓的文学艺术,对于乡村人群来说,只是在书本上被人朗读和背诵。面对它们的人只有两种,一是照本宣科,二是死记硬背。从小学到初中二年级，我窥不到关于未来的任何缝隙，更不知道今生何往，又会是怎样的人生状态，只是在来处和某些时候按照生命的要求与人生的某些统一动作盲目成长。

一个夏天的傍晚，我忽然写了一首诗歌。这应当是我生命和心灵的一件大事，也是灵魂当中一道类似闪电的亮光。原因很简单，我喜欢上班上的一个女生，叫曹琴琴。她个子不高，胖，但皮肤看起来特别白，最可怕的是眼睛，大不说，还很清澈，就像我们村后旷野里那一眼水泉，看一眼就甜得发晕。

我是那种想了就做的人。瞅了一个机会，就在她语文课本里夹了一张纸条。求爱是每个少年在懵懂年代正常的生理表现与心灵欲求。但十五六岁期间，喜欢并且展开一种两性之间的感情，是被年长者和所谓的道德伦理所禁止的。在他们看来，一个小孩子，应当全心全意为自己的将来谋算和努力，通过书本教育和自我的刻苦努力，进而获得一种比较优裕的现实生活。

"恋爱"这个词，很多乡村人不知其为何物，甚至觉得，自己搞对象是一种有悖天理与父母之命的行为。但对于我个人来说，这一场恋爱压根就是一场自我的精神煎熬与持续至今的一道伤口。曹琴琴发现我的纸条后，几乎没有任何犹豫，在老师唾沫飞溅时，喊了一声"报告"，就把纸条递了上去。班主任老师大发雷霆，要传纸条的哪位同学主动站出来。我没想到曹琴琴居然如此果决。此前，我觉得再邪恶与冷硬的一颗心，也会被炽热的火焰融化。但曹琴琴这么做，我彻底乱了方寸，在老师的厉声呵斥声中面红耳赤，心跳如鼓，始终没有勇气站出来。到初三年级，大家就要分赴各个高中的时候，我才鼓起勇气，又给曹琴琴写了一封信。但迎来的，仍旧是严厉的拒绝。

那是我十六岁夏末的一个傍晚，捧着曹琴琴的回信，我长时间站在渐渐被黑夜包围的巨大沟渠边上，面对茂盛的杂草和湿润的流沙，忽然想一头栽下去死了算了。正在我长吁短叹就要轻生时，忽然传来一声咳嗽。一个黑影扛着镢头，从河沟蹒跚而来。我仓皇收起痛苦，转身迎着他，并且以正常的语调，叫了对方一声叔，然后快步回家。父母干了一天活儿，还在院子里忙碌。我无心吃饭，闷在房间，在极端的情绪当中，写下了平生第一首诗歌：

  荷花开得，比十万大山的心事好看
  倾听本该站在上面
  安家，还需要蝌蚪和蛙鸣
  其他的花朵必定善意，簇拥与喝彩
  男人和女人，从小就应当用心呼应成长
  可哪里来的洪水，杀戮是一场灾难
  恐怕这一生，我都要被某种疼痛贯穿。

这种无意识的文字表达在当时只是一种情绪的宣泄，但对我影响深重，也可能持续一生。

1992年，冬天的巴丹吉林沙漠乌鸦汇聚，在晴空之下的杨树枝丫上聒噪。我们上百人在一些水泥操场上训练、齐步、正步、跑步、队列转换,然后是操枪、格斗、刺杀和手榴弹投掷。很多时候,风吹来人类的垃圾,其中有许多报纸。休息时,我抓起其中一片。残破的报纸,沾满了灰土和其他脏东西。但我仍会仔细阅读,偶尔在上面看到诗歌,大都是那种格调铿锵、积极向上、饱含爱国主义和牺牲奉献精神的军旅文学作品。每次阅读,我就想,这些人为什么会用分行的文字把自己的情感表达得如此富有感染力和艺术性呢?再者,一个人用文字说话,借以阐述对人生、万物和世界的态度,这是多么美好的一种行为与令人羡慕的才能?

几年前那场失败的乡村早恋事件,尽管心有隐痛,但写诗却比这种疼痛更有意味,或者说,一个人爱情的失败与长期的不甘,终究是个体性的;一个人在这个乱纷纷、闹哄哄的人世,即使万千箭矢和子弹穿胸而过,十万雷霆与刀锋轮番接受,也只是一个人的,丝毫引不起同类的同情。诗歌是众多人的。她们分散、隐蔽,看起来只属于一个人或者某群人,但人对艺术的捕捉与找寻、偶遇和邂逅的概率往往在无意中发生。更重要的是,艺术击中的是万千人心,就像高空的光束,渗入大地的水流,那种照射、蔓延、穿透、感化的力量无与伦比,且具有不朽之意。

至于"杀戮是一场灾难/恐怕这一生,我都要被某种疼痛贯穿""被河流敲醒/也肯定被风抖动"这样的诗句,我当时并没有意识到什么,只觉得,无非是一种情绪化的语言。诗歌也不会对写作者的现实人生构不成任何影响。

1994年,我二十二岁,对于爱情的渴望锥心刺骨,一方面来自不可遏制的生理要求,另一方面,对情感和心灵需求的深度抚慰更甚。眼看诸多同乡战友都在甜言蜜语中,举着信件读得热泪盈眶,不能自已,或者抱着稀缺的长途电话长时间脸带笑意。我觉得了一种巨大的空,凿空的空、无奈的空与孤独的空。有时候无故对同乡发脾气,挑他们的小毛病,或讽刺,或直接苛责。事后又后悔不已,对着墙壁喃喃自语,猛然捶打自己的胸脯。有一个夜里,我又给曹琴琴写了一封信,然后在忐忑不安中等待她想当然的回音。几个月后,一封信辗转到了巴丹吉林沙漠边缘的军营,却不是曹琴琴的,而是弟弟的。

弟弟初中辍学,出去打工。因为个子高、力气大,每次都能挣些钱回来。他知道我喜欢曹琴琴,他也认识。在信中,弟弟说,哥,你就安心当兵,能考上军校最好。另外,你喜欢的曹琴琴已经嫁人了,前不久还生了孩子。我震惊莫名,脑袋轰的一声,所有的美好都成了齑粉。拿着弟弟的信,出了宿舍,一个人走到围墙外的戈壁滩上,面对浩瀚无际的荒凉与辽远,头顶蓝得让人心生敬畏的天空,然后放声痛哭。感觉胸脯中有炸药,骨头里有熊熊火焰,内心飞溅着无数冰凌,甚至灵魂也裂开了深渊。

一个人在天空下痛哭的滋味如刀镂刻。

古人将沙漠称为瀚海泽卤,这种表述无疑是最具有诗意的。现在的沙漠称谓显得单调而又枯燥,没有一点想象力与生机。事实上,沙漠并非寸草不生,不仅有成片的沙枣树和红柳树丛,还有梭梭木、芨芨草、骆驼草,甚至马莲花、唐菖蒲、芦苇,以及黄羊、红狐、白狐、苍狼、野兔、沙鸡、驴子、绵羊等动物。这个星球的每一块地域,都有自己的特征与蕴藏,大地从来就是包容的、开放的,是人总是在用自己的情绪和思维,对它们进行冒犯式的概括与表达,这是不是一种大不敬呢?痛苦中,我对自己说,杨献平,在这个世界上,谁也没有权利和义务顺从你。人都是自我的,做任何事情也肯定以对自己的关怀为首要关怀,他人只是他们认为合适的时候,才会予以考虑和顺从。

对于曹琴琴,最根本的原因是两家家境的差别。那时候,曹琴琴父亲是大队支书,我父亲只是一个放羊的。曹琴琴父亲是万元户,我们家连一千块钱都拿不出来。乡村的门第观念甚于城镇。人们都在寻找一种与自己理想和现实相匹配的生活方式,这不是人性恶,是生存需要,俗世尊严的要义所在。

不久,一个叫安平的同乡战友就着几杯酒对我说出了心事。

部队之外,是鼎新绿洲,著名的弱水河从一侧穿过,在戈壁大漠之间斗折蛇行,一直蜿蜒到额济纳,形成了同样著名的居延海。像其他西北地区一样,凡是有绿洲,必定有人居住。

安平涨红着脸说,他看上了部队外面村子里的一个女子,名叫赵爱云。这个名字显然带有七十年代痕迹,但在安平心里,赵爱云就像是沙漠深处一朵娇艳的马兰花,再荒凉与偏僻也难以遮住她仙子一样的神采和光辉。我啧啧羡慕。也劝他说,既然喜欢了,就好好喜欢,既然是缘分就好好珍惜。安平也说,这样的女孩子简直是百里挑一,比他以前在学校暗恋的那个好十倍以上。我说,女人不可相比。喜欢了就喜欢了,散伙就散伙了。不能拿这个比那个。安平讪笑一下,把脸凑近说,下次带你去看看,出营门,不用几分钟就到了。

因为紧靠沙漠,鼎新绿洲的村庄也像其他西北地区一样,整个面目灰苍苍,不多的树木之下,覆盖着几座村落和田地。周五下午,安平来电话说,明天上午咱俩去。我说好。可刚放下电话,单位干事通知,所有人到会议室开军人大会。开会是我最烦的事情,但又不得不参加。领导一脸沉肃,宣读一份通报说:某某某单位的五名战士,在未经允许的情况下,到机场玩耍,登上战斗机舱内,按错弹射装置,三人当场死亡,两人受重伤。要求各单位切实搞好传达教育,警示所属人员,要一人不落地进行安全教育,切实抓好安全管理。

死者当中,有两个是我认识的。其中的康文学不仅和我同乡同年兵,还是一个新兵连出来的。康文学帅气、白净,且很有修养,每次见到,都很热情,不装不作,为人也极诚实和有分寸。我对他的好感,甚于同乡其他战友。另一个叫张展,比我们早一年来巴丹吉林沙漠当兵,家在河北遵化。他就在我们学习无线电和雷达技术的那个连队当雷达阵地的班长。虽然在一起时间很短,他却对我很照顾。时常给我说一些注意事项,教我如何和连长、指导员，乃至副连长、副指导员相处。我做梦也没想到，这两个人会忽然死于非命……

开完会，我给安平打了电话。安平也说刚开会听说了。一阵沉痛。又给其他几个同乡战友电话，大家沉默，有的竟然哭出声来。坐在床上，我心情晦暗，似乎有无数的刀子在相互击打，火星烧得我心疼不已。

面对这样的厄难，作为一个战士，我无能为力，既不能私自跑去吊唁，也不可能提什么要求。我只能用心，以个人的方式，对生命的戛然而止表示悲悯与哀悼。

> 最亲爱的兄弟，我们从不同处来到
> 沙漠何等浩大。命运旗帜一样悬挂
> 日光之下我们口衔青草
> 每天目击钢铁的飞翔，鹰群在空中导演战争
> 而我们每一个人，总被挂在无痕的长风之中
> 尤其生命，猝然碎裂的时刻
> 我听到上帝深重的叹息，以及另一些人灵魂的刺疼
> 兄弟，这一刻我无法前往
> 有一颗心，在为你们发出带血的回声……

每个人都是风中的事物，不论鲜活还是苍老。风在很多时候是命运的象征，也是时间的另一个喻体。由于纪律和其他原因，

我和安平都没有再去瞻仰康文学和张展的遗体。他们说，已经血肉模糊了，有一个头部都烂了。我心悸，慌乱，下意识地摸了摸自己。忽然想到，肉身如此结实，其实非常脆弱，有时会被一根青草击败，也会被脚下的泥土分裂。人说到底是经不起任何外物推敲与碰撞的，尽管我们时常把自己凌驾于其他物质之上。

因为康文学和张展等人的突然死亡，安平和我推迟了去看赵爱云的时间。直到一个月后的一个周末，我们俩才骑着自行车，越过荒草与荆棘的乡间小路，在大片的麦子和玉米当中，去到了一个叫作茨冈的村子。这里的房屋，大都是黄土夯筑而成的，与弱水河畔的诸多烽燧、古关的结构一样。即，用黄土并芦苇、麦秸等掺杂在黄土中，然后用木槌使劲夯砸，一层层垒高。顶部也是黄土。倘若遇到大雨或者连阴雨，就有被泡软倒塌的危险。

但这一带很少下雨，干燥使得灰尘轻浮，沙子愈加轻盈，以至于风可以随意处置自己领地上的任何事物。走到一个打麦场边，安平说，停下，那是叔！我懵了一下，再看，打麦场内有一个四十多岁的男人戴着一顶草帽，再用连枷捶打焦干了的麦穗。从安平的殷勤动作看，那个人肯定是赵爱云的父亲。我想，既然是安平未来的岳父，作为同乡，我也得为他和赵爱云的好事尽一分力量。也不管飞扬的黑土和呛人的气味，把车子放好，跳下去，就帮着那人捶打麦穗。

这种天性，我坚持多年，也觉得是一种美德。可在当时，我发现安平并不像我一样虔诚与热烈，他只是象征性地握住了连枷的木头把儿，但很快就在赵爱云父亲的谦让下放开了手掌。几乎与此同时，一个身材窈窕的女子从街道的另一头走过来，手里抱着一个硕大的西瓜，还提着一只水壶。安平迎上去，接过。这显然就是赵爱云。出于礼貌，赵爱云和她父亲放下手中活计，引我们去到家里。

赵爱云的家很简陋，低矮、灰暗，小小的四合院内堆满了各种农具和杂物，且散发着一种绿叶沤烂了的味道。坐下来，赵爱云红着脸，给我们切西瓜吃，又找纸杯子加了白糖和茶叶，倒了开水。

从长相看，赵爱云是那种中等女子，脸周正、皮肤白，眼睛不大不小，但很有神，也显得单纯。我心想，有这样的未婚妻，安平也该知足了，更应当好好去珍惜、去爱。

需要说明的是，那次在厕所题诗之后，我原以为因此可以得到连领导的重视。却没想到，指导员把我喊去说，那是公众场所，你写几个句子，领导来检查的话，会影响我们连的考核成绩，并勒令我端上清水去擦掉。我照办。他是云南人，也是一个很好的雷达工程师，对我们每一个人都很好。他批评我，我表面上连连称是，内心里却有了轻蔑之意。这种轻蔑，似乎包含了个人之外的很多东西。

转眼几年，在沙漠的日子都是风吹土埋。1995年暮春，天空万里无云，地面的温度不仅影响到了肉身，也使得人心慢慢发酵。

忽然间，东边黑压压的一片，隐约中有一种类似天马奔腾的轰隆声，由远而近，且异常迅速。那时候，我正在院子里看刚刚吐絮的杨树林，听新归来的鸟儿表达它们对于旧地的各种看法。刚一眨眼睛，天就迅速地黑了下来，伸手不见五指，继而持续奔来一群锐利的呼啸声，有硬物针尖一样扎在脸、胳膊和脖子上，一阵生疼，伸手一摸，似乎有黏糊糊的东西。有人喊说：沙尘暴来了！

整个天地之间，似乎万千猛兽在角逐与奔跑，楼房动摇，窗玻璃碎裂的声音夹杂在巨大的怒吼声中。我满心惊骇，和几个战友缩在房间里，看着一百瓦的灯泡长时间犹如萤火虫。大家谁也不说话，也看不清对方的表情。室外的狂乱和室内的压抑，形成了两种有意味的对比。那一时刻，我清晰地觉得了末日景象，特别是人在巨大灾难中的那种恐慌与不安。大约四十分钟，风暴扬长而去，日光再临，一时间，整个营区静谧得好像什么都没有发生过。走到院子里，先前高低不一的杨树当中，有不少被拦腰折断，甚至被连根拔起，地上一片狼藉，似乎战后的疆场。

同室一位老战友说，这类情况几十年才发生一次。上次是在1979年，营区内最高的烟囱折断，几台卡车在行驶当中被掀翻，附近有上千的民居倒塌或毁坏。相对于其他形式的灾难，风暴这种运行于天地之间，不可捉摸的无形之物，其汇聚的威力显然超过了其他有形之物的摧毁力度。地震和洪水也是。这是人类至今难以抵抗的自然形体在不测时候的巨大能量与无序表现。收拾了一地杂物，擦洗了窗子，我以《沙尘暴》为题写了一首诗。

我们通常引以为熟悉的

往往无常、凶猛。如同风、水、日光

甚至最为亲近的人。温和、必需、明亮

人在其中,被围裹,觉得美好的恩惠与赐予

而最好的事物最具有杀伤力,最爱的往往最残忍

如同这骤然的沙尘暴,以狂妄之身姿

运用大地上的砂砾,将人和其他同类

决意摧毁。尽管我们爱的深沉

甚至浑然不觉,可暴力从不怜悯

从无形中诞生,杀戮之后

还要我们对它格外感恩,以至于诸多抚摸伤口的人们

于月光下看到自己内心的刀口、血流与疼痛的昏晕

……

几个月后,安平的父亲和哥哥来到部队。他们来的目的:一是找关系让安平转为志愿兵;二是警告安平,不得在外地找对象。他父亲和我父亲一样,是南太行乡村的一个普通农民。只不过,他父亲做过小生意,头脑比较灵活。我父亲则是一个只会打工、放羊和种田的农民。我请他们吃饭的时候,安平父亲说,在自己的地方找个媳妇,一来可靠,外地女人,只能看到人,看不透人家的心;二来可以多一些亲戚,在本地也是一种势力。我愕然,

安平则喏喏。至此我才明白,很多时候,爱情和婚姻只是一种交易,一种基于个人安稳生活与现实理想的必要手段。家族势力在乡村至关重要。亲戚多,生活空间大,遇大事总有人能帮上忙。

乡村人的劣根性,其实是由环境造成的。特别是社会生态和生产结构,当然还有自然环境的因素。安平果断与赵爱云断绝了关系。赵爱云有没有伤心,我不得而知。从此,我对安平这个人有了鄙夷的看法。总觉得,一个男人倘若因为家庭门第、父母之命等外部原因舍弃爱自己和自己所爱的人,是人品不好的一种表现。但安平振振有词,说这是孝敬父母的一种方式,也是对自己负责。我耻笑一声,对他说,你这样的男人太多了,多得满中国都是。安平尴尬,好长时间没和我往来。1996年秋天,我探家回南太行乡村,父母和亲戚都在为我的婚事操心。山西的姥舅说,他们的邻居有一个女儿,人很好,他提了一下,那闺女和家人都愿意。

爱情很多时候都是用来辜负的,两性之间的伤害大都来自误解,包容、和解、沟通至关重要。尽管那个山西左权县叫侯兰的女子对我很好,但我还是没和她在一起。那年秋天,我都和她订了婚。三年后,我放弃。原因自己也说不清。

那些年,我完全是一个非正常的人,部队生活按部就班,老家也出现诸多问题,如田地分配不公、弱势家人在村里受到欺负、乡村两级干部的偏向、弟弟无故被同村人打成重伤、派出所民警徇私,如此等等,我知道这不仅是我们一家的问题,可能覆盖了整个乡村中国。但事到自己身上，才知道它们的凌厉和承受者的痛苦程度。如我经常在诗歌中所表达的那样，在古老的东方乡野，俯身大地的人不仅尘土满面，且背后轮番的冷雨，总是穿透他们的内心和尊严。也如鲁迅先生所说："勇者愤怒，抽刃向更强者；怯者愤怒，却抽刃向更弱者。"他的这段话，我引用无数次。我觉得，对于乡野上农人相互倾轧，再没有鲁迅这句话说得透彻和到位了。

几乎与此同时，在夏天的巴丹吉林沙漠，我听说一个叫张高粱的同乡战友，外出时因车祸而死。其父母来到，我和安平等人去看望。那种白发人送黑发人的凄惨，令人心碎。生命何其珍贵，我们却一再痛失。我夜不能寐，反复在月光里端详和抚摸自己的肉体。我想到，所谓的生命就是肉身，包括所谓的灵魂和高贵或卑污的精神。

我对自己说，你要好好看管自己的肉身，这是父母赐给你的。必须加倍珍视，并且用它来报答生养你爱你的每一个人。这一年，我25岁。一个青年，到这个年龄，完全应当身边有另外一个人了。在南太行老家，比我小两个月的表弟不仅结了婚，而且先后有了两个儿子。据说，我暗恋过的曹琴琴也生了两个儿子。其实，这一些，我不从羡慕，只是觉得痛苦。特别是曹琴琴，如果我家境稍好，或者我有些出息，她完全可能成为我的老婆，给我生养两个儿子。可是我真的无能，都这个年龄了还一事无成。恨自己是一种常态，也是一种病。很多凌晨，我被自己的身体唤醒，某一处突兀而强大，直冲青天，充满了不可遏制爆破的和杀伐的力量。有时候做春梦，和面目不清、赤身裸体的女子交欢,然后被一阵疼痛的愉悦惊醒。满世界都是腥味,呛得自己发晕。

我再一次恋爱的时候,安平已经完婚,妻子果真是他们本村人。在我看来,他的妻子无论从哪个方面看,都不如赵爱云。我呢,通过报刊和书信方式,认识了江苏女孩张叶,恋爱也极其痛苦,四年后也分开了。我又亏负了一个女人。她像侯兰一样好,本分、有心,对我和我的家人都很好。可我还是没有选择她。她恼怒,写了一封信,告到我们单位,说我始乱终弃。

那正是我人生关键时刻。我万万没有想到,一向以善良自居的她,居然会这样做。我写了深刻的检查,然后又单独向主要领导说明情况。虽然得到了原谅,但还是觉得自己有负于她。事实上,和她分手之前,我写信给她讲了。她回信也同意。却不料,母亲特别喜欢她,以生病为由,让我回家,不由分说,给我和张叶办了婚礼。最终,我还是没有和她一起。一年后,又和另一个女子恋爱。五年后结婚。

这几个女孩子,包括曹琴琴,可能是我迄今为止生命中最重要的异性人,她们在不同时期,都给予了我许多肉身和精神上的安慰与激励,每想起来,心里似乎有一些针刺的疼痛。忏悔很多时候也无用。唯有祝愿,也唯有珍惜。尽管我知道,世上所有的事情都不是自己能够料定和做好的。

我分别给她们写过一些诗歌。

"大地上最朴素的花朵

贫苦时候的玫瑰

我可以在白昼走近,甚至抚摸

却一再听到岩石的内部

发出水滴的音乐,和春蚕奔走的布帛"

"不远千里的手指

夜晚星空以下的嘴唇,爱我的人

路途中最漫长的黑夜

提着孤独的月色,在流水上点火"

"美人蕉停在黑夜的耳朵

风从侧面说出:你的命运显然有意为之

做这件事的,他还没有隐去名讳

在世俗中他也如此,特别对于心爱之人

此前十八年,他以为一个人

再加一个人和他们的孩子

就是全人类。那时候他头发已经稀少

脸膛在沙漠发黑

那时候他不怎么用心

可人事很奇怪:越是用情

越容易招致憎恨。人和人误解最凶猛

厌倦亦然。这一个黑夜,他不知道如何才能度过

他个人的艰困时刻

一个人转过身,再转回来

黑夜已经浸入他灵魂了

桌子以远,玻璃挡风,美人蕉孤悬于外"

等等。

如今再读这些当年的诗歌,我忽然发现,有些句子当中预言的意味非常浓厚,甚至有谶语的味道。

我确信,自己的青春是被巴丹吉林沙漠开启和消耗的,包括所有的苦难和幸福、厄难与不安、疼痛和愉悦。2003年秋天,又一个同乡战友因公牺牲了。他的父母悲痛欲绝。妻子也是。唯有不懂事的儿子,在他遗像前继续玩耍。他妻子在追悼会上哭哑了嗓子,那种情景让我和许多同乡战友感到一种无助的悲凉。但一年后,他妻子再嫁。把儿子留给了公婆。有一年,我们几个战友借探家去看他儿子和父母。他的孩子已经长大了,提起他父亲,却是一脸茫然。

1997年,我在一个单位从事电视编导工作。某一日,又调来一个。他是山东人,名叫庞松涛,和我同宿舍。一段时间后,关系好到了同穿一条裤子的程度。那时候,我俩都未婚。有段时间,我们常在一家餐馆吃饭,和店老板乃至所有的服务员很是熟悉。

某一个黄昏,一个女子在门外喊我。我一看是餐馆的服务员,以为她找我要账。正在搜肠刮肚找各种理由拖延时间付费。那女子却走到我面前,伸手递给我一个信封,说,麻烦你交给庞。我哦了一声,接住。

她叫苏岚岚。东北铁岭或四平人,身材特别好,人也很大方,长方脸,淡眉毛,说话声音发脆,是该餐馆中最漂亮的一位。庞看了信,又递给我。

庞是中尉军官,在其他人看来,一个乡村女孩,在饭店做服务员,倘能够与一个部队干部恋爱并结婚,那肯定是一件鱼跃龙门的好事。对于苏岚岚,我起初也这样想。但很快发现,苏岚岚真不是看上庞的军官身份,而是他的人。后来,苏岚岚又找我,托我给庞带些吃的东西,还有买给他的衣服、礼品等。庞起初也接受,并且和苏岚岚处得也不错。但深秋的一个早上,庞很早就出去了,中午时候回来。他说,苏岚岚回东北了。我笑笑。庞叹息,继而眼圈发红,流着眼泪说,岚岚爸爸在老家给她找了一个对象,据说是一个山庄的老板。

另一个单位一个叫王良的干部也和我交情甚笃。1998年冬天,他到新疆伊犁接兵返回不过一个月,一个体态娇小的女子也来到了单位。在路上遇到,王良笑着介绍说,这是他的对象小杨。次年,他们结婚。婚后,王良多次半夜跑到我的宿舍,诉说他们两人之间的矛盾。有一次,都凌晨一点多了,王良一头扎进来说,老婆跑了!我说,你赶紧追啊!王良摊摊手说,工资都在她手里。

我当即掏出五百块,让他打车去酒泉追妻子。

那时候,我不知道婚姻到底是什么样子,两个陌生男女经过一段时间的了解之后,进而组建家庭,这种行为贯穿了人类的世俗生活。尽管,那时候我已经再次恋爱,但对于婚姻,却总有着一种莫名的向往和恐惧。

每个人成年之后,其实都在寻找自己的归属之地与托付之人。每个人都对自己的爱情和婚姻生活带有强烈的怀疑与不安之心。我们在安顿自己的同时,同时也在安顿另外一个人。这种安顿往往带有某些激情与美好的想象,但生活和命运从来就不是预想的那样。甚至,你越是预想得透彻明晰,越会南辕北辙、物是人非。

对此,我的同乡朱秀林的婚姻让我心生惊悸。1999 年,经人介绍,朱秀成在河北老家与一女子恋爱。不久,女子来队,很快又心思转变,和朱秀成闹别扭。严秀成找到我。我说,强扭的瓜不甜,倘若你对象确实不愿意了,你趁早。朱秀林苦着脸说,开始在家时候好好的,到部队后,看我是一个志愿兵,她的长相又不差。所以……我叹息一声。也才明白,在爱情婚姻上,每一个人都会待价而沽。但不久,朱秀林还是结了婚。从此,他妻子再没有来过部队。2003 年,严秀成退役回家,妻子提出离婚。亲戚朋友解劝无效。朱秀林只好顺从。

关于此事,已经在北京办事处工作多年的安平早就对我说,他听说朱秀林的女儿不是他的。我当时呵斥他不要胡说,大家都是老乡。安平说,信不信由你。他还告诉我,这些年来,朱秀林每月的工资基本上都给了他妻子，每个月只留三百块我自己用。朱秀林离队前一年，有一次吃烧烤碰到他，我借着酒意，表达了他妻子背叛了他的意思。却没想到，朱秀林对我大发雷霆，并且摆开架势，要和我打架。

2000年，我结婚，时年二十八岁。至此，在巴丹吉林沙漠，我终于有了可以用来交付自己的人。两年后，我们的儿子出生。做了父亲，就预示着一个人的青春就此完结。曾经的年少轻狂、胡作非为、孤独落寞、无所顾忌与我行我素，都在丈夫和父亲的冠冕之下无影无踪。可能是有些不甘心，婚姻之初，我并没有收敛单身时候的某些毛病，如喜欢和朋友们在一起喝酒、聊天，哥儿们的事情重于家庭的事情，甚至还在为此两肋插刀，不顾一切。

婚后的男人女人必然会经历一场类似脱胎换骨的转变。即，当一个男人下班回家，进而学会拒绝一些饭局酒场乃至不重要朋友的某些高难度请求，就意味着这个男人已经把自己的身心都交给了婚姻和家庭。

巴丹吉林沙漠一如既往，部队的人来了走了，流水一样。只是，从2002年，即我们儿子出生的那一年开始，以往整年不下雨雪的巴丹吉林沙漠也有了阴雨天气，有时候还持续十天以上，小雨淅淅沥沥，使得干燥的沙漠有了润人的湿气。很多时候，我一个人走在沙漠细雨当中，眺望无际的瀚海，然后思绪纷飞，忍不住写诗或者写随笔。2006年，我在一首诗中如此写道：

我看到一只小麻雀

　　向着落日飞。那么弱小的一只麻雀

　　它为什么,要向着落日飞

　　又为什么被我看到,我觉得了心碎

　　还有悲壮和美。飞驰的车轮不断扬起灰尘

　　我一直在想:在人间的小麻雀

　　它一定在逃离

　　身后的大地渐渐凉

　　它在用翅膀,一点点打扫渐渐隆重的黑。

　　这一首诗,如今看来,好像是对自己多年来在巴丹吉林沙漠的青春生活的注解,其中包含了一些未知的命运密码与预示。诗歌始终有不可解的一面,尽管我是它的作者,也难以说出当时为什么要写这首诗,这些诗句究竟怎么来的,这些语词当中,又包含了怎样的一些生活乃至精神灵魂的信息。

　　我也渐渐发现,自己在沙漠的诗歌从气质、精神和地理上,都是与古代的边塞诗相通的。如古诗十九首中的《西北有高楼》、曹操的《冬十月》、曹植的《白马篇》,隋唐时期李白、王昌龄、王维、岑参、高适等人的边塞诗,以及当代如昌耀、林染等人的新边塞诗。我不是说自己的诗歌堪与他们比肩,只是觉得,西北确实是一个催发悲情、豪情、真情,令人心胸宽广、爱国主义、理想主义蓬勃,铁血素质迸溅并且具有献身精神的神奇雄浑之地。每一个身处其中的军人,都能够受到诗歌的影响,更可以从中获得一种悲天悯人的力量。李白的《塞下曲》(六首)、《关山月》,岑参的《酒泉太守席上醉后作》《白雪歌送武判官归京》,王维的《塞上曲》《居延城外猎天骄》是我最喜欢的。当代的昌耀《草原新月》《一片芳草》《慈航》,林染的《西藏的雪》至今爱不释手。

很多的边塞诗歌都充满了血腥气甚至愚忠、不辨,或者说还很促狭,但谁也无法跳脱时代的限制。在巴丹吉林沙漠近二十年,我发现自己也是封闭的和单纯的,以至于置身城市之后,总是因为一张桌子、一件衣服、一餐饭、一瓶酒等可以成千上万块钱感到疑惑不解,也对同性恋、变性人和离婚、找小三、包二奶等事情感到不可理喻。

2008年,庞调回了山东,原因是他妻子在当地县政府工作,离家近,不用夫妻分居。他走的时候,我格外伤感。但他走了之后,就再也没有联系过。王良前几年转业到新疆伊犁,也没了联系。只是隐约听说,当他回到新疆,已和他有了一个女儿的妻子也和另一个男人跑了。至于他现在做什么、在哪里、好不好,我一概不知。严秀成和妻子离婚后,又回到村里,盖了新房子,再娶没有,我也不知。2015年夏天,早就退役的安平忽然来电话说,他在郑州包了一截高速公路的修建工程,谈合同的事,希望我能去帮他看看。就在我要去的时候,从老家传来消息说,安平参与非法传销已久,他的亲戚被拉进去的有七八个。我震惊。至此,当年和我同去巴丹吉林沙漠当兵的同乡战友,基本上都回到了地方。这些战友的不同命运,让我觉得心碎,也感悟人世的无常和时代人心的无从猜测与预料。

2016年春节,我再次回到巴丹吉林沙漠边缘的老单位与鼎新绿洲。几乎每一次,我都会写诗。每一次回去,都不由想起自己在这里的青春岁月,特别是现实生活中的那些蛛丝马迹和对自己心灵产生过撞击和影响的人和事物。在岳父母家(现在已经是前岳父母),有时候我很恍惚,潜意识里总跳动着一些不明来由的不快与不安,失败与无望的心绪萦绕不去,进而沉浸在对往事的回想之中,不断地用诗歌表达,其中有一首,我如此说:

> 总是想骑马,走遍全人类和我的心水
> 路上既做侠客,偶尔要当采花贼
> 肯定会遇见另一些骑马的
> 做好事的是骑士,运兵器的不一定怀揣仇恨
> 就像这个冬天,在河西走廊饮酒
> 前世一定是诗人。女的例外
> 用她们的戴罪之身,为一阵风刻下阵痛的红晕
>
> 我就是那个走失多年的人
> 在黄沙和雪山之间,一个日渐衰老的羚羊
> 和一只雪豹私奔成婚

因此我只想此生身有盔甲

怀中藏满玫瑰。一匹马之所以内心荒凉

只因它和我命运相仿

渴望用速度与青草,追赶时间之黄金灰烬。

这首诗的题目叫作《抒怀》,或许正是我对自己那些年在巴丹吉林沙漠的生活与精神状态的一种概括,其中也有隐喻、象征,以及谶语和暗示的成分。另外一首名字叫作《雪中的河西走廊》亦是如此。

落雪以后,鸿雁便有了嫁妆

祁连赋予单于酒浆。风过乌鞘岭

焉支山以上的奶羊

冰凌的水边,三丛马莲草尖宽如俗世烦忧

西域是一个名叫胡天的男孩

游牧弯刀的月亮

河西走廊太长,似乎夜半城堞的流苏

旗帜和它们的刀伤

这世上情意太窄,大地正在雪中自我喂养

山河仍旧枯燥，动车以外

内心奔纵了太多的疆场。凉州像是年老的将军

张掖在诵经之余，数念酒泉和它的匈奴浑邪王

转道向北，额济纳之瀚海泽卤

那个在暴风里独自咳嗽的人，一朵被遗忘的棉花

荒凉之星光下，黄沙提灯破窗。

  离开的时候，我和几个战友又去了一次当年的连队。旱厕虽然还在原处，但已经换成了抽水马桶。官兵也都一个不认识了。我在院子里转了一圈，又去了图书室。没有发现一丝当年的东西。心里惆怅，离开，以至于车子到酒泉市区，我还沉浸在往事当中。如今，原先那个在沙漠的年轻军人也步入了中年。回想起来，一些事情犹如梦境，蹊跷而又悲情。但巴丹吉林沙漠是我待的时间最长，对生命、人生和灵魂影响最深的一片地域。在成都，我的思想时常会回到从前，巴丹吉林沙漠、边塞高原、鼎新绿洲、旷野军旅、个人的青春、痛苦和迷茫、幸福和愉悦，都会在不经意之间，让我无意识地回到具体细节和情境当中，久久不能自拔。尤其在重读自己写于巴丹吉林沙漠的某些诗歌的时候，那些久远而陌生的句子，总是让我心有所动，并且惊诧于它们的预言和暗示的准确性。

沙漠里的细水微光

差不多二十年前的一个冬夜，我躲在巴丹吉林沙漠一隅，隔三岔五地与一位书呆子边喝酒边说一些与个人现实生活没多少瓜葛的事情。他是青海西宁人，大胡子，高个子。家里和办公室堆着的都是书。因为是干部，出差机会颇多，每次到北京，他都要背回一大摞书来。我读得最过瘾的是郑也夫的《代价论》、罗素的《西方哲学史》、卢梭的《论人类不平等的起源和基础》、哈耶克的《通往奴役之路》、福柯的《疯癫与文明》等书籍，都是他无偿送我的。

那一次，他刚从西宁探家回来，白天电话对我说，他给我带了本好书。我很兴奋，因为，在巴丹吉林沙漠，一个人能够推心置腹且被信赖的，除了一二人，就是书。书，对于彼时的我来说，无异于沙漠中的细水微光。透过书页,在无垠而封闭的沙漠之中看到了无穷大,在迷茫和贫苦的青春年代找到了一个向上的通道。听说他又带书给我,心情依然激动,一下班就窜到常去的那家小饭馆等他。冬天的巴丹吉林沙漠冷如冰川纪,风中风土如胶似漆,一看到人的皮肤就使劲往上黏。他来了,骑着嘎吱乱响的"二八大驴",穿着臃肿走样的军大衣。一进门,就带进来一股削铁如泥的冷。还没坐下,他就把一个白色塑料袋并一本书甩在桌子上,差点碰翻了我花三十八大块买的青稞酒。

打开一看,是《命运之书》,作者昌耀。在此之前,我也多次在《人民文学》看到署名昌耀的诗。那些年,昌耀诗作几乎都在《人民文学》上。别处很难看到。现在想,韩作荣先生推崇并珍爱的诗人,当只昌耀一人而已。我之所以对他始终心怀尊敬,也是他垄断性地发表昌耀诗作。据说当年,很多人对昌耀诗作并不"感冒",认为是呓语者有之,当成是胡说八道者也有。唯独韩作荣、何来、李老乡、林染,将昌耀诗作视为无上绝品。这等识见和胸襟,足够令人钦敬的了。

先读一首《良宵》。大呼绝美,且身心凌然,那种感觉,类似无意被闪电击中、被文火暖心。20世纪90年代前五年,中国的诗歌写作基本上是低迷的,而且千篇一律,类似一种腔调的合唱,有些干脆就是仿写和复制。读昌耀的诗歌,首先感到的是一种天地浑然与苍茫,一种情怀与大地众生的熨帖与契合。我朗诵了一遍,然后举杯与他喝了一大口。他吸溜了一下,吃了一口菜说:"昌耀穷啊，这是他自费印刷的，可能还得到了一些捐款。"我默然，也知道，那时候写诗的比读诗的人多，有句被说烂了的话："随便从楼上扔一块砖头下去，就能砸中一个诗人。"另外，我不止一次听到"诗人都是神经不正常的。"……诸如此类的话，显然是一种偏见。但在当时，严重物化的人群，泯灭甚至腐烂了的信仰，无度而迷茫的现实，再加上诗人的自渎与类似于乡村歌舞的拙劣，共同促使了诗歌乃至文学的沦落。

"昌耀都这样，何况我这等毛毛雨，小荒草呢？"他嘴巴嚼动，意味深长地看了我一眼，说："北京、上海那些大城市可能好点，在咱这沙漠中的弹丸之地，读书和写东西，说好听的，像做地下工作，不好听的，就是神经病！"那些年在沙漠，唯一过从甚密且没有隔阂的就是他。他叫裴云，是一个团的副职领导，我那时还是一个上士，之间的社会差距比巴丹吉林沙漠到北京还要大，地位更是霄壤之别，但他没有嫌弃我。我经济上遇到了困难，总是向他开口，一千、几百、两千到五千块……他从不拒绝。当然，我也还得及时。

两个人一瓶青稞酒，喝完还不尽兴，又要了啤酒。可能真的喝高了，两个人一边读昌耀的诗，一边唏嘘长叹。不知不觉，已是午夜。先前，店老板坐在凳子上打着哈欠，想撵我们走又不好意思，实在忍不住了，就说，这些天纠察来得多，专门管喝酒的。这一招还真管用，因为我们事先已经被警告，凡是深夜在酒馆喝酒的，一旦抓住，就全部队通报批评。

这是纪律。在一个集体，遵守它的规则，我觉得也是一种素质。尽管那次喝酒最终不尽兴而归。冬天午夜的巴丹吉林沙漠漆黑如墨，冷风携带灰尘，将这空旷与荒寒之地充斥得寂寥若无。我和裴云并行走，枯叶被风划动。到岔路口分手，一个人仰着天地不屑、万物逃窜的头颅，忽然张口背诵昌耀的《斯人》：

静极——谁的叹嘘？
密西西比河此刻风雨，在那边攀援而走。
地球这壁，一人无语独坐。

忽然泪如雨下，也不知道为什么。鼾声如雷的集体宿舍，也没洗漱，躺在床上，把台灯压低，又读了几首昌耀的诗歌。其中一首是《致修篁》：

篁：我从来不曾这么爱，
所以你才觉得这爱使你活得很累么？
所以你才称狮子的爱情原也很美么？
我亦劳乏，感受严峻，别有隐痛，
但若失去你的爱我将重归粗俗。
我百创一身，幽幽目光牧歌般忧郁，
将你几番淋透。你已不胜寒。
你以温心为我抚平眉结了，

告诉我亲吻可以美容。

我复坐起,大地灯火澎湃,恍若蜡炬祭仪,

恍若我俩就是受祭的主体,

私心觉着僭领了一份祭仪的肃穆。

是的,也许我会宁静地走向寂灭,

如若死亡选择才是我最后可获的慰藉。

爱,是闾巷两端相望默契的窗牖,田园般真纯,

当一方示意无心解语,期待也是徒劳。

我已有了诸多不安,惧现沙漠的死城。

因此我为你解开发辫周身拥抱你,

如同强挽着一头会随时飞遁的神鸟,

而用我多汁的注目礼向着你深湖似的眼窝倾泻,

直到要漫过岁月久远之后斜阳的美丽。

你啊,箨:既知前途尚多大泽深谷,

为何我们又要匆匆急于相识?

从此我忧喜无常,为你变得如此憔悴而顽劣。

啊,原谅我欲以爱心将你裹挟了:是这样的暴君。

仅只是这样的暴君。

  但仅仅是读,根本不理解其中意思,只觉得这样的诗歌,一则从没见过,但有点惠特曼的气质;二则这样的诗歌无论是语言还是意境,都十分的奇崛、超拔、凌厉、庞大、隆重。再者,昌

耀的书写可能是绝无仅有的,至少在当时的中国。一看写作日期,竟然是1992年。如果将那个时候的全部中国诗歌翻出来,找不到雷同的一首甚至半句。我也觉得,昌耀可能是孤绝的"这一个",而不是"他们"与"那一群"。在当时,昌耀其人和诗歌,都是无人类比也无朋党和流派(团体)的。

上班忙过,即打电话给裴云,大谈昌耀诗歌之绝伦。我至今还记得那种感觉,激动得面红耳赤。我本来说话就有点结巴,到最后竟然语无伦次,有些话干脆说不出来。裴云知道我口吃,他没笑,而是替我解释。他说:"昌耀是一个被放逐者。湖南桃源人,还是一个上过战场的负伤老兵。写诗,而又因为诗歌获罪,吃了不少苦。他这些年娶了两个或者三个妻子,其中一个是图伯特人。因为穷,照顾不了妻儿,夫妻关系也很不好。有一段时间一个人过。最苦的时候,是冬天连煤球火都生不起。"如此等等,大致是道听途说,但昌耀斯时的生存状况很差倒是真的。我说:"那么大的一个青海省,养不起一个昌耀?"

无论何时何地,文化总是重中之重,尽管科技被誉为第一生产力。对一个国家、民族和集体来说,文化才是灵魂与永生所在。那些年我也写诗,身子被虚妄激情燃烧成柴火的模样,精神在烦乱的生活现场遭到劈头盖脸的痛击。有一年回老家,爹娘和乡亲们说,献平瘦得都不敢看了!这是心疼人的话,我自己却认为,人的肉身是可以忽略的,一个人拥有强大的精神及其反光和映射物,才是我想要的。

在单位,写诗几乎是不务正业的代名词。领导没有直接批评,但从他们的态度中,我知道他们希望我做一个好兵就够了,指哪儿打哪儿,一心扑在工作上,为单位的杂物和工作全力以赴,课余时间听话、不惹事……而我却不怎么认同,反而认为,一个人强大,就是一个集体的强大;一个集体的强大,不仅需要一群俯首帖耳的人,更需要具有合作精神及独立能力的"狼"。

血性、合作、牺牲等等词语完全是为军人所用的。现在再回头看那些年我写的诗歌,尽管现在看来一钱不值,羞愧难当,与昌耀的相比,更雷同于灰烬,但其中多的是铁血素质与英雄梦想,当然也有对人的体恤、对战争的反思,也常常以一个士兵的名义捧心自省。此外,我还意识到,一个诗人是不可以只写某种题材的,诗歌浩瀚无疆,是一种通神行为,它应当更开阔。

裴云支持我的观点和写的东西,作为大老粗的试训参谋郑崇德也支持。郑崇德原籍山东济南,黑脸,肥硕,大胡子。在他宿舍的书架上,我也看到《唐璜》《巴黎圣母院》《忏悔录》《红楼梦》,还有一套插图竖排版的《金瓶梅》。有一天,他说他以前也喜欢文学,并对我说,有啥事找他。当年十月,他主动打电话给我,问我需要哪一些文学期刊,他给我订阅。我说了《人民文学》《十月》《收获》《解放军文艺》,此外,还想订阅《诗刊》,但怕他说我贪得无厌,只说了几个各类题材都包容的综合性文学期刊。

此后,我也找他借过钱。那时候,我一个月七十多块钱的津贴，肯定不够用。他每次都给，少于一百的，他就给我，不用还；多于二百的，他说可以半年一年后再还。这使我感激涕零。有一年，他妻子来队，有些干部跟他开玩笑说：你晚上咋叫得那么难听？然后哈哈笑。我不知道咋回事。听了几次，大致有些明白。郑崇德爱人个子也很高，圆而白的脸。举止优雅，富有教养。她在的时候，即使火烧屁股，我也不敢找郑崇德借钱。不是他不给，而是在他妻子面前开不了口。

很多次，郑崇德让我给他推荐书看。我就把红皮、简陋、排版拥挤的《命运之书》给了他。当天下午，他打电话叫我去他宿舍，一进门，他就说，你要向昌耀学，他的诗才是真正的诗。还说，诗不可解释，但读了以后，会有一种东西把人心撑起来，有一种感觉和氛围把人的感情笼罩住。

他显然说得有道理。这使我改变了对他一贯的附庸风雅的"潜印象"，也觉得安慰。几天后，他把《命运之书》还给了我。再一次读昌耀的诗歌，却有一种全新的感觉。

比如《人间》：

静夜。
远郊铁砧每约五分钟就被锻锤抡击一记，
迸出脆生生的一声钢音，婉切而孤单，
像是不贞的妻子蒙遭丈夫私刑拷打。
之后是短暂的沉寂。

> 这一夜夕投宿者感觉特别长。
> 及天明，混在升起的市廛嚣声之中
> 你未能分辨出任一屈辱的脚步。
> 你只觉得在新的港湾风帆万千忙于解缆启航。
> 你只觉得解缆启航才有生路，而顿感呼吸迫促。

喧嚣者终有沉寂之时，"静夜"可以看作是人间欲望的一次收敛性的停歇，而昌耀却给予这"间歇"以粗朴、钝疼、打击、迸溅之动作和强音，且用"不贞的妻子蒙遭丈夫私刑拷打"之残忍血腥与"庸常的暴力"来充斥，使之有了一种难以决断的、灵与肉决断的多种意味和象征。"短暂的沉寂"使得"这一夜夕投宿者感觉特别长"。这种"长"似乎是死亡与新生、和解与仇怨的黎明，其中藏满了不确定、暴力及其后果、无意识的立场和穿梭地狱天堂的愤懑和挣扎。而人总是寄希望于"自然的黎明"，事实上，所有的"黎明"也都与暗夜几无二致，只不过多了一些光线，可以使人看得更清晰、更远。内心和精神的"呼吸""迫促"是一种人生常态，更是一种灵魂疾病。

不唯这一首，昌耀的诗歌，大都如寓言，如一部充满歧义、雄性、庄严、痛觉十足和悲悯丛生的长篇小说。再如他的《猎户》《噩的结构》《夜潭》《日出》《木轮车队行进着》《峨日朵雪峰之侧》《黑色灯盏》等。长诗《慈航》《划呀，划呀，父亲们！》及《朝朝暮暮》（五首）、《人·花与黑陶砂罐》《花朵受难》等更不必说。我觉得，昌耀诗歌是一个人站在高处悲悯而热烈的众生俯瞰，是一个人与世界的心神相通与精神谐振。

与此同时，我也在报刊陆续读到燎原、林贤治、孙文涛、韩作荣、阿橹、章冶萍等人写昌耀及其诗歌的文章。从众多文章当中，我读到的无一不是"景仰"和"标高"，而且众人的看法几乎一致。偶尔也有一些网络言论说昌耀的诗歌费解甚至难入门，也没觉得不可理解，在一个趋利、尚浅的年代，要求每一个人都如昌耀显然不切实际，也不符合社会和人群规律、习性。但任何一种言说只要是出自个人的，就应当给他们以说话的机会和阵地。

又有人进我宿舍时翻看，说，这是好诗。

毋庸讳言，大致是20世纪90年代中期开始，我们进入了一个空前的消费主义与欲望漩涡，而且越来越大，甚至与日月争辉，遮蔽大地的时代。现在也是如此。就其现状，可以套用狄更斯《双城记》开首语说：这是一个众口铄"金"的时代，也是一个英雄沉默的时代，是一个剧烈碰撞的时代，也是一个无度错列的时代。在这种氛围当中，作为一个写诗的年轻人，在低处的巴丹吉林沙漠，每次看到昌耀《命运之书》，心里就隆起一种仰望的庄严与肃穆。有一次，我对裴云说，如果我是一个有钱人或者一个官员，一定要把昌耀当宝贝一样……不是养，而是供奉起来。也还说，所谓的"新边塞诗歌"，虽然由杨牧、章德益、周涛举旗，但真正的实力，昌耀首屈一指，还有甘肃的林染。有了这两位诗人，"新边塞诗歌"才真正声势浩大，力量无穷。

"四站还有一个写文章的士官,在不少刊物发了作品。姓朱。"通过电话,我联系到了四站的朱。他叫朱斗峰,四川人。四站,是单位下属众多团级单位当中的一个,驻地在沙漠边缘,距离场区还有一百多公里,且无路,乘车在形似搓板的戈壁上走一个来回,身上的尘土足有十斤重。电话里聊了一会儿,朱斗峰说,下个星期他来,专门和我们见一见。还说,在这鸟不拉屎的沙漠,一个写东西的遇到另一个写东西的太不容易了。还没到周末,我就给裴云打了电话,并提前到小饭馆预订了包间。那种心情,好像是一场幽秘的约会。

是的,在巴丹吉林沙漠,男性居多,随军家属也有,但大都在家属区活动,一般不会在男人如群草的白杨树办公区出现。像我这样二十岁出头,仍旧孤单、荒寒的战士,见到女子,哪怕丑如猪八戒,也都如天仙。后来,我和前妻恋爱时,还对她说过当年和朱斗峰约见之前的这种感觉。她笑说,那是你缺朋友缺"死气"了的缘故。"死气"是方言,常用来形容很珍惜、很看重某个人或事。周末傍晚,落日熔金,大地泊血,整个沙漠都沉浸在一种惨烈的光晕之中。我和裴云刚坐下,朱斗峰就出现了,带着一身灰土,还有一头长发。穿着一件月白衬衣,还打着领带。

这可能是最另类的人了,在巴丹吉林沙漠,对于留长发的人,大多数人的印象还停留在20世纪80年代的"严打"时期。朱斗峰这一身行头,把我和裴云"雷"了一下,俩人相互看了一眼,然后起身热情迎接他的到来。朱斗峰可能发表作品多,还出过两三本小说集、诗集,对我这个后来者有点轻视,不自觉地端架子。酒喝到一定程度,他才显得率性许多。第二瓶差不多见底时,朱斗峰抓起酒杯忽地一声站起来,大声说:"我朗诵一首诗,敬你们两位!"

这时候,我们都已经脸红脖子粗外加晕头涨脑了。"静寂——谁的叹嘘?// 密西西比河此刻风雨,在那边攀援而走。地球这壁,一人无语独坐。"竟然是昌耀的《斯人》,我和裴云叫了一声"好",也起身,和他喝了满满一杯。又倒满一杯,裴云也站起来朗诵陈子昂的《登幽州台歌》:"前不见古人,后不见来者,念天地之悠悠,独怆然而泣下。"朱斗峰和我大声说"好"。我还说,这两首诗有共通之处,时间中的巨大孤独感和独立高峰的空旷,天地的无限与精神的苍茫……凄凉而潮湿,丰满又无处停当。朱斗峰说,这两首诗,好像是一种两个人的隔空呼应,也像是同一颗伟大心灵在不同时空的交集。我诧异说:"你也喜欢昌耀的诗?"朱斗峰兀自喝了一杯酒,红着眼睛看着我说:"那当然,昌耀的诗,这个时代没有第二家,再往后五十年,也肯定不会有!"

尽欢而散,夏天的沙漠深夜也有些凉意,三个人在空无一人的街道上晃悠。最后,裴云回家,朱斗峰到我那里住宿。到宿舍,又和朱斗峰聊文学。看到裴云送我的那本《命运之书》,朱斗峰咦了一声,表情很惊讶,一边叼着香烟,一边翻开书,又给我读昌耀的《圣桑(天鹅)》:

你呀，兀傲的孤客

只在夜夕让湖波熨平周身光洁的翎毛。

此间星光灿烂，造境层深，天地闭合如胡桃荚果之窾窍

你丰腴华美，恍若月边白屋凭虚浮来几不可察。

夜色温软，四无屏蔽，最宜回首华年，勾沉心史。

你啊，不倦的游子曾痛饮多少轻慢戏侮。

哀莫大兮。哀莫大兮失遇相托之侪侣。

留取梦眼你拒绝看透人生而点燃膏火复制幻美。

影恋者既已被世人诟为病株，

天下也尽可多一名脏躁狂。

于是我窥见你内心失却平衡。

只是间刻雷雨。我忽见你掉转身子

静静折向前方毅然冲破内心误区而复归素我。

一袭血迹随你铺向湖心。

但你已转身折向更其高远的一处水上台阶。

漾起的波光玲玲盈耳乃是作声水晶之昆虫。

无眠。琶音渐远。都说宇宙仍在不尽地膨胀。

我倾听，忽然觉得，昌耀的诗歌是一座光芒四射的巍峨宫殿，它表面幽闭，内里却是温和的，它看起来有些生硬，但它内里始终是敞开的、迓迎的，让人进入而且能够体会到那种无与伦比的

丰饶与别致，也更能释放出一种拥裹灵魂的暖意，似乎诸多的光照，令人全身心、深度且又无虑地置身其中，如清澈的彻底沐浴，如圣意的通体贯彻。

我也感到安慰，在沙漠，砂砾众多，风是一种掠夺和穿透，唯有人和人之间，人和书籍——文字，才构成一种不易更改的关系。那时候，郑崇德转业回到济南。裴云和朱斗峰便成了我最亲近的人，堪称异姓兄弟。原兰州军区空军政治部文艺创作室的专业作家刘立波也成为关爱我的师长。有几次，他拿着《解放军文艺》杂志，到文化处、宣传处、干部处等职能部门朗诵，并说这是一个战士写的。为我的事情，立波老师还找了几位将军，并写信给我们单位政委、政治部主任等人。自此，陈洪根、刘兆启、刘长斌、侯治荣、李国旺、聂忠海、刘正理、任世清……这些名字，与巴丹吉林沙漠一起，深植于我过往的青春岁月、颠簸趔趄的人生途程和日渐安稳的心幕之中。

当然，我和裴云、朱斗峰之间也有分歧，大都是因为观点和主张。有时候争论，几天不打电话，过几天又好了。直到我恋爱，还和他们厮混在一起。甚至觉得，朋友、同道和书籍比爱情和婚姻还重要。有几次和未婚妻闹别扭，我无处倾诉，也找他们说。爱情是一种丧失方向的情绪，相处久后，我和未婚妻才真正融合。一个夏天的傍晚，我和她在营区外的一片杨树林里卿卿我我，为了表达爱意，给她背诵了昌耀的《良宵》：

放逐的诗人啊

这良宵是属于你的吗?

这新嫁忍受的柔情蜜意的夜是属于你的吗?

不,今夜没有月光,没有花朵,也没有天鹅,

我的手指染着细雨和青草气息,

但即使是这样的雨夜也完全是属于你的吗?

是的,全部属于我。

但不要以为我的爱情已生满菌斑,

我从空气摄取养料,经由阳光提取钙质,

我的须髭如同箭毛,

而我的爱情却如夜色一样羞涩。

啊,你自夜中与我对语的朋友

请递给我十指纤纤的你的素手。

未婚妻很感动,紧紧抱住我,然后在红柳、杨树和茅草的遮蔽下,我们做爱。旁边是正在开的万千棉花,头顶幽深的天空上挂着丝绸状的云朵,日光在树荫下杂草上繁衍涟漪,灰雀用短促的鸣叫使得整个树林——荒地显得更为幽秘和芬芳。

"昌耀当了青海省作协主席。"有一天,朱斗峰在电话里说。我说:"那太好了!"昌耀当了省的作协主席,各方面待遇也会好起来。可又听一年回一次西宁老家的裴云说,昌耀还是老样子,生存状况也没有随着作协主席的身份而有实质性的改变。我黯然,

同时心里也问自己，为什么会如此惦记一个素不相识的人呢？在现实当中，我和昌耀根本不可能有任何交集，主要是自己写的诗歌太差，而昌耀，对我来说，是一座高峰，甚至神。这种肉麻的崇拜和颂词不符合我的秉性。凡是西北地区或在西北有过文学经历的人，昌耀和张承志，是在他们心里甚至精神当中占有相当分量的。

这种分量不是怜悯，而是敬仰，张承志和昌耀，无疑成为西北文学写作者的一个尺度和标高。1998年，朱斗峰转业回到四川。裴云因为好读书，极少应酬，也从领导岗位上转为技术干部。这一年，我也去了上海空军政治学院读书。与此同时，也和未婚妻的爱情进入"深水区"。未婚妻家境好，又漂亮，能够垂青并真心与我这个出身南太行乡村贫苦家庭的农民子弟、长相一般、人不敢恭维的男人恋爱并订婚，已经足够令我欣喜了。她对我的好，无疑是我在沙漠当中的一个福分，是另一种细水微光，与师长、战友以及书籍、文学练习共同构成了我青春时代"幸运的灿烂"和"贫瘠的荣光"。

毕业回到巴丹吉林沙漠，我做的第一件事，就是和未婚妻结婚。裴云和他夫人孩子都参加了我的婚礼。当晚，在洞房，我趁着酒意，给她朗诵了昌耀的诗《草原》第一段：

草原新月，萌生在牧人的
拴马桩。在鞍具。在鞍具上的铜剑鞘。

湖畔的白帐房因宿主初燃的灯烛

　　而如白天鹅般的雍容而华贵了。

　　妻子很感动。我没告诉她，这只是第一段。第二段，在那个时候朗诵出来有点不太合宜。以上的几句诗，犹如一部短片、一幅油画，纯粹、优雅与端庄，好像仙境，宛若童话。很适合在新婚之时朗诵。由此，我也觉得，昌耀是美的，他始终是一个饱经沧桑和苦难的孩子，一个内心和灵魂存放美景与美德、清洁和圣意的布道者。他诗中有血、悲怆、怜悯、暴力、古器、高原意象，但他的内心精神是刚健而柔和的，也是苍凉与博大的。

　　2000年，昌耀患癌症，不忍疼痛而跳楼自杀。这消息也是裴云说给我的。那时通信极不方便，当我们得知消息，林贤治、周涛、西川、伊甸、王久辛等人评论、悼念昌耀的诗文已经铺天盖地了。我也想写一篇类似文章，但总觉得笔力不逮，词不达意。有一次喝酒时，我对裴云说，朱斗峰走了，这偌大的沙漠军营只剩下你我了。裴云也叹息说，我只看书，不写东西，只能和你交流些读书经验和感想，没法说写东西的事儿……说完，脸上带着愧疚和遗憾。

　　我也觉得荒芜，忽然就觉得了一种孤立，如一块岩石横在冬天的沙漠上，风吹得钻心刺骨，别说温暖，就连同样的一块石头也摸不到。再往后的时间，在沙漠军营，一个人的写作另类得销魂蚀骨。一有人说我时常搞些文学作品，脸就像被狼舔了几下、熊掌抓了一把似的，无地自容，也无处摆放。很多时候，我也想，沙漠里有几千人，其中该有几个爱好文学和读书的吧。可就是找不到。大致是2003年，一个叫赵广砚的山东籍战士来到巴丹吉林沙漠，不久就和我联系上了。此外，又有贾鹏作画，田香香作画并书法、散文和小说也很有潜力，这使我莫名兴奋，心里也有一种欣慰之感。是他们，很多时候给予了一个文学写作者寥落的温暖，还有吹弹可破的尊严。

我们几个人偶尔会聚一下。聊文学、美术和书法，也说一些和自己非常不怎么切合的家事国事。可能是我写得多和久一些，也在国内报刊发表了一些习作，算有点艺术鉴赏力，赵广砚、贾鹏、田香香时常叫我看他们一些作品。从实说，赵广砚的诗歌如我起初，最大的问题是被官方词汇和流行话语充斥，甚至把新闻稿、歌词与诗歌相混淆。我这个人向来嘴冷，尽管自己也是半瓶醋，但从不愿意在文字上说假话。我总是觉得，我们本就生活在一个大话空话遮天、套话谎话塞耳的时代，文学是唯一能帮助自己逃脱这一环境和语境的"通道"。

我给赵广砚推荐了昌耀的诗歌。他买了。反馈说，有些看不懂。诗倒是很好，读着感觉有一种强大的气息澎湃而来。我说，这就是昌耀的诗，在中国别无分号。他表示会反复读。后来又对我说，他喜欢海子的诗。我说也不错。贾鹏的画见功底，表现能力强，注重地域特色，但在境界和意象的撷取上还欠火候。田香香的散文和小说有想法，题材和语言也很到位，就是不够专一。文学、书画一起上，做了一件放下一件，持续性不够。这些意见，我都当面对他们讲过。

赵广砚以前在单位的资料室、历史陈列馆工作。历史陈列馆布设的内容，都经过我的手。赵广砚喜摄影、好文学，日常工作是摄录像，到基地电视台后，更是忙得不亦乐乎，每日扛着摄像机在戈壁滩上奔波，回来后还要写播音稿。贾鹏先是有一份空闲度较大的工作，辟有个人工作室。日日作画，潜心用力，数年过去，作品也叫人刮目相看。田香香是技术干部，大部分时间在搞科研、写论文，课余时间作画、练习书法，基本上扔掉了文学。

文学尽管在大的环境下微不足道，甚至成为尊严蒙羞的契机和渠道，但文学毕竟是一种正当的个人爱好，只要你愿意，就可以做下去，不需要科研经费，也不需要聆听指示要求。按照文学的基本规律，把它当成一项个人的事业去做就可以了。如此这般，又一些年过去了。我依然如故，赵广砚也依然如故。我们在课余时间涂抹的诗歌、散文、小说，虽然很少，甚至低劣，但在巴丹吉林沙漠，已经算是星火燎原了。与此同时，我们还得知毗邻的酒泉卫星发射中心也有几位作家，如梁东元、王凯等人，可等我们得知，他们二人已经先后调到北京，现在都是专业作家。我和赵广砚、贾鹏、田香香是最基层的，孤军作战的悲壮意味更浓。有时候，也觉得自己全无出路，写作，无非土包子佯作手榴弹、锈铁刀妄想信息化战争那样可望而不可即，徒劳而又意义干瘪。好在，文学是内心和精神的缓慢疾病，一旦发作，就不会消停。

我依旧写，赵广砚也是。贾鹏的绘画也日日不辍。田香香也是。偶尔聚会，只有喝多了，大家才会装一下才子才女，借以为日日枯燥的生活增添一些自得其乐的雅趣。

2010年，我调到了原成都军区政治部，做期刊编辑、创作员。环境变了，日常生活和内心的秩序也变了，但仍旧在写。条件便利了，买书也多了。平均每个月，都有四五本新书入手，有的不对胃口，就放在书架上，有的正中下怀，放在床头读。关于昌耀作品，我基本上买齐了，青海人民出版社和人民文学出版社出版的。还有燎原的《昌耀评传》。有一次，一位诗人朋友见到了燎原，便请他代我向燎原先生致敬。因为昌耀，也因为他为昌耀写的评传。2014年6月，我再次回到巴丹吉林沙漠，依旧是天高云淡，荒野千里，依旧是大漠长河、落日恢宏。裴云、赵广砚和贾鹏、田香香等人还在。一起吃饭的时候，我又喝多了，也像当年一样，举起酒杯，朗诵昌耀的《一片芳草》：

> 我们商定不触痛往事，
> 只作寒暄。只赏芳草。
> 因此其余都是遗迹。
> 时光不再变作花粉。
> 飞蛾不必点燃烛泪。
> 无需阳光寻度。
> 尚有饿马摇铃。

属于即刻

　　唯是一片芳草无穷碧。

　　其余都是故道。

　　其余都是乡井。

　　众人无言，我独潸然。

　　离开几年，在闹市，我无数次确认，自己的精神所依还是西北，昌耀和他的诗歌只是一种参照和塑造，而西北——自天水向西、河陇之属、蒙古高原、塔里木盆地、天山和昆仑、祁连山以北沙漠戈壁、青海黄河至兰州段等，可能都是我的一种精神背景和心灵疆场。具体的巴丹吉林沙漠更是如此。毕竟，从十八岁到三十七岁，我一半的青春都在那片沙漠里消耗和蜕变，还有完成和再进行。离开甘肃的时候，我又到嘉峪关与朋友喝了一场大酒，欢闹之间，内心黯然。对一个心有苍天与阔地的人来说，西北是最好的安妥之地。

　　如昌耀《河床》诗句：

　　而现在我仍转向你们白头的巴颜喀拉。

　　你们的马车已满载昆山之玉，走向归程。

　　你们的麦种在农妇的胝掌准时地亮了。

　　你们的团圞月正从我的脐蒂升起……

这只是一个时间问题

身体的经历

  像一堆美好食物,事实上它在变坏。很长时间,我总以为肉体是一个"表面",而且仅仅是一个表面或者表象的问题,这令人感到沮丧和可怕。很多年以后,我才发觉,身体不仅是时间的祭品,还是生命乃至灵魂的容器。身体这一个鲜活和独特的存在,其实不仅是某个人的,当你成形,就具备了形而上的哲学、社会意义乃至私密、自由、独立等特性。但肉体之于实际的个人,它在远处,也在近处,在我也在他者之间。时间是最宽阔和最狭窄的过滤器,我们穿梭,沿路遗留的碎屑,丰腴或者干瘪,给人的感觉就像是一只翅膀上落满灰尘的蝴蝶。

肉体是短暂的、脆弱的，但也是一个具体的真理。

很多年前，在乡村上午的烈日山谷，我去除廉价的衣裳，将身体探进冰凉的泉水。四周的山和核桃树、大批的茅草都看到了，当然还有飞鸟和害虫。一具活动的肉体，新鲜的，除了先天性的胎记和不小心的伤痕，可以说毫无瑕疵。它是健康的、美的、独一无二的，甚至绝无仅有的。除了左脚踝的长长伤疤、头顶的石头痕迹，它再也没有什么可以让我害羞了。多好的身体呀，白皙、明净、单独、自我不明、涉世未深。多少年后，我一次又一次想起，惊奇和叹息。我记得那天的阳光是透明的，蓝天没有一丝云彩，就连地面上树木、楼房的阴影也都是萎缩的、透明的。

可现在呢？我的身体，整个夏天都是黑色的，栗色的黑。在沙漠，直射的阳光聚敛了所有的光，头顶和脚下的，拦腰而来的阳光使我皮肤发黑，甚至红肿和脱皮。直到秋后的好长时间，它才恢复到原先的白。这其中，肯定是有所流失的，我知道，黑和白之间的皱褶，还有自然的松弛、剥落，都是必然的。在时间之中，它们悄然进行，有一种温柔的残忍，且手法高妙。

2004 年以前，作为一个青年男人，我有点瘦弱，六十六公斤，一米七三的个子，似乎比刚刚到西北的时候要好一些。20 世纪 90 年代，我的身体一直在五十五公斤和四十八公斤之间徘徊，有时候皮包骨，有时候稍微有点肉感。

几年过去了，当初那个眼窝深陷的人，现在就躺在我的电脑硬盘及部分相册里，像是时光的沉默者，留存于生命底部的单薄影像。每次看到都像是一个极端陌生者，沉默得吓人。猛然想起从前的那个人，那个我，忍不住恍惚和心酸。

再一年之后，我的身体频繁出现问题。我想，这是时间的缘故，就像一棵树，长大是一种幸运，也是一种灾难。

2005年以后，我的身体健康情况应当是这样的：慢性浅表性胃炎、胆囊炎、右眼视力减弱、轻微的风湿性关节疼痛（刮风下雨、天阴和病毒性感冒的时候都会隐隐作痛）；左脚踝的伤疤长五厘米，红色，像蚯蚓，高高隆起。我记得是在老家一个池塘边儿滑倒，被一块石头的锋利头角划破的；头顶和左边的脑袋上各有一个石头砸的痕迹，似乎是邻居武生在我十岁那年冷不丁扔到我头上的；后背上有两个大大的黑痣，每次洗澡的时候都摸到它们。母亲迷信说，背上的黑痣，是要一辈子负重或者要背黑锅的意思。右手中指中间有一处不怎么明显的刀子疤痕，是被做木匠的四表哥的电刨子割的，流了好多血，滴在叫薇的女同学家院子里。

我想，这就是我的身体，一个人，活着的证据，放纵和安静的巢穴。孟德斯鸠说：没有一个词比自由有更多的含义。身体是不是呢，我也想重复说，在尘世中，也没有哪一个词比身体更为具体和确切了。

深夜的景象

有一种睡眠没有意识，是干净的，也是不可重复的。很多年后，关于身体，我至今记忆深刻的那一个夜晚，在我的直觉里是长方形的、棱角分明的。或许是闷热的缘故，空气黏稠，像稀释了的蜂蜜，又像风吹之后再度黏合在一起的细碎尘土——我醒了，酒意早已撤退，喉咙干燥，要裂开一样。爬起来，开灯、倒水，迫不及待喝，仰着脖子，从嘴角溢出来的温水，落在裸露的胸脯上，快速沿胸沟向下——像上帝一滴眼泪、海底的一粒晶盐。

我不可避免地看到了自己的身体，深夜的，光亮的，四周寂静，他人的睡眠在隔壁的房间里面，细微的响动掺杂了婴儿的哭泣和大人的梦呓。坐在床沿上，看着下落的水珠——像是一根白色的线，继续向下，迅速流失。我一阵惊异。

在深夜。这种不经意的发生，它从深处激发了一个欲望——身体的，也是原始的，似乎一把刀子，旋转着打开外壳，蓬动的果实开始骚动。

我想，在深夜，沉沉入睡是毫无意义的。如果仅仅是睡眠，夜晚，在人生命中的作用便会显得干瘪和暗淡，如同剪刀被闲置、花朵被疏远。这是一种温柔的、带有残酷性的趣味启发乃至生命和灵魂的醒悟。再次躺下来，明亮的光看着我，一个人，在寂静中，神灵活跃的时刻，摊开自己的肉体，这预示着什么，或者将要发生什么？我想到了，但空荡荡的被褥空荡荡地摊放着，洗后的肥皂香味让我想到阳光和水流。

窗外很黑，星星从玻璃上透过来，眼神叵测。我忽然想：天空上面，如果有神灵，此刻他们在做什么？沉睡？警惕？俯瞰？

叹息？还是绝望和不安？有风吹过，树叶哗哗，如窗边连续的布匹一路招展和遥远。

我关掉灯光，房间黑了，与黑夜融为一体。闭上眼睛，我想继续睡眠——隔壁的男人咳嗽了一下，一个女人嗔怪了一句什么。我想到他们——是一对夫妻还是一对情人？这又是一个不经意的——很多时候，我们被这些突然事件惊醒、缠绕、莫名所以——很久之后，趋向润滑的喉咙又有一种强烈的干渴迹象——我想再喝一些水，水在很多时候可以浇灭身体内的一些火焰或者幻象。我举起杯子，水顺流而下，直进肠胃，有一股来自身体之内的温热，缓慢升起。

这是惬意的，我复又坐下来，黑着的电视屏幕像是一张黑夜的嘴巴，空洞且有意味地看着我。当我仔细端详的时候，看到里面的一个人，是自己，虽然不是很清楚，但一个人的身体，白的，灰暗的白，基本保持了原形和原色。这是一个发现，尽管从前有过，但从未注意，这令我吃惊。我想这个物质——它一定收藏了我的肉体，我在深夜的某种眼神和肉体的某种姿态。

这时候，我有一种被审视和管束的感觉，紧张而又新鲜，来自身体内部，被陷入或者监控的捆束感一下子袭击全身。我想到：几年前，我刚刚摆脱了一个人睡眠，从两个人到三个人，其间递减和增添的，究竟是什么，有时候明晰如画，有时候云遮雾绕，让我迷惑不堪，无法厘清。

我记得，单身年代一个人总是想到另外一个人，想到共同的睡眠，乃至睡眠内外的一些事情，它们是生动的、美好的，有着天下大安的安全感，还有一种置身于广阔人类乃至自然之间的私密的激越感。

可现在，因为工作，我又不得不回到一个人的睡眠，在白昼，一个人总是单独的，即使身在闹市，众声喧哗。而夜晚，一切都在安放、在撤离、在遁逃，剩下的，就只是一个人的肉体和灵魂了。

有好多次，我一个人，躺在一张大床上，一夜间，不知道转换了多少个姿势——第二天早上醒来，却发现自己躺在床沿上，像一个杂技演员，稍一放松，就会跌下去。

这是令人愉悦的，有一种快感——偌大的房间之内，一个人就是自己的神，一个人的肉体和意志主宰了这个狭小的世界——被个人统治的世界，又被它们统治着的自己，这种交互叫我长时间地感觉到个人于世界一隅的独立和快乐——很多一个人的深夜，我总是裸体睡眠，毫无顾忌——原始的，没有修养甚或不知羞耻、自然放开的。凌晨或者夜半，醒来，四周空旷，只有呼吸的空间当中，家什沉默，墙上的挂图和巨幅相片，笑着或者冷静，都有一种隔世之感——时间久了，会有一种潮湿，有一种本能，从睡眠中生长起来——像悬崖峭壁上柔韧的藤条，流水中激荡的苔藓和石头点燃的火焰。

疾病的唤醒

我觉得了疼痛，母亲不予理睬。我躺在乡村的床上，空荡荡的房内，除了几件家具，就只有我一个人，肉体被疼痛揉皱。我将自己放在床上，单薄的床，一动身子就吱吱呀呀响。左胸口连接肋骨的地方生了几颗明亮亮的水泡，灰色的，底层有一些淡淡的黑，如香烟头摁在那里持续烫一样的疼，锥心刺骨，我呻吟出声。正午的乡村像是一个炎热的蒸笼，花草、树木和庄稼，流水和行云，无声无息，独自在它们的位置。

而疼痛是我的，一个人的肉体，被疼痛占据。我想喊出来，可是喊给谁呢？是疼吗，肉体、灵魂的吗？它们就在。那时候，我还不知道，所有的疼痛都是肉体自己发动的，与谁都无瓜葛。傍晚，我没有吃饭，疼痛持续，向着深夜或更多昼夜。

我躺下来，翻身、翻身、翻身、翻身，趴下、趴下、趴下，再翻身仰起，转过来，再转过去——黑夜真黑，一个人的疼，像蜂群连续的蜇——我想睡。我总是记得，睡着了就没有了疼，消失或者暂且隐藏，而疼痛控制了我尚还年幼的肉体，也张开或举起了我的意志，像是一支烧红的铁钳，使劲拧、拧、拧——越来越紧，越来越疼。

凌晨三点，头天早上买的十二粒去痛片被我吃光了。天还没亮，我开门，走下去，站在安静的院子里一声一声喊娘。母亲开门，看到我疼痛的模样，掀开我的衣襟——昨天稀疏的水泡开始向后腰蔓延，一排排，呈腰带状，密密麻麻，一颗颗，类似家鸡的眼睛，还在火烧一样地疼。有些水在里面汇聚鼓胀，急于爆破。母亲急忙带了我，去看医生。

清晨的脚步是趔趄的，也是响亮的。我告诉医生：一夜之间吃了十二粒去痛片，他惊诧说，到现在能没事够你幸运！我不明所以，抱着疼痛，痛苦地盯着他没有表情的脸。母亲说，去痛片吃多了会死的！我真的不知道，我只能用这种方式，渴望以最快的速度遏制疼痛。

再一天，带状的水泡就要合拢了，从左侧到右侧，还有一指的距离。母亲带我又找了一个医生，他看看说，是带状疱疹，俗称蛇缠腰。两条疱疹合拢，人就没有命了。我吓了一跳，瞬间忘了疼痛，站在地上，低头，看着缠绕胸部的带状疱疹。他开了中药，几只蜈蚣，还有一点硫黄，说：加点白酒，把它们和在一起捣烂，按逆时针方向涂，应当会治好！回到家里，母亲下手，捣好，逆时针方向涂在上面。我感觉到了一种凉，透入心脾的凉。到下午，疼痛减退，鼓胀的水泡慢慢干瘪，到第二天，就都不见了，曾经疼痛的地方，留下一道明显的白色痕迹。

后来，我想到，这就是疾病，巨大的，灾难性的，属于肉体自己的，但又何尝不是精神和灵魂的呢？一个将要成人的孩子，他正在告别，肉体在成熟，在前进，既是一个悖论又是一个沮丧；是一种不自觉的渴望，又是一个灾难。

二十九岁那年,从北京上车,还没到张家口,胸脯疼痛起来,胀疼,像是一只无法停止打气的皮球——趴在铺位上,疼痛让我无法顾忌形象——这是最难堪的,疼痛将一个人的肉体尊严轻而易举地打垮了。持续到第二天傍晚,到嘉峪关下车后,住进医院,一瓶头孢曲松,疼痛才有所缓解。躺在病床上,我才发现,四周都是人,一张张的白色床铺上,都有一个躺倒的人,肉体在衣服里面,被紧紧包裹,疼痛在肉体之内,像岩浆或者暗流,隐隐约约,翻滚腾跃。

白昼的迹象

活着的唯一证据就是肉体,在白昼,被自己包裹起来,用柔软的丝绸或者稍微坚硬的布匹,肉体和灵魂都在里面隐藏,像是一个怕风的孩子——它的存在就是我们的存在。而通常,我是淡忘了的,由意志驱使、行动决定。在早晨,感觉到饥饿,这是肉体对生命的要挟。最好的食物来自大地上其他生灵的身体,动的和静的、生长的和腐朽的……吞咽的时候,我没有想到这些食物的原始长相和被烹制之前的种种形状或者思维,只是吞食。嘴巴、牙齿、食道和肠胃,一连串的,机械而敏感的动作,叫我想起庞大的带有齿轮的机器。

这是残酷的,而肉体却感到了充实、舒服,充满力量。这种以残杀和吞食为首要原则的方式,在很多时候,我们是忽略了的,听从它的驱使,又在其中麻木和迷失。这是意志的悲哀。早晨,明亮是对肉体的另一种遮盖。在黑暗中的膨胀消失了,取而代之是社会的人、约束的人、衣冠楚楚的人、道貌岸然的人。在众多的人之间,穿梭、摩擦,没有意义而又兴味无穷。

上午,太阳司空见惯,熟视无睹是否也是一种漠视和不尊重?走在阳光下面,觉得了一种笼罩,感觉与地面上的一只蚂蚁和甲虫毫无区别。灼热了,渴望阴凉,汗水在某些时候不失时机地浸湿衣服——肉体显露。肉体,它永远都比衣裳强大和持久。很多年前的一个夏日,在戈壁深处,看到一只受伤的沙鸡,不知道公的还是母的,一只脚血迹隐隐,疼得叫唤——我们来到,看见另外一只沙鸡,仓皇飞向远处的一个小沙丘上,落下来,一边咯咯叫着,一边看我们。从它的叫声中,我感觉到一种即将失去的惧怕和兔死狐悲的惊惶与悲哀。我抱起受伤的那只,它咯咯叫着,小小的眼睛充满了疑惑,低垂向下,不看我们的脸,只是低着头颅,似乎在用无助和沉默猜测自己的命运。

包扎好了,我把它放在地上,它使劲挣扎了几下,又扑倒,咯咯叫,另外一只也加大了嗓门。两只遥相呼应的沙鸡,在那个中午,使得枯燥寂寞的戈壁凭空有了一丝生命气息。我躲进一丛红柳树下,像豹子或者绵羊一样看着它们。不一会儿,那只健壮的沙鸡飞回来,收拢羽毛,落在受伤的这只沙鸡身边。它们慢慢移进一丛骆驼刺,叫声随之越来越小,直到什么也听不见。

那时候,我想到了肉体——它们,两只沙鸡,或者两个人,无论再强大的爱，没有了肉体，其他都是虚无的——有了这个想法后，蓦然之间，觉得戈壁出奇地大，比往常感觉更大更空，空洞无物的空，没有着落的空。脚下的沙砾滚烫，却又好像没有温度。这是很奇怪的一种感觉。我们在红柳树丛当中喝完了一天的水，没有感到饥饿，只是渴，没完没了的渴，好像整个身体就只需要水来维持一样。

回路上，太阳隐没，西边的血晕很快消散，黑色升起，像是从细碎沙子当中伸出的万千黑头发，攀援直上，要与天空接壤。灼热的戈壁骤然冷了，沙子的温度转眼不见，风也是凉的，冲进衣服，像是雪粒飘落在裸体上一样。这时候，我才觉得了饥饿，无法忍受的，身体似乎空了，只剩下一张皮。我想到在路上遇到一些什么：相同的行者（一定要带着粮食），沙鸡和野兔，或者红狐（却没有取火的木柴）。在戈壁，除了这些，再不会有什么可以充饥了。这是异常残酷的，深陷的戈壁就像是一座旷古的牢狱，也像是无法穿透的饥饿陷阱之于肉体的残酷刑罚。

洗浴的快乐

被灵魂控制的、收藏的肉体，在"我"之中是乖顺的，很多时间，健康着的肉体，就是一个聪慧的孩子。孩子——充满着令人期待的美好事物，让人觉得存在的强大。在清水中，肉体是欢快的，甚至会像孩子一样发出清脆的叫声。即使在稍微浑浊的水里，肉体也会瞬间干净起来。小时候，我们经常在村下的一个水库中玩水，众多的孩子，众多的肉体，站在坝堤上，一起大喊一声，声音未落，跃入水中，小小的肉体与水面击打出的响亮声音，在两边石壁上跌宕。

可惜，那时候不知道用肉体去清洗肉体，用手掌去掉更多处的生活中沾染的灰尘。总是在游玩之后，躺在滚烫的青石上面，晒干身子，打掉嵌在肉里的沙子，穿上衣裤急匆匆离去。直到身体某些地方慢慢长大、觉得了羞耻，不能公开于众的时候，才感觉到了身体的脏。有一年冬天，我的膝盖上结了一层黑色的痂垢，一片一片，像是雀斑——穿衣脱衣的时候，总觉得不舒服，但没有地方可以洗。唯一可以安慰自己的是：当时只有一个人，谁也看不到。白昼厚厚的衣服遮掩了它们，这是我在那个年月之所以能够趾高气扬，行走于众，而丝毫不汗颜的根本原因和心理支撑。

夏天还没有完全到来，燥热，身上的脏，肉体的累，让我急不可耐。早早涉水——但再也不敢光天化日了，躲在隐蔽处，感觉像在做一件丢人的甚至是可耻的事情一样，搓搓洗洗之间，还东张西望，提防突如其来的目光——在那个时候，身体是被侮辱了的，是伦理和人为的荣辱羞耻观念强加给了肉体，无辜的身体，它不得不蒙受。

直到穿上衣服，布匹的遮掩让我长舒了一口气，再也不用提心吊胆了。后来，趁夜去洗澡，在河里，第一次感觉黑夜的世俗功用，人的目光是有限的，而其他品类的事物则不用提防——很多时候遇到水花蛇和青蛙，还有水藻和蝌蚪，蚊子的尖嘴巴猛然扎进皮肤，疼痛之后，被手掌拍死或者杳无踪影。

最美的就是成群的萤火虫了，在远处，打着黑夜的灯笼，飞来飞去，不高不低，围绕在身体周围，似乎集体的舞蹈。清水在身体上滑过，柔绵、迅速，悬挂在某处的那些，也很快掉落——不用擦干，站在一块冲洗干净的石头上，风吹来，像水的另一种形态，擦过去，一遍一遍，然后是干燥的肉体，在更大的黑色中，显示出自己独一无二的白，空前绝后的白。

而集体的洗浴是不快乐的、拘谨的，一群同性，在一起，排成一行，叽叽喳喳，在飞落的水中，我怎么也感觉不到美感——这时候，我时常想起异性的洗浴——她们是不是也像这样呢？裸袒的身体，白得耀眼的身体，肌肉晃动弹跳的肉体，到底怎么样的姿势和神色？这样想的时候，我是羞涩的，又是激越的，我不能隐讳或者回避。后来和一个异性一起洗浴肉体，第一次之后，蓦然觉得所有的肉体都是相同的，没有任何秘密，所谓的秘密不过是某种意识的给予和附加。此后很多次，和异性一起洗浴，我没有想到要做什么，而像往常一样，专注于清除肉体上存在的灰尘——再替她清洗，从前到后，从上到下，从熟悉到陌生处——然后穿衣，出来，还原为众目睽睽之下的肉体和精神常态。

身体的痕迹

早上醒来,感觉肉体当中有一种疏松感。睁开眼睛,看见裸在外面的胳膊,手指像是一小截一小截的木棍,被意识招回来,被血液充满——再就是丹田的胀,难受的胀。我知道必须要清除……还有,某一部分不讲道理,莫名其妙地耸起——这或许就是肉体意义的根本所在了。我还觉得,每一具肉体都有自己的方向,终极和暂时的、虚无的和真实的——它们都必然前往和到达。

康德说:"要把人当作目的看待,决不能把人当作手段使用。"而肉体呢?对于拥有者本人,或者他人,又该是怎样的呢?我想这就是肉体,而最为强大的敌人——过去好多年,少年,青年,再往后一些时间,肉体还会遭遇一些什么呢?尽管明了,但我不愿意说出来。某些时候我笑,在对面的镜子里看到奇怪的皱纹,自己的,当然也是肉体的,在眼角和嘴角。我才明白,真正的痕迹不是疾病,也不是欲望——时间,它比这些持久和庞大千万倍。

每次洗脚,或挽起裤脚时,就看到了一道伤疤,在左脚踝,像一条永生的红色蚯蚓——多年之前,在家乡的池塘边,滑下去,一块石头划开了它,红色的血在清凌凌的水塘中,棉花一样浸润、扩散。伤口后,疤痕留了下来。有一年胃疼,去医院做胃镜,长长的金属管子,从嘴巴,从喉咙,蛇一样钻进去,在我的胃里,曲折扭动。我疼,强烈地想呕吐,呼叫他们拿出来。而他们不,慢条斯理，无视我挣扎。他们说，我的胃正在发炎，慢性浅表性胃炎，给我开了西药——我向来抵制这种生物合剂，想吃草药，泥土上和水中生长的，大地和天空中的——它们尽管苦涩，但我觉得安全、滋润。

去年开始，我的肚腹开始臃肿起来了，一夜之间的事情，虽然不大，但那种臃肿，是从来没有过的，以致淹没了肚脐边最好看的一颗痣——我一直将它当作自己肉体的一个奇迹——或者上帝有意味的安排。而逐渐胀大，肚腹像是一面逐渐隆起的鼓，空腹敲打的时候，会有一种咚咚的响声。

我还发现，肉体正在变得难看，色泽、质感，柔软中有了些微的粗糙——我刚刚三十二岁，怎么会变成这样呢？肉体：引以为骄傲的，无论何时，唯一可以理直气壮称作私有的无价之宝。它开始让我沮丧，我再也不是很多年前在正午的水库边无意炫耀美好肉体的少年了。时间，肉体，我看到它们的巨大齿轮，正在不紧不慢地运送、折叠和收藏。

好像从最近一段时间开始，每隔半年，我要去医院一次，把肉体交给他人和机器，看肉体的内部：咽喉、心脏、脾、胃、肝、肾、肠道，还有流动的血液和坚硬的骨头。我从来没有这么怕过。肉体，那个时候忘却是无知的，而现在重视又说明了什么？总是有一些东西，在空气，在水里和食物当中，长着尖锐的角和牙齿，向着肉体前进、驻扎、繁衍和茁壮成长——我知道，在某一天，它们一定会得逞的，但于我而言，我不想就是现在。

常常听到或者想起与肉体有关的故事和传说，舍身饲虎的佛陀，被钉在十字架上的耶稣——他们，将肉体贡献出来，是不是一种丢弃和亵渎？肉体是有罪的，罪恶之源，我怎么也不相信——每一个肉体都是光辉的，无可复制和无可比拟的。通常，我第一个抚摸到的物体不是其他，是肉体，自己的和他人的，温暖、弹性、自由、可爱，这是不可忽视的强大存在。

肉体的流传

我看到了流传。肉体，从自己看到他人，从老迈到年轻，坟墓和产房——肉体，我觉得了它的强大存在，不可遏制，无法替代，独一无二的肉体，在事实中形成、张开、游走和矗立。三年前夏天的一天，我在产房外面，长长的走廊，焦急等待和担忧之后，一个人出来了，被一个人抱着——陌生的，小小的，从对面走过来——我激动了，看他，那样的小，路过我时的眼睛满是好奇和懵懂，但神情却好像已完全弄懂了这个世界一样。

我知道——肉体诞生，灵魂迅速形成，精神慢慢汇集，一个人显现在眼前的景象，唯一的就是肉体——所有的行为和语言，肉体的一切表达，繁复或单纯，都是一种流传。此前多年，那个十多岁的少年，对肉体的流传抱着强烈好奇心：羞涩而隐蔽。我怎么也想不明白，一个人和另外一个人一起，就会有一个新的人、新的肉体诞生——这是事实，公开明朗而且确凿无误，但熟视无睹、熟稔于心的人们，言必隐讳，谁也不会坦然告诉一个渴望明白此中奥秘的孩子。

这是隔离、排斥，还是故作姿态？后来我才知道，异性之间，一个人和另外一个人在一起，必然要有一些奇怪的过程和特殊的动作，以及密不可言的机遇：肉体的，生命的，似乎更像是上帝的、自然的和本我的。我惊奇于这种流传的方式，它充满了公开的隐秘性和不被想象控制的逆转性。直到成年，这种流传或者说创造几乎占据了我每一个独处的夜晚，激越、亢奋、爆破，欲罢不能的时候，我才真的发现了肉体的力量——源自上帝花园和动物天性的强大本能。

直到对方频频呕吐，肉体不适，肚腹逐渐隆起，我才确信，又一个肉体生成了！这是一件多么伟大的事情，简直有些可怕。我不知道该怎么形容自己的这种感觉——想到自己的生成，最小的精子和卵子，最小的凝结和逐渐成形的胚胎——想到这里，忽然有一种眩晕之感。身体在强大的水中奋力逆游，四周都是强大的水，汹涌连贯，激荡不息。我不知道那是温床和土壤，还是飓风和岩浆？

这一过程，让我想起克鲁泡特金阐述的包括人类在内的互助法则——抛开本能、天性和社会的伦理功能，互助构成了肉体流传，生生不灭。晚上，躺在三岁的儿子一边，他的呼吸是均匀的，细微得听不到声息——这一定是干净的结果。我固执认为：尘世的过程就是肉体由清新到严重污染乃至逐渐衰败的过程——生命、爱情、责任、义务、精神、理想，终极的和短暂的，人文的和速朽的，不过是肉体的衍生物品。

我也常常想：我之后，是儿子——构成了我们肉体流传的最大可能，这种奇怪的想法包含了一些被世俗所不容的因素，但无法悖逆。对此，我时常如此想，但总难以出口。而儿子，三岁的孩子，清净单纯的肉体和意志，他尚且没有这种意识，但谁敢说他压根就不知道呢？但这些，或者关于肉体，我只能说：这只是一个时间问题，也只能是一个时间问题。

身体的证据

最近一段时间，感觉自己的肉体正在向棉花靠近——这很奇怪，却又无比合理。很多时候，我常常抚摸自己的肉体，无人的时候，像是一个有自恋倾向的病人，手指轻柔，像冰面上滑动的树叶或者鱼，一阵轻微震颤之后，是连串的奇思怪想和神经慌乱。有时候忍不住使劲捏住其中一点：疼，松开，身体的某种意识聚集。这种感觉是振奋的，我确信了肉体的存在，与此同时，也确认了自己精神和灵魂的存在。

这就是证据了，一个人的，更多人，想来都不过如此。有一年冬天，我躺在一个人的床上，感到冷，宿舍的窗户吹进西伯利亚的寒风，有着戈壁卵石一样的形状和温度。我感觉到自己的肉体正在变凉，鲜血的流动似乎也在减缓。我抚摸着自己的大腿，一遍一遍，快速，慌乱。慢慢地，我感到了温度，热，灵魂再次回到那里。然后脚又开始凉了，被子似乎是抹了一层油漆，硬脆如纸，触碰之后，是一阵粗糙的摩擦声。我把双脚拉上来，叠放在一起，相互摩挲，让它们自己为自己制造温暖。

再有一年，我身边有了一个人，同样冷的夜里，却再也没有感觉到异常的寒冷，肉体和肉体之间，肯定有着一座桥梁，无形且有形。那些时候，我醉心于这种生活，肉体之间的紧靠和摩挲、放开和收紧——是奇妙的，也是愉悦的。很多年后，我在很多时候回想起来，觉得是一个人的肉体拯救了另一个人的肉体，是一个人的肉体对另一个人的肉体的认可和热爱。

这是令人高兴的，和谐的肉体，异性的，自然的肉体，开合有度，自由旋转且包含意志和趣味的肉体，温暖之外，还有本能，本能之外，还有责任、梦想。两年之后，我感觉到了平静，一个肉体让另一个肉体觉得安慰和安全，无可遮掩，坦然来去。也就是在这一年，新的肉体诞生了——我却懵懂起来，我不知道具体什么时候，两个人之外，又一个人诞生了，在另一个人的肉体之内，像春天的叶芽、花朵，风中的花粉和种子，清水的根和石头的内心。

我总是莫名其妙地想：需要怎么样的过程和方式，才会如此呢？这是肉体对肉体的种植，还是肉体对肉体的离间？必须要有一个人，一个肉体来作为证据吗？我知道，这也是肉体对肉体的取代——消失成为必然的宿命，一个人是不是在世间存活过，唯有肉体可以作证。

事实也是如此：肉体是有灵性和尊严的。但尊严是内在的，在某种时候变得隐秘，不可触摸，淡淡的香味和娇艳的形状。更多的却只是一种梦想。肉体的尊严：私有、严格且不可侵犯，自尊，源自意志和灵魂的高贵因素，在更多时候阻挡和改变了我们的一切，也成就了我们的一切。

很多时候，我常常为此感到困惑。有一年春天，沿着河流，我看到众多的村庄，以及村庄里的人们，当然还有牲畜，这些事物，在天空和大地间，也像人一样，恪守着肉体的某种天性和禁令。在一片阔大的草地上，我曾经认真观察过一群牧羊的肉体生活——规律或者不节制，幼小者的肉体不会被同类肆意侵犯：这是牲畜——我们之外生命的道德和天性，我觉得温暖，也感觉到了肉体的明亮和单纯。当血散肉泥，骨殖成灰——但仍旧是美好的，我们总是会说，肉体的证据——存在的事实。短暂、仓促、脆弱、强大和创造……时间之内，生命流传。

成都笔记

几个夜里，我连续做噩梦，都是很凶的那种。一次，刚躺下，梦见自己睡的双人床忽然下沉，而且头朝下，下面是无际的黑洞。加速度倒栽的时候，一种类似死亡来袭的恐惧感充斥了我的身心。我使劲挣扎，但没用。旋即又升回原位。俄顷，又如此。我明显觉得了绝望，心里说，这一次要死了？可是我不甘心。想如何拯救自己。我默诵唵嘛呢叭咪吽，无效；又南无阿弥陀佛，也无效；继而喊上帝救我。刚说完，倏然恢复原位，并很快张开眼睛。另一次，我梦见一个圆脸、穿白衣的女子站在屋里冲我笑，妖媚，而又神态诡异。猛然醒来，开灯，屋地上除了沙发和茶几，一切如旧。

这两个梦境，我长时间不知何意。那时候，我刚来到成都，而且长期一个人。妻儿还在西北的巴丹吉林沙漠。对我来说，起初的整个四川,都是一个陌生之地,之前只是听闻其名,未曾涉足一次。成都乃至四川,给我的第一感觉是"道气"和偏远,道气是指张道陵之创造的道教(传说)及其至今不散的影响力,再加上李白《蜀道难》中"蚕丛及鱼凫,开国何茫然!尔来四万八千岁,不与秦塞通人烟"。还有金沙遗址、三星堆之扑朔迷离,令人想入非非,猜想不已,难以确定其文化和文明源流与创造的神秘性——李冰之都江堰的精工与不朽,以及欧阳直《蜀警录》"天下未乱蜀先乱,天下已平蜀未平"之说。扬雄、李密、司马相如、李白、苏轼、杜甫,乃至三国时期的诸葛武侯等人,尤其是近代刘文彩、刘文辉和刘湘等军阀和乡绅非常有意思的传奇命运。无论是本地土著还是外来者,都在四川得到了很好的润泽。

青藏高原、横断山脉之高迈、驳杂,秦岭之南北明朗,湘鄂山地之崎岖,云贵高原之幽秘,米仓、大娄、巫山、邛崃山、龙门山、大巴山、大凉山蜿蜒分布,岷山主峰雪宝顶之高洁巍峨,蜀山之王贡嘎山的雄奇与神圣,更有峨眉、青城,一普贤菩萨道场、一道教之缘起,如此之地,何等的奔放、奇崛与神奇?东晋蜀人常璩《华阳国志·蜀志》中说:"蜀之为国,肇于人皇,与巴同囿。至黄帝,为其子昌意娶蜀山氏之女,生子高阳,是为帝(颛顼);封其支庶于蜀,世为侯伯。历夏、商、周,武王伐纣,蜀与焉。其地东接于巴,南接于越,北与秦分,西奄峨嶓。地称天府,原曰华阳。故其精灵则井络垂耀,江汉遵流。《河图括地象》曰:'岷山之(地),上为井络,帝以会昌,神以建福。'《夏书》曰:'岷山导江，东别为沱。'泉源深盛，为四渎之首，而分为九江。其宝则有璧玉、金、银、珠、碧、铜、铁、铅、锡、赭、垩、锦、绣、罽、氂、犀、象、毡、毦、丹黄、空青、桑、漆、麻、纻之饶，滇、獠、賨、僰僮仆六百之富。其卦值坤，故多班采文章；其辰值未，故尚滋味；德在少昊，故好辛香；星应舆鬼，故君子精敏，小人鬼黠；与秦同分，故多悍勇。在《诗》，文王之化，被乎江汉之域；秦豳同咏，故有夏声也。其山林泽渔，园囿瓜果，四节代熟，靡不有焉。

"其地东至鱼复，西至僰道，北接汉中，南极黔、涪。土植五谷，牲具六畜。桑、蚕、麻、纻、鱼、盐、铜、铁、丹、漆、茶、蜜、灵龟、巨犀、山鸡、白雉、黄润、鲜粉，皆纳贡之。其果实之珍者，树有荔芰，蔓有辛蒟，园有芳蒻、香茗、给客橙、葵。其药物之异者有巴戟天椒；竹木之瑰者有桃支、灵寿。其名山有涂籍、灵台、石书刊山。其民质直好义。土风敦厚，有先民之流。故其诗曰：'川崖惟平，其稼多黍。旨酒嘉谷，可以养父。野惟阜丘，彼稷多有。嘉谷旨酒，可以养母。'其祭祀之诗曰：'惟月孟春，獭祭彼崖。永言孝思，享祀孔嘉。彼黍既洁，彼牺惟泽。蒸命良辰，祖考来格。'其好古乐道之诗曰：'日月明明，亦惟其名。谁能长生，不朽难获。'又曰：'惟德实宝，富贵何常。我思古人，令问令望。'而其失在于重迟鲁钝。俗素朴，无造次辨丽之气。其属有濮、賨、苴、共、奴、獽、夷、蜑之蛮。"

从这些叙述当中，我隐隐觉得，巴蜀之地，物产与人，皆可自成一诸侯，其中夹杂的其他族类，也多为其所同化。这也说明，其实是地域或者自然地理环境改变人和塑造人的一切。巴蜀之浓郁神仙气息,独有而奇彩的文章人杰,是足够令人羡慕和尊敬的。在此之前,我对巴蜀完全陌生,至2008年"5·12"大地震,才空前关注四川,那种非常态的罹难与不幸,作为同类,我热泪不止,无比心疼。情感和精神上第一次与四川实现了同频共振。此前,我尤其不喜欢四川话,有一段时间,听到就烦躁不安。大抵是厌烦四川人扎堆之脾性、喧闹之趣味的缘故。小时候,河北老家一带的煤矿铁矿,多的是四川籍的打工者。蜀人喜欢吃喝,这在蔬菜和肉食较少和单一,且又以节约、节食为美德的北方,是很受诟病的。大人们一说四川人,便脸色鄙夷,轻蔑说:"哼,那些个四川人,挣多少钱,都要吃了的!"言语之中,皆为谴责。

人之地域脾性,是群体性的。任何一个习俗的形成,一定是融合了更多近邻的价值取向。其实无可谴责,也不必要用自己的"惯性"生活思维来进行评判。于个人,我做梦都没想到,有朝一日会到成都来。有此"动议"之后,遵著名作家裘山山之命,去映秀镇采访了当时在抗震救灾中表现极其优秀的黑水民兵团队,斯时,他们正在进行映秀镇抢险救灾(2010年8月)。采访完毕后,我又返回巴丹吉林沙漠。几个月后,正式调入原成都军区政治部。初来的感觉当然新鲜,虽然不认识什么人,但有单位及同事,也觉得自己将来安身于此也算是一种福分。人到四十,生命大致减去了一半,一个人最重要的,莫过于为孩子着想。这是我延宕至今的想法，这或许有些传统，但作为一个父亲、丈夫，我总是觉得自己有很大的责任和义务。安顿好自己不算好，一家人都好才是真的好。

那是 2011 年春天，我还不到四十岁。三十几岁的男人仍旧不知天高地厚，甚或有些狂妄，觉得世界就在自己手掌当中。以至于到成都后，满心充盈的是对未来在此城市的美好生活，至于怎么美好，感觉和设想都是笼统的。事实上，一个人一旦有了藐视天下之心，他必将遭到某些人事的意外痛击，如《道德经》"极则反、盈则亏"之言，世间万物，莫不如此。当然，所谓的意外痛击也不一定说来就来。事物必定有自己的"节奏"，尽管在我们生命和生活周围，始终潜伏有各种各样的羔羊、猛兽、鲜花和刺刀。

如此的道理和生活经验，可能是人生常态和基本经验。尽管一个人在异乡的城市，但从没有感到任何的空旷寂寥。究其原因，还是亲人在起作用。妻儿、母亲、岳父母、弟弟等等都是强大的心理依靠与精神支柱。面对这座陌生的城市，我感到了幽深，总觉得他有很多"禁区"，或者说，我无法融入的障碍。去武侯祠，忽然觉得，三国的刘备便是河北人，张飞和赵云也是。也想，四川迄今仍旧明显的标志性的三国文化，其实是我们河北人在此创造的。由此推想，成都乃至整个四川，大抵是很具有包容性的。不像北方，很多地方的排外意识非常强烈。这大抵是北方多游牧血统的缘故。成都乃至四川，其大规模的灾难也有过数次，如1786 年6 月1 日泸定县南磨西面山嘴崩塌、1896 年川东绥定、夔州、酉阳等府州山崩泥石流、1933年8月叠溪大地震、1981年涉及全川的暴雨型泥石流、滑坡、崩塌，以及1989年贡嘎山南关沟融雪型泥石流等等，都是至为惨烈的。这个也位于北纬30度的中国省份，其灿烂的文化和文明与所经受的灾难，完全是人类历史上的一道奇观。

然而，在时间当中，人的生命长度何其短暂！尽管惊悚于的"5·12"大地震，但我倒觉得，大地不会频繁伤害某个地区的生灵，也不可能经常发生惨绝人寰的大灾难。征求了父母妻儿的意见，我就来到了成都。闲暇时候，我一个人在文殊院转悠。也觉得，在喧闹的城市，有这样一处清静地，在当下时代也算难得。从前，受困于西北的广阔，巴丹吉林沙漠的深陷与空寂；现在，则被一种来自同类及其建筑的包裹。这种区别，注定了一个初来乍到的人的惶惑，无所适从，以及诸多的好奇与想象。

夏天傍晚，落日依旧凶悍，光照之深之长，令人觉得整个世界都是沸腾的。人更是如此，女人穿得少而精致，露出的部分昭示着性别之外的某种自我审美情趣与年龄、文化层次和生活品质。男人则无非短裤、拖鞋、汗衫，再怎么暴露，在同性眼里，也只是高矮胖瘦与丑俊而已。我一个人，混迹于操着各种口音的游客之间，在各个佛龛前瞻仰流连。佛陀庄严、肃穆、仁慈，简单的神态当中包含了对人事和世界的诸多玄奥或朴素的看法，也蕴藏了如我一般俗人难以彻悟的秘密与启示。此前，因为母亲笃信基督教，我也受到影响。但只是觉得好，人应当有信仰，只要是正当的、向善的，都是好事，尤其那次做噩梦，念佛家而无回应，求告上帝而迅速醒来，我才觉得，上帝可能是存在的。但细细自问，我还是一个没有明确信仰的家伙，那些所谓的信仰不过是一种姿态，距离真正的信徒还有很多的鸿沟天堑。

相比夏季，成都冬春时节时常阴霾。这种极端的对立，在成都倒显得和谐。越是热的时候，越是太阳频繁。越是冷，太阳却躲起不见。这有点像成都人的脾性，即，越是热闹的，越人多，再挤也要挤进去；越是冷淡的，即使一个人占据一个大客厅，也不愿意迈进去。文殊院有一家宫廷糕点店，每天下午都有人排队购买，而旁边同类的糕点店，琳琅满目却无一人购买。每次看到此景，我就诧异，觉得成都人真是不可思议。糕点这种"哄嘴"的吃食，其实做法和味道都差不多，何以只盯着一家呢？

晚上散步，在文殊院或其附近将凌厉或懒散的夕阳送到诸多楼宇后面，然后从四周围绕而来的夜色中，等待灯光把自己从某个角落找见。也就是从那时候开始，我发现，文殊院的僧侣们一般在下午五六点钟做晚课。其中还有一些俗家弟子，虔诚地站立其中，大声诵唱佛经如《大悲咒》《大明咒》《心经》等佛家经典。那种声音犹如天籁，往往能使得我浮躁的心瞬间安静下来，如烈日下猛然遭遇掠泉水而来的微风，如枯坐的冬天蓦然升起一股持续的暖意。我不由得坐下来，在柱廊下倾听，慢慢地，自己浑浊的身心逐渐地澄澈起来，沉重的世事与烦恼宛如低空灰土一般，簌簌地落在了悄声流动的细水微波之上。

单位在人民中路三段，向南，可以直达天府广场，向北是成都火车站。几乎每晚，我步行到天府广场再返回，沿途都是商圈。一个人穿行在众人之中，我觉得了一种丝丝入扣的孤独，而这种孤独，是从众人和车辆之上发散和传达给我的。我想，一个人面对更多的人，他们却都与你无关。他们面容亲切、舒展或者悲愁、纠结，与我毫无二致，苦难和幸福在人的一生中不断交替出现，无常才是生活和生命的常态。可是，他们却与我素不相识，即使偶尔有肌肤之亲，可还是没有丝毫感觉。

一个人在繁华之中游走，商品和食品众多，可你只是其中可有可无的一粒。偶尔，我会和自己说一句话，或者说给别人，但往往不知道为什么要这样，究竟要说给谁。这种类似失控的思维状态，让我深切地觉得了一种人之为之的无聊与悲哀。

其中一段时间，我万般想念于2009年3月9日凌晨去世的父亲。虽然他只是一个非常普通的农民，但他对于我的心灵和精神支撑，是无可替代、无与伦比的。起初，我不觉得父亲有多么重要，可他一旦离开了人世，我立刻就有了凉风穿心的孤独与悲凉感觉。作为一个农家子弟，从卑微的尘埃中挣扎到现在，用浴血奋战一词来形容毫不为过。世事如此苍茫，人心何其浩瀚？我之所以如此在乎父亲，盖因母亲是一个小心性的乡村妇女，弟弟为人粗疏，他们俩虽然爱我、疼我、尊重我，但很多时候无法帮我分解内心和精神上的疼痛、煎熬。在这个世界上，唯有父亲和妻儿是真正的温暖，让我心有安处；可对我最包容和理解的人只有父亲一个。他没了，我的内心忽然空洞无助，只觉得到处飘满了猝然的不安与毁坏、背叛和伤害。父亲还在世时，我不觉得自己这一生会遭遇什么样的突然袭击和摧毁。长期以来，我一直无条件地相信、爱身边的每一个人，总以为人的心都是肉长的，也都是善良的，不设防，把自己交出去，即使得不到回报，但也绝不会受到伤害。记得少年时候在村子里生活和读书的时候，因为对人太实诚，很多人占了便宜然后在背后嘲笑我傻。说我"脑筋有问题""傻二不扯"等等，母亲和其他亲戚听说后，都语重心长地劝我说，要多长个心眼，不要轻易相信人，免得吃了大亏，后悔哭死都拿不回来！

可我仍旧不改变，这种刚强的秉性使得我在人生道路上吃过太多苦，也受到一些误解甚至诬陷。痛定思痛，自己也想改变，但终究还是禀性难移。

往往，我走得浑身大汗，从夕阳的背影跳进黑夜的华灯。路上，似乎还能遇到一些奇怪的人，同性恋、变性者是最惹眼的。那种介于两性之间的装扮和神态，让我有一种说不清的罪恶感。一次在地铁站等车，人很少，一个"女"的站在前面，烫的金发，穿艳红的高跟鞋。上车，才发现，是一个男的。还有一次，在地铁上，看到一个奇装异服的男的，描眉画目，很是惹眼。反而是那些老人、不化妆的女子、匆匆而行的中年男人、打扮入时的年轻女孩、背书包的中小学生，都能让我从心底唤起一种自然的亲切与疼爱。

人是最美的动物,深奥也简单,复杂而又灵性,无论怎样的一具肉身,都包含了时间及其在具体生命当中沉潜的力量与岁月迸溅的多种意味。

回到公寓房,洗澡、上网,看电影或者书籍。一个人的夜晚在整栋楼宇的各种声响中持续深入。2011年夏天一个深夜,一阵欢愉的呻吟声把我从睡眠中拽了出来。尽管自己也做过这样的事,但对他人同样的声音仍旧有着一种莫名的好奇。我不知道这是不是病态的偷窥,但那一刻忽然对男女之事有了一种激越的向往。甚至想,如果能变成一只蜘蛛或者壁虎,就可以肆意深入每个房间,把一栋楼所有住户在夜晚的活动记录下来,肯定是一部非常精彩的长篇小说。我也觉得,每个人都是单独的个体,即使从事全人类同样的活动,其临场表现,尤其是肉身的体验和精神的内在感觉绝不会雷同。

当然,这种想法显然病态,但作为艺术实验或者文学表现,似乎是很有趣的。有一些初冬,猫叫声贯穿了几栋楼房,它们在用亢奋的情欲发出令人心神激荡的呼叫声,最终的声音还很凄厉,好像与人融会贯通了一般。有段时间读陈忠实的《白鹿原》,几次莫名其妙地流下眼泪。读杨显惠《甘南纪事》,竟然爱不释手,一晚读完一本书。现在想来,之所以喜欢这类书籍和作品,大致是个人秉性与趣味使然。我也是农民出身,又曾长时间混迹西北地区。有些东西与生俱来,并且左右一生,尤其是艺术鉴赏与精神沟通。当然,杨显惠和陈忠实,乃至阿尔贝·加缪、豪尔赫·路易斯·博尔赫斯、叶芝、苏珊·桑塔格、弗拉基米尔·纳博科夫、雨果、西蒙娜·薇依等等,依然是我最喜欢阅读的大师与经典。更多夜里,我想自己的亲人,特别是儿子。他和妈妈在巴丹吉林沙漠,整天背着书包往返于学校和家之间,有时候顽皮如小马驹,有时沉默如羔羊。想起和他一起玩耍的情景,忍不住笑出声来。对于我来说,儿子是另一个自己,是最终会代替我在这个世上以血脉与形象绵延流传的至爱之人。甚至,他和他的孩子将是替我看管这个世界的天使,无论我走了多远,他们都会从自己的血液和骨头当中找见。

想得多,梦见的也多。有数次梦见和儿子在老单位——驻鼎新绿洲空军某基地人工湖一侧的土坡上抓蚂蚱,他在前面奔跑,我在后面追。追着追着,儿子不见了,我急得大喊大叫,他却在湖心的亭子里笑着喊爸爸。有时候梦见和儿子在营区外围的弱水河里捉鱼,他撅着小屁股,晃着小身板,在落满金色胡杨叶子的草地上奔跑。还有时梦见和儿子在河北南太行山老家爬核桃树摘核桃吃,我也像孩子一样,和他一人骑着一个树杈,拿着青皮核桃对撞。

每一次醒来,就是一阵甜蜜,似乎有儿子身上的奶香味儿,在我一个人的房间里缓慢升起。我的手指和胸脯似乎觉得了他柔软细嫩的屁股,特别是他那肉绵绵的小胸脯,宛若棉球一样的小手、小脚,温暖、可爱,充满人间的爱意。记得我们在一起时,我总是让他帮我踩背,他撅着屁股爬到我背上,呵呵笑着蹦来跳去。

2012年春天，儿子打电话来说，爸爸，我想去成都了。我说，宝贝你放假就和妈妈一起搬到成都了。儿子又说，他特别想去杜甫草堂。我说好啊好啊，宝贝，你来，老爸就带着你去杜甫草堂。

其实，儿子只是喜欢杜甫草堂的鱼。而我，在成都半年后，才去了杜甫草堂。那是个周末，我像没头苍蝇一样找到。还没进门，就觉得了一种愁苦之气。这个以诗歌把自己无限放大且冠盖百代的人，生前的苦难与身后的哀荣和赞誉，对比之鲜明，不仅是对当时王朝的一个莫大讽刺，也是对彼时文人的深刻比对。杜甫之伟大，是其诗歌对时代乃至众生之苦的现场直击，乃至对人生、生命、精神的反刍式吟唱、告白与提升的艺术能力与有如神助的天赋。

除了"三吏三别"，我还特别喜欢他的《赠卫八处士》《茅屋为秋风所破歌》，以及"岱宗夫如何，齐鲁青未了""明日隔山岳，世事两茫茫"等名句。一个优秀诗人，他不仅能够深刻地体会到同类的生命困苦与精神厄难的真相，也始终与天地自然保持着一种呼吸相连、心跳谐振的精微联系。草堂幽静，竹林特别多，还有一些我叫不出名字的树、灌木和花朵，曲折流水当中，巨大的金鱼好像生活在天堂。杜甫生前困苦，而却以绝代诗歌使得他居住过的荒野成了无数后人纪念与瞻仰的场所。这种功德，是每一个人做梦都渴望的。著书立说，以思想和诗词歌赋流后世，进而为万代师表与魁星文昌，何其荣耀？即使如我这样的小文人也时常作此妄想。

只是游人太多,吵嚷之声似乎是对草堂的破坏。倒是一边的浣花溪公园内,有一大片竹林,夏天,有些练太极的人在其中吐纳,或缓慢动作。坐在小径一边的石凳子上,时间久了,会觉得天地忽然静谧,诸多的人声和行人完全可以视而不见,屏住呼吸,似乎能够听到云朵移动的嘶嘶声,也可以听到泥土下虫子们破土的声音。第一次发觉这个秘密是2012年夏天的一个傍晚,行人已经散去,华灯在别处,风把竹叶吹得像是一群懵懂的孩子。我一个人坐在那里,闭上眼睛,慢慢地,就进入了一种澄明的境界当中。人在很多时候都可以找到自我的,再大的世界,也都是一个人的。一旦进入了无我或者说大我之境,世界就小了,一切的一切,都是一个人的,一个人也是整个宇宙的。我想,杜甫当年在此写作诗歌的时候,大致也经常会自我冥想,然后以神鬼之笔,写下《茅屋为秋风所破歌》及其他不朽之作。

要是在草堂旁边弄个小房子住下来,和杜甫做邻居多好,但这是不可能的。现在城市管理已经使得每个人都必须量力而行,一个人有足够的财富,才可以使得自己的梦想落到实处。物化的现实与财富决定人生质量、尊严的时代,让我这个初入城市者感到沮丧。不仅是杜甫草堂,到每一处,我都有一种无着无靠的感觉,觉得一切都和自己无关。城市从本质上说是公众的,人人生活在规则之内、他人之间。这种摩肩接踵的生活形式,从根本上是人对自己的一种困囚。几乎从第一次拜谒杜甫草堂,老了回乡村的想法便在内心日益高涨。我觉得,人本来也是自然之物,是大地放逐的孩子,压根就不该用所谓的道路与楼房把自己框定起来。

在街上,看着一栋栋的楼房,我总是想,这样有意思吗?几百上千的人把自己分别锁在一栋楼的某一个房间里,吃喝拉撒,孤苦无依或热闹喧哗,其实都很可悲。有人自足不已,有人凄苦异常;有人夜夜笙歌,有人低泣不已。一层层的楼房和窗户,感觉就像鸡笼,有阳光照进来,就像是天空额外的施舍,有风横穿,感觉就像树上的鸟巢。人压根儿就不应当把自己固定在某一处,与大地真实接触不仅是生命的原有状态,也是肉身和灵魂所需。我还多次对人说,再过十年二十年,人们便会彻底厌倦几十年来和现在趋之若鹜甚至为之奋斗一生的城市,回到大地乡野不仅会成为一种新的生活状态,也是一种精神的自觉要求。

我们是不是已经丧失了回归乡野的能力?我经常这样问自己。从1992年到现在,我一直在做的,就是努力把自己和乡村——农民的距离拉开乃至彻底抛远,从而把自己转变成真正的城市人或者说现代人。曾有一段时间,我以此为傲,与自己家乡诸多的同龄人相比,我显然优于他们,有一份工作,居住在大城市,这是他们乃至他们的后代至今梦寐以求并发誓要用一生时间去实现的。但现在才发现,我才是真的受罪之人。对物质的苛求与必须苛求,在众人中紧如弓弦地忙着高人一头,于陌生之地孤独游走,狼一样追逐所谓的理想和梦想,如此消耗了大半生。这样的一种人生状态,实际上比在乡村更苦。很多时候,只是佯装一下自己如何高贵、幸福罢了。而深层的内心困苦与精神磨难，无人知道，也无法与外人道。

现在，我的母亲还在。倘若有一天她也跟随父亲而去。我就成了一个丧失了故乡的人。城市绝对不是我的。尽管我不排斥它。我只是担心，自己又将是谁的呢？除了与自己有血缘关系的少数几个，谁将收容我？城市或许不适合作为家。家，在我看来，是一种全身心的交付，是灵魂的依靠。城市和现代文明让人更多地发现了复杂的自我，也迷失了简朴而丰盈的自己。很多人在做一些貌似解放和挽救自己的事情，实际上在促使人本性中最美好的品质加速沙化与消逝。

就像我时常俯瞰的府南河。从原成都军区机关医院到万福桥，也不过几百米。站在不高的桥上，水声沉稳或者哗哗有声，泱泱流逝之间，两岸灯火明亮。只是岸边的玉兰树和青草，很少有人注意。有一段时间，我一个人坐在岸边，要一杯清茶，在浓烈的水腥味儿当中，任由白昼减淡，黑夜裹身。时间如此容易消失，人在迅速变老。玉兰花开了，几场冷雨之后，又是一片芳香。河水永不断绝，只是有时浑浊，有时清澈。有时候会运送一些朽木甚至人废弃的用具，也会载着失去泥土的杂草和落叶，向着低处默默奔走。我觉得河水就如同人和人的生活，我们所作所为，都不过是在给时间不断地添加柴火和灰烬，也不过是在为土地增加厚度，为后人制造一种念想或者麻烦罢了。

河边小径上，时常有人散步，老人居多。每当看到老两口相互搀扶着行走,我就很羡慕,也想快点老去,就像他们一样,两个人在河边缓慢行走,可以不说一句话,就那么相互搀扶着,看路、看水,在花香和水腥味当中,感受肉身被时间无声瓦解的脆弱和无助,以及对生命之暮的深刻体验。在这个世界上,有一个人和你一起,可以不同姓,但一定是同心并且相互仁爱的。当然,河边石凳上,也有一些流浪者,夏天赤身躺或坐,冬天则转移到附近楼下。我看到几个,好像还很年轻。路过的时候,我常常会猜测他们为什么一定要如此,大地之大,为什么要来城市乞讨?有如此好的身体,到乡村或者山里种地,自给自足不也挺好吗?还有些中年男女。特别是那些三十到四十岁的女子,每每相向路过,她们神情犹疑,散发着各种味道。我知道,处在这个年龄的男女,内心甚至身体内都跳动着诸多不安分的水波,也布满颜色不一、姿势各异的花朵、猛兽与草地。

临河的中国十九冶办公楼前,有一个小广场,每晚都有人跳广场舞。夜色朦胧,我觉得每个女人的舞姿都很好看。尽管那些女人大都已中年,但有些人的身材仍旧保持得很好。其中有几个特别曼妙的,我忍不住停下来看,越看越喜欢,也觉得,舞蹈之美,是人所有肢体语言中最具有杀伤力的,她们将肉身之美发挥到了一种艺术与梦想的高度,尽管其中有浓烈的肉欲味道。很早以前,我就想,其实舞蹈不是来源于劳动,而应当是性。

回返路上,有诸多的小吃摊点,这些昼伏夜出的人,大概也是为生活所迫,只是为了谋生罢了。成都的小吃乃至川菜,基本上是调料在起作用。吃东西,就是吃调料。我不觉得川菜尤其是小吃如何好吃,只知道,川菜的油水太旺,也不知道川地人为什么喜欢炒菜放那么多的油和调料。他们说,和当地气候有关。环境气候决定人的生活习性,自然对人的那种篡改、校正和赋予的力量,无形而强大。

吃小吃的多数是年轻人和外地游客,在我看来,晚上吃东西是一种很坏的习惯。深更半夜大口大口吃肉,是一种令人鄙夷的行为。我觉得,食物对于人,填充之后,有美味的感觉,就足够了。所谓的美食,也不过是舌头的盛宴,以及片刻摄取的快乐。

夜里总睡不着,睡着了又很快做梦,离奇而又充满想象力和戏剧性。譬如文章开头那两个,荒诞而有意味。很多夜里,关了灯,辗转之际,我会忽然看到卫生间或者厨房门口有个人站着。而且每次都是女的。我惊诧,有一段时间也觉得害怕。朋友说,这是你气血虚的表现,实际上是幻想。虽然我小时候对神鬼之类的深信不疑,但年岁大后,基本不信。有时候也觉得,冥冥之中,可能还有一些力量或者某种力量的生成物,在我们周围存在。

从2011年到2012年,我的活动范围大致如此。偶尔去一次三圣乡,那里是成都最近的农家乐及各种艺术场所的聚集地。武侯祠、锦里也去,宽窄巷子也很近。但除了陪朋友去看看,一个人不怎么去。我有一种自觉规避众人,或者说不愿融入众人的痼癖或者心理疾病,也还有焦虑症、抑郁症和强迫症。很多时候莫名地想，老娘下地干活的时候会不会遇到危险，妻子出外或者开车会不会遇到不安全的问题，儿子上学路上会不会滑倒，如此等等，让我欲罢不能。以前，我以为这是一种爱的表现，现在看来，绝对是焦虑症与强迫症，为此也受到了一些误解，有时候很严重。但在究问自己的时候，我还是坚定地认为，对于自己的亲人，无路何时何地，都要想着他们。任何人的一生，其实都做不到真正的兼爱众生，除了宗教。一个人一生，与之紧密相连的，特别是贴心的、可以安放自己肉身和心灵的，也只有那么几个。生存和更好地生存显然是这个时代的突出主题，而生存一旦强势于人伦，就体现出了它的残酷性。

2013年下半年，我的活动范围逐渐拓展。一个机缘是，认识了诗人梁平。他以前在重庆的《红岩》杂志，后以特殊人才至四川为省作协副主席和《星星》诗刊主编。因为早年写诗，对于《星星》诗刊，几乎每个中国诗人都很熟悉并且心怀敬意。他的作品《阅读的姿势》《深呼吸》开研讨会时，特意邀请了我发言。算是第一次和他正面接触。此后，和梁平先生很快熟悉。他是一个有胸怀的人，包容性很强。作为一个盘桓诗坛多年，创作实绩与理论观察，培养新人并坚持诗歌专业刊物健康方向发展的诗人，梁平以多面、多能、深刻、自由、谦卑与有立场的姿态一直坚持在当代诗歌前沿。

与此同时，我也结识了《星星》诗刊杂志社现任社长和主编龚学敏。有几次约他喝茶，聊了很多关于诗歌的话题。我惊异的是，学敏和我在某些认知上非常一致。学敏儒雅，有时候很幽默还很矜持,有时候机警又不失庄重。我向他讨要了几本诗集,如《长征》《紫禁城》《九寨蓝》《钢的城》等。慢慢觉得,龚学敏低调,数十年来以独立的诗歌写作方式,构建了属于他自己的诗歌疆域。他对故地九寨沟的枝繁叶茂的表达与呈现,对紫禁城黄钟大吕般的"讲述"和历史情绪的张扬,对长征的在场性体悟与新鲜"抵达",都可以说是独一无二的,也是当下最具想象力、诗歌独创意识、自我建构与反省能力的诗人之一。

这些话好像有点溢美,但凡读过他们诗作的人,相信会认同我这些看法的。对于梁平和龚学敏,诗歌之外,更多的是兄长之情。我这样的一个外地人,梁平和学敏对于我来说,一方面具有更多幅度地参与四川诗歌乃至其他文学门类的引荐和推荐意义,另一方面是我在成都可以有更多活动范围乃至可以交心的兄弟之情。随后,由他们而结识了阿来、刘红立、罗蓉、吕历,以及多年前就认识的裘山山、王棵、吕虎平、李存刚、胡雪蓉等。其中刘红立,笔名老房子,我曾在他一本诗集的后记中如此写道:"有时候喊他房子哥,有时候则叫红立兄。前者时常让我想起遍布成都的餐饮连锁店'老房子',其菜品还是不错的,环境和服务也都可以;但这样的吃喝之处,也只是暂时的,世俗性和生理性极强,不过是人间烟火与生命生活的必需品与标志性行为罢了,而后者真有点'爱新觉罗·弘历'的意味。相比较而言,红立兄这个称谓,更多传达的是尊敬,以及某种隐讳的个人感觉与内心情感。作为一个'外地成都人',对于任何来自本地的关照和温暖,我都是格外在意和珍惜不已的。因此，红立兄这一称谓，与其他诸如略其姓氏呼其名，抑或以绰号和职务、玩笑式的昵称等为代称的'成都本地人'或'本地川渝人'一样，对我个人来说，都具有信赖、感谢，并引以为'同道'和'同行者'之意。"

罗蓉写诗经年，但她从不将诗歌作为某种世俗意义上的追求和现实社会某种身份的拥有和借用，而是将诗歌作为个人内心和精神层面的自觉的要求和"践行"。仅从这一点来说，罗蓉就是一个纯粹的诗人，一个真正在用诗歌与自我生命进行相互印证与促进的诗人。因此，我觉得，罗蓉的诗歌写作是非常具有意义的。她的诗歌，多以身边事物和某些情境、瞬间感触为出发点，用极其美妙的语言，构筑专属于个人内心某一刻的生命律动与悸颤，尤其是个人精神上的某些花朵雨露的妖冶与开放姿势，进而使得阅读者从中能够感觉到湿漉漉的力量。另一个是诗人吕历，生性幽默，好出风头，说起话来，嘴巴犹如乱石窜滚，不依不饶。诗人雪峰绰号他为"吕烂人"云云，他也乐意接受，从不反驳。2016年春天某日，学敏带我到江油去参加一个诗歌活动，吕历也去了。回成都他开车，我坐在后面，感觉这厮开车很毛糙，回来便说他开车如飘纸，他的车子又是吉普车，就给他又一个绰号为"吕某某"。他也不反对，只是，我每次喊他吕诗人，他便很顺从地回我一声相应的绰号。

这些作家、诗人、学者和评论家，基本上构成了我目前的文学和生活交际圈。是他们，让我有了更广的活动范围，有时候，也找到了一种独在异乡逢知己的感觉。记得曾有一次和阿来同在平武和彭山，我没想到的是，已经是文学翘楚且仍旧保持不竭文学创造力的阿来也很幽默风趣，路上和他一起说话极其愉快。我素来喜欢插科打诨，弄一些幽默甚至比较低级的笑话，阿来也予以配合，并且也幽默至极。从《尘埃落定》到《空山》，再《瞻对》和《三只虫草》，阿来是向上的，每读他的作品，便会有一些欣喜感，其中的卓异性和新鲜感，正体现了一个作家持续性的创新能力。

我是河北人，在成都，除了妻儿，这些师友，对我来说弥足珍贵。我始终觉得，人就是和人一起的。任何人都不可能独立存在，我们必然与其他人发生这样那样的联系。只不过，有些是点头之交，有些更能在很多时候让你觉得安稳与可靠，甚至有了一些难处和困境，也可以找他们倾诉与表达。这对于我来说，有一种安心的感觉。裘山山是当年把我调来的恩师，几年来，一直在军区创作室跟着她编杂志、下部队，生活和写作上蒙受的教益也多。这些年，在省作协，认识侯志明先生，不仅因为他是省作协现任党组书记和常务副主席，只是从他的散文当中，我读出了一个在外省任职的中年男人氤氲于内心的惆怅，以及在日常生活当中的爱与痛。他文章的那种朴素与真诚，使我有一种找到"呼应"般的欣喜与信赖。

从内心说，我喜欢大智若愚式的写作者，因为，文学始终是向着大处、深处、开阔处和无限处行进的。就像做人，最终都是"一览群山小"，万事皆平常。文学也是始终朝向极致的人心，以及对人性的不妥协发现与开掘的。小聪明,反倒是文学艺术的大敌。我后来认识的诗人刘红立,充足的世事历练已经使得他完全洞彻了人生及我们的时代,也使得他从更多的人生壕沟与烟云中笃定了心志。他写中年的诗歌尤其打动我。一个男人,在人海中沉浮,虽有峰峦而一眼平阔,虽有沟壑而意气纵横。当然也是一种境界。

2012年,妻儿也来到成都,儿子先是在军区附近的小学读书,后又入四中学习。有一段时间,每天早上,我和他一起吃早饭,出门,把他送到学校门口,我再去上班。下午,我提前到校门口等他,站在众多的家长之间,我觉得自豪。世上还有如此的等待,而那个人总是会如期出现,并且能让我或者他在众人之中一眼就看到对方,这种经验,我觉得是一种神迹与天意,其中包含了难以言说的天机与幸运。

等儿子出来,我接过他的书包,把自己事先买的好吃的给他。像我当年一样,正在长身体的孩子,随时都会饿。我每次都事先给他买巧克力和酸奶,先给他吃点。如果他喜欢街边的小吃,即使我反对,也不阻止他。然后,站在公交站,和众人挤上公交。大部分时间站着。这时候,是晚高峰,我知道每个人都很疲累,都想早点回家。如果有了空座位,儿子总是让我先坐,我则让他先坐。他说我辛苦,我说我在电脑前坐得久了,站着好。若是遇到年老、怀孕和包裹重的,儿子会主动让座。看着他那真诚的表情,我一阵感动,忍不住流下泪来。

光阴令人欣喜,更令人心碎。几年后,看着越来越高的儿子,忽然觉得自己老了。也觉得,在这座城市当中,我从来就不是孤单一个人,而是一家人和一群人。儿子在这里成长、受教育,要比西北好得多。人到中年,一切都开始为孩子考虑了。我注意到自己的一个心理变化,就是越来越向父母那一代人靠拢,特别是思想意识和伦理观念。以前年轻的时候,觉得这一切不重要,向外拓展才是需要认真用力的,而现在,则以为内外一样的重要和不可或缺。

穿梭在城市,从东门到南门、西门至北门,甚至到攀枝花、都江堰、雅安和广元等地,都可以获得一些情义上的安慰与精神的激励。也有很多时候,一个人坐在文殊院的茶馆里,老僧入定一样闭目冥想,也像其他人一样和朋友们高谈阔论。有时候傍晚时分,吃过饭,一个人到茶馆坐坐,想一些内心的事情。2014年春天。我忽然又梦见了父亲。他一个人在一面阳光充足的山坡上坐着抽烟,细长的眼睛看着一道深不可测的峡谷。他背后原来是细密的荒草,但在我攀登时,却又换成了一片黑压压的森林。父亲居然不等我,一个转身,就消失在密林中。我使劲喊爹,却没回应。我哭,使劲哭,然后醒来。

妻子说,这是爸想你了,可以买些东西,到文殊院烧烧。我觉得,这是一个很好的办法。但也觉得,父亲一生都没来过成都,又埋骨于南太行乡野,烧些纸钱,他会收到吗?妻子说,父子的心是相通的,无论何时,他都会看到和想到。我觉得她说得非常有道理。

我也知道，每年有些时候，文殊院夜间烧纸的人很多，比如元宵节、清明节，很多的火焰把文殊院的红墙烧黑了一大片。每次路过，我都觉得，跻身于城市的人，其实都无法找到自己在大地上的确切根脉了，只有凭借这种方式，向自己的先祖传递一种念想与感激。其实，这种行为，也可能含有对自己心灵的祭奠，或者寻求安慰的成分。

许多独处的时候，我时常会忍不住喊妈妈，对着墙角，或者某个空旷处。实际上，我们老家喊母亲是喊娘的。我也清楚知道，自己完全不是在喊自己的母亲，而是在呼喊另一个母亲。这个母亲，可能与生母有所不同。我自己很奇怪自己的这种行为，也不知道究竟出自何种心理。但有一点我知道，一个人内心深处，总是有大片大片的空旷之地，也有说不清的疼痛因子。我们在世上，不惟外在的生活，反而是生活带给人内心的困境、不安和疼痛更为猛烈和残酷。

有一天，在文殊院坐着喝茶，我忽然又凭空叫了几声妈妈，自己觉得惊诧之余，在手机上写了一首名叫《叫妈妈的老男人》的诗，用以表达这种飘忽而又奇怪的情绪。

"我喊：妈妈妈妈妈妈妈妈／我当然有母亲，但老家叫妈妈叫娘／我在外乡很多年了／很多时候，我喊妈妈／连续喊，自我惊诧，然后放声哭／／我不知道为什么哭／什么又值得我哭。哭在这个时代／没有根，也没有树冠／人人都是枝叶。向天空毁于闪电／向四周败于同类／／妈妈妈妈……只能无人应声／这世界多么空旷

啊 / 一个男人，叫妈妈都那么空 / 一个四十多岁的男人 / 他叫杨献平，他空 / 他时常用舌尖捉拿悲痛，从外部收集不幸。"

或许，这是我最近一段时间的灵魂状态。我知道，象征和隐喻之外，诗歌还有谶语和预言功能。我不知道为什么会有一些异常的心理和行为，也不知道为什么会突然写下一些看起来毫无来由的诗句。就像我在成都，现在和以后，有时莫名振奋，有时候也无来由地沮丧。我知道自己很脆弱，也很坚强，尽管人到中年，但还有一些梦想，最重要的是责任和义务。关于人生乃至更多的世事，我似乎知道，又不知道。在成都，也许我只想把自己的一切都好好地安顿下来，并且与这座城市继续产生更深度的契合与共鸣。正如里尔克《我过的生活》一诗："我过的生活，像在事物上面兜着，/ 越来越大的圈子。/ 也许我不能兜完最后的一圈，可我总要试试。// 我绕着上帝，绕着太古的高塔，/ 已兜了几千年之久；/ 依旧不知道：我是一只鹰，一阵暴风，/ 还是一首伟大的歌。"（钱春绮译）

误药记

  2011年冬天的成都空旷莫名，好像一个人在一大片新生的废墟中独自生活。这种情景像极了威尔·史密斯主演的电影《我是传奇》所表达的那种况味与寓意。当然，偌大的地球，今天的每一座城市都异常拥挤、喧闹、千奇百怪、人欲物化，尤其是当下的中国。这是我来成都第一个年头，因一切尚还没安顿好，儿子他们还在西北。一个人在成都，我平生第一次体验到了西南偏南的内陆城市冬天的冷酷，那种湿冷，在久坐的房间里，以抽丝剥茧、丝丝入扣的方式，对人体进行慢速绞杀和加速度冷冻。

  临近春节，我想回西北过年。是的，我曾在巴丹吉林沙漠从戎十八年，从青年到半老男人，青春的油脂已被浩瀚的沙漠几乎燃烧殆尽，粗糙如纱布的皮肤开始失去弹性，皱纹像成群的窃贼一样从脸部发动进攻。在时间当中,任何生命及其形式只有经受和被损耗的义务,无可更改;而心灵和精神则必须始终保持一种向上的、务实的姿态,尽量让自己合群,并且懂得和熟练运用生存及其技巧。

直到这时,我才慢慢注意到,自己以为坚不可摧、形状强大的身体忽然有了磨损的迹象,其中最严重的是胃。年少时候,总觉肉身是刚健的、永恒的,不会破损,更不会戛然而止。且那时,家穷,挨饿是正常的,及年长,改革开放不仅是时代的主题,也是每一个中国人的信仰。欲望打开的一方面是无度的采撷与摄取;另一方面,则使得物质在某些手掌和头脑之中,产生了巨大的膨化般的扩张效应。但我还是不爱吃早餐,多数是为了睡懒觉。慢慢学会喝酒,白的红的啤的样样都来。

喝酒是青春的表征,也是人在年少时候,证实、发泄、塑造、交游、博取各方面认同和出彩的必要手段。西北的大背景本就是旷达与放纵的,适合出塞的将军和猛士,也适合交流和沟通的商贾与使者。烈酒和喝酒构成了西北地区人群抵御寒冷、消磨寂寥与孤独的常用招数。多年之后,我也不例外,自觉而积极地成了西北众多喝酒大军中坚定且又剽悍的一员。

辽阔的北方始终是混血的、驳杂的、旷达的,也是凶猛与开阔的,历史上不断的民族战争与兼并、和解与互助,构成了人类血液横生逸长的根本动力和来源。一个外地人,在异乡久了,从习俗、思维、生活方式和思想难免会被改变。凡是伟大的地域,必然具备非凡的文化和精神塑造力。在人类的地球上，无论哪一块土地，哪怕不毛与海水冰山之地也都有着强大的人性化的力量。

胃疼，到了医院。

一个人在成都生活了一年，回西北，尤其是妻儿身边和岳父母家，喝酒是必须的。还在巴丹吉林沙漠空军某部服役的时候，自从我和妻子成家，每年春节或者别的节假日，与岳父喝酒就成了我的一个惯常行为。其实，岳父喝不了多少酒。可是每一次，俩人说喝一点，结果是一瓶白酒还不够，再开一瓶方才罢休。十多年了，在沙漠，在军营和军营之外，偌大的西部，我的战友很多，可我的亲人似乎只有岳父母和妻儿。父母和兄弟远在河北，对他们的挂念与热爱，与岳父母和小姨子几无二致。

人是自由组合的，尤其夫妻。两个陌生的男女一旦萍水相逢，从万千之众间相互走近并且深入身体和灵魂，那就是不可分割的了，哪怕是世上最锋利的刀锋和闪电，即使两个人在这一段的人生时空中失散或者故意离散，也永久性地分不开了。我一直觉得，一个男人或者一个女人，一旦用心地进入和被进入之后，那就是永恒的了。怎么清洗，哪怕毁灭式的遗忘手术也无济于事，难改其初。

成都市第三人民医院在八宝街，对面是青龙街，不远处是骡马市商圈，算是距离单位最近的一家三甲医院。此前，同单位的小说家王棵给我说，三医院治疗胃病最好，前些年间，他的胃特别难受的时候,到三医院,一个医生给他开了几种药物,吃了几年胃病都没再犯过。我信。便去。一位医生给我开了几种西药吃,其中有铝碳酸镁、法莫替丁等四种。我连吃六天,感觉到一种从没有过的舒服。那位医生嘱我吃九天。药没了,我想机关医院开药不花钱,就去。一个女医生,对我很热心,除了上述几种西药以外,还给我加了胃康灵、阿莫西林、盐酸小檗碱片等三种。这也就是说,我每一顿必须吃七种药物。

医生总是对的。病人对医生的信赖甚于父母。医生在普罗大众心目中,不单单是一个职业,糊口的本领,而且还富有神灵的意味。总以为他们无所不能,对任何疾病都了如指掌,药到病除。我也是这样。拿了药,吃了晚餐,就一把吞了下去。我清楚记得,那是一个阴冷的傍晚,吃了药后,我在公寓房的沙发上躺下来,没知觉地睡着了。一切都跟平时一样,连一丝梦都没做。倏然醒来,上卫生间,忽然觉得肠子特别饥饿。那种饿,类似于十几天没有进食,肠子内空空如也,进而引发了满怀敌意的反抗与暴动一样。旋即,感觉到眩晕,是那种让人丧失意识、无法掌控身体和任何动作、行为的眩晕。我感到一种巨大的恐慌。这种感觉我从来没有过,而且来得之凶猛可怕,如同坠入毒蛇洞窟。急忙出门到医院。在急诊室,我诉说了自己的身体和意识反应。一个女医生让我做检查,心电图、血糖化验、脑电图等等。这些检查很快出了结果。显示称,除了窦性心律之外,其他没有发现异常。

只好回住处,走到大门外,眩晕和不适依旧深刻而顽强,甚至凶狠。我忽然想到，很小的时候，家里养了一只母猫，有几次，母猫吃了被毒死的老鼠，口吐白沫，哀嚎不停，全身瘫软，母亲用食醋喂它，不过几个小时就恢复如常。从生命本质和生理的基本构造上说，人和猫乃至其他动物是没有太大区别的。我返身到一家超市，买了一桶方便面、一瓶香醋，还有几块面包。跌跌撞撞地往回走时，我想，吃点东西，再多喝点醋，估计就会好起来的。我很清楚，这是误服药物之后的中毒症状。煮面，又加了很多醋，然后狼吞虎咽吃。起身，还是眩晕，巨大的极端的不适让我感觉到了一种恐惧。扑倒在床上，只觉得整个身体发轻，好像一团棉花，只要一阵轻风，就可以吹得无影无踪。

昏晕了很久，终于睡着了，早起吃饭的时候，也还是眩晕和不适，一点都没有减弱。我再次去医院，如实说了自己的感觉。医生轻蔑地说，怎么可能？误服了药物，二十四小时就会排泄出来，一般不会对身体造成伤害。我无语。想说什么，却什么也说不出。我又打车到成都军区总医院。一个人的车上，眩晕和不适像是源源不断的凶猛的蜂群，轮番对我进行细密的深扎猛蜇，毫不妥协，深入肉体的每个细枝末节。我问司机说，怎么这么远。司机慢条斯理地开车，一边说，其实不远嘞，再有几百米就到了。

生命总是时间的祭品，但又在时间当中忍不住来自自身的煎熬和痛苦。仰躺在出租车后座上，我再一次想到，无论是哪个人，只要出生，在尘世间混，就是要吃苦的，更多的痛苦在等待着他们，所谓的幸福，只是苦难的点缀，而不是全部。特别是身体，这个唯一的精神和灵魂容器，活着的证据，他一方面给人带来无限的庸俗的快乐，另一方面又不得不赋予人相等的痛苦。

到医院门口，付款，下车，忍着剧烈的不适，我踉跄着冲进去，排队，好不容易见到医生，语无伦次地诉说了自己的感觉和身体反应，然后，睁着眼睛，期望医生能够给我一个新鲜的看法或者检查方式。可我悲惨地失望了，这位医生居然和原先的医生观点基本一致。

最狡猾和残忍的敌人往往来自内部，肉身也是如此。四十年来，我第一次体验到了那种来自身肉体的痛苦。准确地说，也不是痛苦，而是那种眩晕的不适，以及伴随而生的视物模糊、心悸和高度紧张，让我觉得了一种濒死的绝望与无药可救的无奈和激烈的悲怆情绪。但我还想活，并且健康地活下去。这在一切都没有明朗之前，我只能熬着，等待假设的或者奇迹出现。我也始终坚信，作为一个人，注定会消失，但无论如何都不是现在。因为，我觉得我的使命（尽管微不足道）还没有完成。躺在床上，黑暗像是厚实的黑色塑料泡沫，既松软又很闷。邻楼的灯光不时明灭，伴随着女人的尖叫、孩子们的哭声，还有夜归者的脚步。一年四季都在发情和交配的猫儿们喊得人心发慌。

如果有一个人多好？最好是妻子在。有了这种疾病或者不适之后，我在电话里给她说过，但她也很忙，又距离远。安慰虽然很重要，但终究不如陪伴。儿子还小，上学，和同学们玩耍。

他们都在我以前供职的空军某基地,在四面空旷、沙漠戈壁环卫的不毛之地生活。而我,虽然身处闹市,一切都很方便,可是,一个人终究是不方便的。从那时候开始,我就深切地意识到,夫妻,或者说亲人,其实是上苍用来相互陪伴、激励、安慰和互助的。前不久,微信上流传一些孩子对父母的规劝,意思是,孩子们大了,不需要大人们的干涉和包办,告诫父母要学会"体面地退场""优雅而大度地放手"。这使我觉得不可思议,也想到自己年少时,对父母也有如此这般的心理要求和情感期望。可现在,则觉得儿女们用这样的方法来摆脱父母的庇护与包揽,是很自私的表现,体现了人最狭隘的那一面。

人的一生总是会有困境,不是外部的就是内部的。相比较而言,外部的好解决,无非是物质上的,而内部的疾病乃至心理和精神的疾患、困境,则是对人最大的打击、倾轧与摧毁。成都的冷敲骨吸髓。我无法坐下来,也无法躺着,只能到外面去溜达。城市多么稠密和匆忙啊,到处都是钢铁的冲撞与人身的穿梭。有几次过马路,差点被车撞了,因为眩晕和不适。站在路边,看着车流浩荡的大街,总是担心自己会不会走到中间,忽然就栽倒在地,甚至猝死?如果真的是那样,这样大的城市,除了我的师长和同事,谁能对我发出怜悯之叹息呢?人越多,个体越孤独;城市越大,越是冷漠。人见多了,就不足为奇了;遇到奇怪的事多了,也不足为奇了,也懒得看上一眼,问个究竟了。

这不是群体的错误,也不是个体的问题,而是人性和人性在起作用。有些天,我过江汉路,到白家塘街一家新开的洗脚店洗脚。洗脚不是目的,而是人多会使得我从心理上觉得安全。但有几次,走到白家塘街东口,忽然紧张、心悸,后脑如抓,好像是无数的钢丝被持续拧紧。我趔趔着冲到八宝街的成都市第三人民医院,挂了急诊号。躺在病人各异但都表情沮丧和痛苦的急诊室,我再一次觉得了生命的脆弱与无常,也真切地体验到了一个人在陌生之地,从身体到灵魂的那种强烈的孤立无援。又是一番检查,还是没有任何大的问题。我也觉得好受点了,起身,再回住处。如此一个人的成都完全是疾病的,也是恐惧的。

再些日子,我一边预约了华西医院的体检,一边到人民中路三段一家名叫琴江的茶店喝茶。是的,我需要人,哪怕与我无关,但只要他们和我说话,能使我的注意力得到有效转移,我就对他们感激不尽了。茶店都是女孩子,一色的九〇后,大都来自都江堰、金堂及其他成都周边县市。我喝茶,她们沏茶。我满嘴跑火车,她们听或者不听,一会儿表示同意,一会又羞红了脸。年龄稍大的店长多次提示我说,这还都是未婚小姑娘。杨哥你不要毒害青少年噻!我赶紧住嘴,喝一口茶,再把话题转移出去。如此的日子,让我觉得了一种外来的不远不近的安全与安慰。那些叽叽喳喳、花枝招展的幺妹子们,或许她们到现在都不知道,我对她们保持了一种长久的感激甚至感恩之情。

整整一周,我都在惶恐中度过。此前,我一直以为,自己肯定罹患了很大的疾病。不然,怎么会有那么大的反应和不适呢?

也可能，误服的药物摧毁了我身体的某一个器官或者神经，使得我的整个身体发生了大故障。那些天，正是农历腊月，成都的湿冷步步推进。在房间坐一会儿，全身就凉透了，但到户外走动一会儿，马上就会冒汗。成都的这一种有些奇怪的冬天，是我没有遇到的。晚上开了电褥子，又买了一个电热板，是这些东西，让我凭空觉得了一种温暖。我也早就知道，自己的身体是喜热怕寒的。来自电能的火焰，尽管没有草木和煤炭的温暖贴切，但也是一种靠近与烘托，而且，这种烘托，不仅深入我的肉身，还使得我的心理、精神和灵魂都有了一种安心的感觉。

也没什么事情，拿着体检结果报告表，我看了好几遍。对医疗卫生完全是一个门外汉。我不信，又拿着报告表找机关医院的医生看。他说，就是尿酸高、血脂高、甘油三酯和胆固醇高，这些要注意饮食。其他的没啥子。我这才放心。出了医院，就跟妻子打电话报告了情况。是，报告。从结婚那天起，我就把妻子作为自己最高的"领导"和我们家"灵魂性的人物"，还有点家长的味道。她说没事就好。还嘱我多吃饭，好好休息。我自己也很振奋。但眩晕、视物模糊、心悸等症状依旧魔鬼一样包抄与围困。临近春节，我请了假，急不可耐地爬上回西北的列车。从西南到西北，古蜀道都被隧道打通了。古老和诗意的蜀道之难也只是时间和里程上的了。从平凉再到宁夏，过了腾格里沙漠，窄长的河西走廊便扭着白色的祁连山腰身和空漠的戈壁胸脯迎面而来。当晚在酒泉见到妻儿。八岁的儿子还是很顽皮，抱着我喊爸爸。妻子好像又优雅大方了很多。

我喜欢如此的生活，妻儿一起，再贫困也是幸福的。我虽然追求好的，甚至丰盛的物质生活，但不贪婪，我喜欢让家人都过得开心一些，不至于为基本的生活和物质满足而发愁、吃苦。至于大富大贵，攀龙附凤，帝王将相，我不关心，也不想成为他们。一家人最好的生活状态就是在一起不离不弃，互助合作，用真心和真情把自己的这一个小世界建设得阳光明媚、鸟语花香，且不乏日月星辰的照耀与土地河流及其万物的滋养与温润。

到岳父母家，当晚，就和岳父喝酒。他又老了一点，头发白得厉害。我询问了一年的情况，又说了自己在成都的工作和生活。然后让妻子炒了几个菜。岳父坐在沙发上，我搬个凳子坐在他对面，打开一瓶汉武御酒。这是酒泉市自产的一种白酒，据说是勾兑的。理由是，当地人根本看不到那家酒厂冒烟。尽管如此，当地人还是以这种白酒为时尚，请客送礼和自家饮用都选择汉武御。和岳父一喝，话题就更多了。面对这一位老人，我总是以为他就是自己的亲生父亲。尽管我很清楚，我的生身父亲已经在2009年去世了。也应当这样说：正因为自己的父亲不在了，一个接近中年的男人才真正地理解了父亲，觉得了父亲对于一个男人的精神支撑力与情感上的重要性。

岳父母对我一直很好，视如己出。这一种感情，我觉得是最理想的。女人和男人一旦成为夫妻，就是一家人了。没有父母，不会有我；没有父母，也同样不会有你。我和你，你和我，其实都是父母的翻版与再造，是一种生命绵延的传承与继续。我说到自己父亲的时候，总是流泪。面对岳父，也觉得高兴。忍不住喝一杯，再喝一杯。一杯一杯的酒在灯光下进入嘴巴和肠胃。我和岳父开始就说，俩人喝半斤，没事儿。谁知道，喝完一瓶之后，又打开了一瓶。直到岳母和妻子喊停，才罢休。

酒这个东西，我不爱，但还是要喝。年轻时候，是和别人喝，朋友、师长、上级及其他，无所谓喝多喝少。实在不想喝的时候，也偷奸耍滑。但大部分时候，是真喝，喝得晕头转向，甚至吐血、人事不省。醒来，一次次告诫自己说，再不喝了，再不喝了！可再次上了饭桌，又忍不住喝。喝着喝着，就多了。喝晕了的人，大都不用劝酒，自己要酒找酒喝。人说，男人喝醉不如猪。也确实喝醉了，人就再不是自己了，而是一个十恶不赦的暴徒。酒精在很大程度上是鼓励人冲锋陷阵，与敌人厮杀受伤而觉不到疼痛；再者是为了庆功，浇愁和暖身子。其他的迎来送往，觥筹交错，都是礼节性的，很多人酒桌上喝得称兄道弟，次日醒来，却相互不认识。醉酒就像一场幻梦，一场脱离现实的情绪狂欢，实质上与一个人的一切都毫无关系。

早上醒来，不适加重。我知道自己不可再喝酒了，可在岳父面前，不喝酒，从心里过不去。他倒是不会劝我或者我不喝酒就不高兴。这完全是我自愿的。因为，在他面前，我才是个孩子，再加上他和岳母没有儿子。我这个大女婿，该是他们最亲近的人。

我对妻子说了自己的不适。她带我去酒泉的中国人民解放军第二十五医院,又是一番检查,医生说,可能是我的颈椎病引起的脑供血不足,给开了一些药物。妻子又听说,距离酒泉市区十多公里的地方,有一个乡村诊所,一个男医生的针灸效果很好,便打车带我去。

西北的冬季是荒寒的,风中的尘土和人世的仇怨、悲伤与无助一样多。连续做了两次理疗,好像没什么效果。返回原单位的家,准备过年。我们把岳父岳母接来,一家人吃团年饭。一大早起来,带着儿子燃放鞭炮。礼花在冷硬的沙漠天空绽开,夜幕中的星辰也黯淡无光。这样的狂欢是吉祥的,我相信先人们创造这样的节日必有深意,即让劳苦的人们找一个休息的机会,也让为了生存四散奔走的人得以喘息,尤其是回到故乡,团聚在亲人的身边。人生唯有现实的体面和物质的饱足,还应当有精神的丰盈与情感上的充实、和谐和快乐。

我特别喜欢这样的时光,尽管它很庸俗,甚至庸俗得难以形容,令人厌烦。可是人活着哪一件事情不是麻烦的呢?又有哪一时刻不是繁琐与冗杂的呢?因此,对于那些自以为革故鼎新的人和思想意识,我有些反感。在全球化语境下,虽然人越来越重视和强调个人的权益、自由和独立,可是人毕竟是群体动物,必然要和人——更多的人发生这样那样的联系。唯有和人的沟通与合作、宽容与悲悯、互助与互尊,才可能获得真正的尊严和快乐,也是人之为人,处于人群和社会的首要之义。天亮吃饺子,儿子继续放鞭炮。秧歌队和舞龙舞狮队上场,很多人都出去看。孩子们最快乐,在冰冷的风中,踩着冻得咯吱作响的冰雪在广场上奔跑欢笑。

我小时候也是如此,当然,那时候的物质没有现在丰富,家里的条件也差,但再差再苦的童年都是美好的,是一个人一生当中最具有自我品质与生命色彩的时光。人越是上了年岁,越是怀念童年。看着欢快的儿子,我心里暖暖的。也想,作为父亲,我没有让自己的儿子衣不遮体,吃的玩的基本上都可以满足他。过一个丰裕的童年,再加上无忧无虑的天性展露,或许,对一个孩子来说,也是至关重要的。

可惜,相聚总是短暂的,几天时间,我就又回到了一个人的成都。长长的火车,像是一条巨大的蟒蛇,蠕动在西北和西南大地。下车,孤独、空旷的感觉再度袭来。更令我沮丧的是,身体的种种不适依旧凶猛异常,持续得令我一次次绝望。连续去军区机关医院做各种检查,不到两个月,累计花销三万多元。我又怀疑是肠子出了问题,去做肠镜,没事儿。又怀疑是胃部出了毛病,再去做胃镜。如此折腾,还是找不出原因。再去西南地区最好的医院四川大学华西医院求诊,说了病情和身体的各种反应,医生也说,没有什么大问题,还是你的心态和情绪,注意做一下心理调节就好了。我无奈,一个人咬着牙齿,拖着沉重的脚步出了医院大门,面对稀薄的阳光、灰霾的天空,忽然想扬起脑袋,旁若无人地放声痛哭一场,或者狠狠心,躺在大街上自杀算了。

可我还是没有勇气,特别沮丧的时候,我想到自己的母亲,她六十多岁了,她和父亲把我养大,辛苦大半生,我必须尽人子的义务,她也不能没有我。作为她的儿子,我必须报答她,更有责任让她有一个尽可能开心和幸福的晚年。一个农民,所希望甚至奢求的也只能是这些。我爱自己的妻子儿子,还有岳父母。我觉得,他们也不能缺少我。我在,就尽可能地让他们有基本的生活保障,更想长久地陪伴他们。我咬咬牙,忍忍忍忍忍忍忍忍忍忍忍。也想到,既然检查没有器质性的问题,就应当不会有大事情。我转而寻求中医治疗。几乎每天都要跑位于总府路的同仁堂,找了好几位医生,吃了无数的中药。到五月,天气大面积地热起来的时候,我的不适才有所减退,但还是眩晕,走路不稳,视线模糊,心悸和无端紧张。

我努力让自己坐下来,上网已经毫无意思了,只能看电影,专门找一些喜剧片,一部一部地看,转移注意力,忘掉身体的不适。如此一段时间,还是不适。我想写东西,写东西能忘掉一切,进入某种回忆、经验和虚构、幻想当中,可能是抵御不适最好的一种方式。到六月底,眩晕消失,心悸和视物不清等症状也有所收敛。只是,每次躺在床上,不经意的时候,会觉得有一种发自身体内部的震动,或者说震颤,好像地震,咯噔一下,轰隆一声,快如闪电,却又很深重。这时候我才知道,一个人的身体也会发生地震,甚至飓风与海啸、火山爆发。一个人的身体就是一个宇宙,身体内部的一切都如大自然和宇宙。人体是宇宙的微缩品与另一种表现形式。

2012年6月下旬，妻儿也由西北来到了成都生活。一家人团聚，我欣喜，身体不适发作频率慢慢减少，但总是感到极端饥饿。有几次走在路上，突然饿得心慌头晕，视物不清，赶紧找一家超市，买一个大面包和一瓶水快速吃下去，才好转。每天下午去接儿子放学，拉着他的小手，父子俩走在街上，他有时候呱呱不停，有时候一言不发。儿子走路的样子很可爱，我总是心疼，想像他小时候那样抱起他亲他，或者背在背上快步走，让他抱紧我的额头，幸福地哈哈笑。

可儿子也觉得自己长大了，一般不愿意我再抱他背着他。我觉得遗憾，有时候天真地想，要是儿子总是这么大，我也不会老去，那该是怎样的一种幸福呢？到了9月，我身体的种种不适大部分溃退或者自行灭亡了，只有身体内时不时的"地震"让我不得要领。但有妻儿在身边，我觉得安心。心想，即使有什么危险的话，有儿子和他妈妈在，一切都不是问题，也绝对难不倒我。也始终觉得，在世上，能治愈和安慰人的最根本的良药绝不是层出不穷的各种物质和技术，而是人心和人性当中最能体现爱意与慈悲的那种韧度与亮光。一家人的成都，虽然举目无亲，但仍旧是繁华的、奔忙的、庸常的，我愿意一生沉湎其中，不做任何撤离和逃跑。

地下铁

2004年某夜,在北京,我第一次乘坐地铁。上午和几个朋友去通州某小区,会见另一些朋友。晚上吃饭,喝了酒,很晚才回来,还是乘坐地铁。白天乘坐地铁时,虽然是白晃晃的日间,但从地面和扶梯向下的时候,空气越来越冷,不知从哪里来的劲风带着浓郁的杀人气息,一波一波席卷而来。我看了看旁边的朋友。他是一个高个男子,虽不是土生土长的北京人,但已经在北京混迹多年,对这一偌大的城市似乎了如指掌,形迹所至,万般熟稔。至于地铁这一简便的出行工具,当然是早就见惯不怪了。他神情从容,步伐优哉。

而我却有一种似曾相识的恐惧。

和很多七十年代出生的人一样,我的出身或者说根,是在往昔深厚无比，而今逐渐荒僻的偏远乡村。在我还年幼的时候，关于鬼神的说法，特别是数千年来弥散于人间乡野大地之上的仙道鬼怪妖精气氛，仍旧是浓郁的。在老人们看来，地面向下三米，是坟墓所在，是盛放逝者肉身和尸骨乃至灵魂的地方。民间有阴宅阳宅之说。古老的传说，尤其是神鬼，对每一个乡村人的少年时代，既是不可避免的心灵、信仰乃至精神层面的"灾难"和"自发性的恐吓"，也是构成乡村少年最富有刺激、禁忌、敬畏等性质的"想象力试验场"与"思想与文化的填充剂"。

多年之后，我离开乡村，置身于西北的巴丹吉林沙漠，在所谓的现代文明和唯物论的灌输下，那种类似于"天赋神授"的文化记忆与心灵恐惧仍旧深重，以至于我第一次在北京乘坐地铁的时候，忍不住对这样的交通工具，从心理甚至灵魂上有一种强烈的本能的排斥。

在我的意识中，尚还活着的人步入地下，总有一种走进坟墓的感觉。这种莫须有但却有些隆重的感觉，让我浑身不舒服，又没有很好的理由拒绝。人类在交通方面，完全依从了工业时代的惯性，以及技术的多种研发与可能。这大体上可以说是文明的进步，可在进步的同时，我们人为地破坏了自然本体的完整性与神秘性。

从公主坟到通州，打车的话，两百块估计不够。而那个年代，两百块虽然不算多大数目，但对我来说，那也是一笔巨款。对于出身乡村贫苦农家的人来说，往往不认为年轻是最大的人生资本与生命的最灿烂部分，而是在整个时代当中的无所适从与物质上的极端短缺导致的自卑与仓皇。

硬着头皮下去。

灯火辉煌,都是一色的白炽灯泡。感觉天地骤然暗淡、狭小、平面化了,也有了种种藩篱与隔断。一个地铁口,通常有好几个入口和出口,还有数个通道,分别通往不同的方向和地点。站在人来人往、摩肩接踵的地下站台,我左右环顾,看到的每一个人都面色诡异,连裸露的手臂、脚踝、脖子,都闪着一种不正常的与地面上反差极大的光泽,哦,就好像是化过妆的尸体。请原谅我这样说,但这确实是我第一次在地下铁看人时的直接印象与感觉。

再看墙壁、吊顶,以及锃亮的栏杆,以及安置在各处的小隔间,还有指挥控制中心一类的设施,似乎是某一些官僚或者衙门机构,用一种沉默近似于严肃、冷酷的姿态,让我觉得了一种没来由的压力与惊惧感。

而且,地铁这种布局,或者说设置与氛围,它一下子让我想起了爷爷在故事中描述的地狱或者所谓的阎罗殿的景象。那是一种完全剥离了肉身及其所有的附带物,包括欲念与情绪的另一种生物世界,可怕、沉闷,充满各种律令的审判与禁忌,以及各种明文规定的奖励和惩罚。

这当然不是真的。我的这种感觉,似乎有对某些同时出现在地铁站的众多的陌生人诅咒的嫌疑。

我跟在朋友身后,规规矩矩地站着,生怕有哪些不对和不雅的地方，暴露了自己出身农村并长期生存在偏远蛮荒之地的浅薄无知。可是，我的眼神是游移的，不由自主地打量整个车厢，以及车厢里每一个陌生人。他倒是坦然，拿着一份新京报，低着脑袋读得很专业，又很有风度。他这样的一副神态，让我感觉惶恐和自卑。我想到，可能去到北京的大多数外地人都怀揣着荒野一样的自卑、迷惘、不安、无序和紧张等感觉，特别是如我一般缺钱少权的人。北京、上海、广州、深圳等城市经过四十多年中的高速发展，已经与北方乃至南方的很多地方形成了鲜明比照。当时，我可能对这种不均衡有很大的偏见，但现在觉得，这个世界本来就是不均衡的，人如此，万物万事也是如此。所谓的均衡，只是相对的概念，而不是完全的现实，甚至都不具备操作的科学性。

虽然我走出乡村只有十年时间，但我时常觉得自己完全是一个脱离了泥土气息、阉割了小农意识与农民劣根性，具有现代文明意识和生活常识与技能的"当代人"了，且平时以此沾沾自喜，自以为高大无上，特别是在那些仍旧置身偏远乡野的人面前，强盗一样的优越感瞬间呼啸而来，时时刻刻都把自己"装扮"得"鹤立鸡群""陶陶然不可名状"。

可一进北京、上海，才发现，自己还是一个地地道道的农民，而且一无是处，万般皆下品不说，畏首畏尾，无所适从。中国农民的自卑感应该不仅仅是一个历史问题，更是文化问题、思想问题和精神信仰层面的大问题。

是那种奔行。地铁速度极快，其本质，就是急着要把一车车的人送到下一站，甩下来，再去接另外一些人。如此周而复始，无有休止。地铁这种姿态，像极了当代人的生活本质，即一面急着抵达，一面又渴望停下。紧张与松弛之间，此处和彼处，永远是得陇望蜀，不留可惜，久待乏味，时常矛盾冲突。

我听到机器的钢铁犁开黑暗与迎面大风的声音，那种破裂的和粉碎的呼号、斩杀和冲撞，听起来异常恐怖。站在拥挤的车厢里，陌生人斜过来，半个身体压在我的肩上，旋即又挪开。也有一些陌生人，使劲擦着我的身体甚至踩着我的脚，步出车厢，或者挪向另一侧。热气腾腾的汗臭味充塞了整个空间，使得整个地铁车厢的气息，有了逃难的意味。我看到的，几乎每个人的表情当中，都飘荡着无限的厌恶、不耐烦和鄙夷，当然也有某种借机而为、无意识中强烈流露的色情意识。古人说，十年修得同船渡，可是，在地铁上，每人都不会真切地觉得，此生此时此刻，我们相互不知来路和去处，却同在一趟车辆里，甚至肉身紧挨，是一种难得的缘分，反而是相互之间的不满、各种抗拒、厌弃，甚至瞬间的仇恨、不宽容、不体恤。

对他人的厌弃反映了我们内心的焦虑、不信任，与不明来由、无中生有的排斥。在这样一个浮躁的、喧闹的时代，人对人的忍耐力的降低，也正体现了人类本性当中的不宽容、不合作与同类相轻，甚至互为敌人的成分。我夹在中间，被陌生人挤来夯去，虽然也觉得非常不舒服，但心里却没有丝毫厌恶的感觉，反而平生了一种同情和理解。这不是说自己多么高尚和有境界，其中根本的原因，还是自卑在起作用。是的，农民的自卑，边远之地对于豪华京都，以及现代城市文明的自卑。我也知道，倘若我常年生活在北京，上下班要挤地铁，不用几个月时间，估计一周就会和挤地铁的人从心态到神情都毫无二致了。

这是可怕的。城市的一个重要特征，就是具有非常自由的可复制性，还有渗透性与高度的重叠。地铁只是其中的一个普遍特征。再就是各种楼房、街道设置，甚至酒店的内部结构与住宅小区的绿植品种等等，重复、雷同、相互模仿，似乎构成了当代城市最基本的动作与自我填充的速度。

地铁疾驰，在幽深的地下，一切都是人工的，灯光乃至灯光下的一切，包括机车的运行、停靠等等。地下铁，俨然一个人造的世界，迥然于地面，也差异于更深处的黑暗。在我很小的时候，村里那些大字不识一个的老人们也顽强认为，在更深的地下，不仅有地狱或者俗称的阎罗殿的存在，还有更多的人，或者别的什么生物，如同儒勒·凡尔纳小说《地心历险记》及根据其改编的同名电影作品所展现的那样。然而，在古老的中国乡村，人们的想象或者说基于某种信仰的判断当中，地下世界不止一个，形式和内容也足够多，比如妖精王国、女子国、毒虫国、老人国等等，不一而足。

人对世界的认知和判断总是浅薄的，远没有自然的博大存在，宇宙的神奇丰富、离奇与变化多端、神秘莫测那么精细和深刻。

到通州下车，随着汹涌澎湃的人流，沿着高耸的台阶，从地下出来，扑面的阳光，满世界的明亮，那种感觉类似重生。朋友步履悠闲。我则亦步亦趋，心里觉得，这真是一种奇妙的感觉。从前的人们视地下为畏途，为墓穴与地狱，甚至其他灵物的存在及其盘桓的领地。现在，人们证实了地下还是地下，大地的厚度远超人类的想象。走在通州的大街上，这一个有名的古运河的水道之一，尽管也在疯狂崛起，以各种建筑为标志，但仍旧没有都城的模样，更别说气质了。由此我也觉得，大地上的所有城市，其实也是有根和传统的，一切城市的气质与风度都是时间，尤其是人在其中的历史长短与薄厚度构筑起来的。尽管，大地的每一座城市和村镇都有着这样那样的历史，也都在时间中被人居住、耕耘、改造过无数次，但根本的问题是，凡是人居住的地方，必然要有一种活的东西，那就是信仰、文化和精神。也唯有这三种东西，才是真正的传世之宝与永生之门。

朋友之间的饭局，无非是喝酒，再夹杂一些你好我好、大家都好；再有趣点，就是说些段子、唱几支歌。

酒壮怂人胆！这句老话，在我吃喝、胡侃一顿之后，再入地铁的时候格外明显，先前的惊惧不在了，面对深下去的穴道，我没有了先前的那种联想，更不想把地铁与某种古老的禁忌联系在一起。和朋友面红耳赤，摇头晃脑地上了地铁。呼啸啊、奔驰啊、到达啊之类，似乎都与我们无关。两个人先是大声讨论了先前在酒桌上的问题，如谁谁谁的作品写得到底好不好？刚才某某某的话中，有挟私报复或者偏听偏信，抑或干脆连人家作品都没读过就下结论，搞攻击的……如此反映了其内心的狭隘，以及某个领域的基本状态和某种现象。快到惠新东街的时候，我觉得眼皮上好像压了五百斤铁块，整个身体无限制地松懈，甚至软下去。幸亏晚上进城的乘客不多，不但有座位，整个车厢还非常松闲。

不知何时，我睡着了。幸亏朋友还醒着，到中关村，他摇醒我说，到了，你要下车了！我一个激灵，酒意瞬间少了三分之一。站起身子，下了车，才回头，朝那位朋友摆了摆手。出站，尽管有数盏路灯，街道没有多少车辆，但我觉得，黑夜的地面比地铁里的黑暗也瘆人多了。

我四处看看，似乎都是诡秘的阴影，路灯的光亮虽然能够照耀到更多的大地面积和陈列其上的事物，但黑暗当中的极少部分，隐匿的、蹲着的、半藏半露的，却令我觉得了一种恐惧，尤其是那些扎堆的出租车，以及停在一边的，有人依着车门，或者被人靠着车身的……车和人，他们大声甚至诡秘地说笑，眼神游移，好像黑暗中的残忍猛兽，在旷野上寻找猎物。关于这一种感觉，我多年来不曾忘怀。这不是贬低或者有意说北京的出租车不好，而是一个外乡人对于黑夜之北京某些地铁站附近景象的一种深刻记忆，或许是偏见，或许是一种错觉。但不管怎么说，后来再去北京，我就对地铁有一种说不清的排斥情绪，不管距离多远，宁可打出租车来回，也不想再"染指"地铁。

但不得不承认，在目前的中国城市，要去一个地方，地铁出行，无疑是便捷和廉价的。尽管车辆普及，但停车的麻烦，构成了开车人另一种深刻的无奈与烦恼。此后，每次去北京，只要可以打车，我绝不坐地铁。有几次和妻子儿子，他们要乘坐地铁。是啊，对于我们乃至我们的儿子，这些偏远地区来到京都的人来说，总是不放过每一次尝鲜和学习新技能的机会，再说，让儿子体验一下新鲜的东西，也算是好事一桩。有几次，从北京站到军事博物馆，其实路途不长，但中途需要倒一次车。外地人，拖着大包小包，再加上孩子，乘坐地铁绝对是一种折磨。好在，原单位的办事处就在羊坊店路附近，吃住是比较方便的，还有一位老乡在其中搞服务，当然是我们吃住在北京的不二之选。

地上地下，车辆、楼群，上面人头攒动，下面熙熙攘攘。每一次，站在长安街上，我就莫名地想，地面上这么多车和人，还有建筑，下面也是，这个城市怎么能承受得了这么多？万一地面陷下去了，或者下面冒顶了，这可咋办？……肯定有人遭遇不幸的。而且是非常大的不幸。

不幸构成了我们在人世的基本状态和观感。或许，在信息尚不发达的年代，不幸到处也有，甚至频繁、深度、诡异地发生，可是"不知道""没听说"构成了各自为村镇和城市的人们"此时太平"的虚假安全感。

长期以来，人类的自我满足和安全感，基本上建立在"无知""不知"和"自我的暂时安好"等似是而非的幻觉上。

在地铁上，尽管我知道，对于安全的担心是多余的，现在的科技，已经到了通天彻地的地步，小小的地铁不过是人类智慧科技展现之九牛一毫。再说，地铁之所以被当代城市所采用，肯定是一项相当成熟的技术。

说起来可笑，我记得第一次在北京坐地铁的时候，还特意留了一张地铁票，想着用来做纪念。回到远在西北巴丹吉林沙漠深处的单位，就放在笔筒里。当时心里想，这个人在北京坐过地铁，实在是一件很荣耀的事情。我记得，那一年，我已经二十七岁了，完全是一个成年人了。

现在想起，作为农民的虚荣心也是无可救药且有些可怕的。

一张首都北京地铁票，在20世纪最后几年，对于偏僻之地的人来说，还是一种身份和能力的"证明"，倘若现在，倒是有些不好意思，甚至自觉得脸红可耻了。记得2009年在北京中关村某学院培训，有几次，乘坐地铁穿行首都东西南北。从这一个口进去，那一个口出来。在迷宫一样的地铁站，走着走着，就把自己丢了。然后像没头苍蝇一样转了好几圈，询问工作人员才找到正确方向。

也是在那一次，某天下午，和一位同事，乘坐地铁到和平里吃饭，途中，看到好几个乞丐模样的人在地铁上乞讨，或者吹拉弹唱。他们的装束永远是脏兮兮的，表情永远血海深仇或者举世同悲。这种景观，我觉得惊诧。心里想，地铁这样的场合，该不会是乞讨的最佳场所？我观察，无论乞讨者走到哪位乘客面前伸手，或者反复颠着留有几枚硬币的破铝盆，施舍的人极少，前面的人看到,不由自主地躲开,实在没地方,就贴紧门窗和过道。

事实上,乞讨者要的是这世界的良知。而与他们一同乘坐地铁的,大抵是普通工薪阶层的人。倘若是富豪商贾,定然不会和我们一起挤地铁。这个社会的根本问题是:我们得到的永远不如失去的重要,比如现代科学技术对自然和人类的大幅度掠夺与篡改,比如物质的统摄入心入神,古老的人心正在大面积地丧失同情、理解与悲悯,"良知"这个词在这个年代,多数显得荒谬而奢侈。

总是在衍生,这个世界,这个人类社会。明知道身外之物是累赘,甚至祸殃,但还是要前赴后继,当仁不让。2010年春天,我陪着母亲,从西北到北京。我老家在河北,即南太行山区,母亲去巴丹吉林沙漠,是我接她去我们家小住的,更多时候,她和弟弟一家仍旧生活在南太行山里的小村庄,重复尘埃中的不为人知的乡村生活。那时候,父亲刚刚过世一年时间,我还处在强烈的悲痛与不解之中。在此之前,我怎么也没有想到,六十岁刚出头的父亲,竟然就在这个看起来尚还年轻的生命段落当中,告别这个世界。在我以往的直觉中,现在人都活到了七八十岁,还有百岁以上的。父亲,怎么也会活到七十多!而事实就是这么残酷,人生就是如此无常。父亲在病痛当中,甚至明知自己去日无多的时候,一句怨言都没有发出,即使疼得龇牙咧嘴,也不见沮丧与绝望。

父亲的这种"视死如归"的"英雄主义",其实顺应或者暗合了老子《道德经》:"众人熙熙,如享太牢,如春登台。我独泊兮,其未兆;沌沌兮,如婴儿之未孩;儽儽兮,若无所归。众人皆有馀,而我独若遗。我愚人之心也哉!俗人昭昭,我独昏昏。俗人察察,我独闷闷。澹兮其若海,飂兮若无止。众人皆有以,而我独顽且鄙。我独异于人,而贵食母。"

他似乎明白,世上的一切,不过是以昭昭之口舌,谈论物质和生命的价值、意义,乃至其他的世俗功能,而一个人,也是天地的一个小粒子,疾病、疼痛乃至死亡,都是自然而然的事情。对于命运之神和古老的律令与法则,谁都无法抗拒,还是顺应、听从、献出的好。

尽管父亲大字不识一个,更不知道老子和他的《道德经》,以至于诸多的玄妙道理,但这并不妨碍他的觉悟。在病中的时候,父亲的表现就异常平静,完全没有将死之人通常表现出的那种恐惧、不安、暴躁等情绪,反而如一个洞彻世事、通晓万物的觉悟之士,在巨大的痛苦中,慢慢把肉身交给了大地。

与父亲相比,我是愚钝的。但在他去世之后,大致是爱屋及乌,便将自己对父亲的感情,特别是歉疚与补偿心理,就全部倾在了母亲身上。在巴丹吉林沙漠军营,即我和妻儿的家,母亲住了将近三个月,她的体重空前地增长,人也圆润了很多。但是,母亲这一代农村人,是闲不住的。我去北京参加一个培训,顺道送她回家。

母亲最大的愿望,是看看天安门,还有毛主席纪念堂。其实,我父亲也有这样的愿望,等我可以满足他的时候,他病了,紧接着就死了。不管如何，也不用以其他的什么标准来衡量，他们那一代人，对故去元首、领袖的热爱之情，是空前的，也是不可抵消或者撤改的。作为晚辈，唯有尊重。一代人有一代人的苦难，一代人也有一代人的喜好甚至信仰。我们没必要为此纠结，甚至言语攻伐。在单位办事处住下，次日一早，我陪着母亲到军事博物馆对面，进了地铁站。这也是为了让母亲体验一下乘坐地铁的滋味。此外，我还想让母亲，这位出生于中华人民共和国成立前，在偏僻农村苦难了大半辈子的妇女体验到更多，如飞机、高铁，还有卧车和越野车、轮船等等。一方面，让她感觉到一种俗世荣耀和现世的生活速度，另一方面，也让她尽可能地融入当下时代，尽管不可能融入全部，但有一点点也就可以了。

  这对于母亲来说，当然是一种荣耀，尽管这个荣耀在他人眼里无可足道，甚至有点"愚昧"，但我觉得，这对母亲是有意义的。在南太行乡村，在母亲和父亲那一代乡亲里面，坐过火车的人都非常少，作为儿子，尤其是农民的儿子，我觉得，让大半生局促在农村的母亲在同乡的同代人面前"有面子"，享有"见过大世面"的"说法"，也是一种责任和义务。

  母亲也像父亲一样不识字，但她对任何事物都很好奇，都有兴趣，而且胆子大。我和她站在地铁站乘车口，过来一趟车，上面的人挤得只差没脱衣服了。母亲不管，一跃而上，就要挤进去。我一看不行，急忙拉她下来，怪她说，这样危险，太危险了，不能这样！说着话，又过来一趟车，还是挤得水泄不通，母亲还是要硬挤上去。我拉住她说,天安门距离这里不远,咱上去,打个出租车去就行了。母亲嗯嗯着跟着我走,可还是不住地回头看重又聚集成人群的地铁。我知道她十分想乘坐一次地铁,但考虑到安全问题,我决定,违背母亲的意思,出站之后,打了一辆出租车直奔天安门广场。

对于母亲来说,天安门是她那一代人心中的圣地,毛泽东是最伟大的人。这一种感情我相信是纯粹的,尤其是母亲在天安门广场矗立、仰望的神情,让我看到了一种久违的虔诚与景仰。在毛主席纪念堂,她看毛泽东遗体的眼神,也非常纯粹。我笑笑,也觉得安慰。一个人,不管她信仰什么,倘若有敬畏感与崇敬之心,未尝不是一件美德。这一次之后,一晃七八年过去了,母亲再没去过北京和巴丹吉林沙漠,也就在这一年的年末,我从巴丹吉林沙漠调到了成都。两年后,我们在成都有了自己的房子,快过年的时候,妻子买了飞机票,专程把母亲接到了成都,和我们一起过了一个春节。

记得我曾带着母亲,乘地铁,从高新到文殊院,因为我单位在那里,下午又陪她乘坐地铁回来。她很开心,在地铁上左瞅瞅右看看,一脸的新奇和好玩。我给她说,这是哪里哪里,这些是做什么用的,出地铁和进来,都要买票、刷票之后,才可以,等等。她也认真听,脸上是幸福的表情。

到成都七八年了,平时上下班,或者去什么地方,参加一些什么样的活动，我都选择乘坐地铁。相比较而言，成都的地铁设计合理，转乘站设置都比较简单，不像北京那样繁琐，时常叫人站在人群中犯迷糊，不知道往哪里迈步。现在，上下班基本都是乘坐地铁来去，不论春夏秋冬。地铁成了我这样一个拒绝学车开车的落后主义者生活的另一个主要方式和内容。

而且，此时的我，也已经严重地步入中年。在琐碎的现实生存缝隙里，地铁不仅是一个交通工具，也渐渐地深入我的生命和生活，甚至精神灵魂的深层次里去了。某一日，我在诗歌中如此表达这种感觉："上去的人，看起来都像回家／唯有那些行李多的／来自何处真的不重要。这时代太多莫须有／和不知所踪。地铁来去，人只是它的营养剂／活着的人，在地下会晤／相互端详，话还没说出／脸庞已被替换。出口的日光，或者雾霾／我们的生活纷攘不已，盛行自我的战争／当我离开，哦，热闹的地下，它纵容着无数妖冶的幽灵／每一个人搭乘和进出的，都在惊慌逃离／看起来生动的场景，本质是聚散／一如沸腾的体液／为钢轨提供润滑。如人到中年／活着如同惊马，命运在黑暗的隧道／作沉稳状，迎风悬挂……"

其实，这些诗句是无力的，远远没有写出真正的中年之境。

任何形式和语言，都无法真正抵达事物的核心。

这样一种生活形式，使我慢慢发现，地铁是一个人在都市里最简约的生活成本之一。就像现在的共享单车，它解决的不仅是时间和效率，还有安心和放心，当然还有低碳和环保等形而上的说法。可是，什么东西一旦用得多了，也就会见怪不怪了。几乎每天都要和地铁发生直接的关系,但早就没有了第一次的恐惧与联想,也如同当年那位在北京的朋友一样,觉得再正常不过的了。第一次乘坐时候的惊惧,特别是那些由此及彼的联想也不见了。余下的,只是喜欢在地铁上留意各种有意思的人、事,在某些瞬间的具体表现。

我如常人,遇到年迈的、怀孕的、身体不太方便的、背着东西的,甚至看起来不大舒服的,就主动让座。我自以为是一种美德。当然,我也经常看到,一些人猛然冲上来,那姿势,像是猛虎捕猎羔羊。以为抢到一个暂时的座位,就是最大的胜利和"得到"。他们的这种认知和行为,直接暴露的是个人在群体当中的自私与浅薄。对此,我常觉得不可思议,是缺乏修养的直接表现。但也以为,每个人都有在任何群体中采取不同表现方式的权利,尊重他们,由他们去,也是一种宽容。某日傍晚,我下班回家,照常乘坐地铁,正在低头刷朋友圈,却听到一阵激烈的喝骂。一个年轻人与一位年过七十的老人家并坐在位置上,相互揭短。年轻人大声说:"我抢到的凭啥子给你?"老人说:"你这年轻人,一点礼貌都没有,和我这样的老头儿抢座位,丢人不丢人?!"

如此这般,一来二去,两人各不相让,面红脖子粗,但始终"光说不练",这也是成都人一个特点,即语言上狠劲十足,却迟迟不肯诉诸拳脚。年轻男的旁边,一个年轻女子站着,不停地劝他说,算喽算喽。老人身边的一个老年妇女也说,算喽算喽。面对此景,我想过去说点什么,但咽了几口唾沫,还是忍住了。

也有的时候，会看到一些男的，喜欢在众人当中不停穿梭，挤来挤去，好像一头无知的大象或者牦牛，笨拙，但我常常却怀疑他们的真实用意。男人因性而爱，女人则因爱而性。男女之间的区别，微妙而巨大。我也觉得，对于某些带有色情意味的行为，不论男女，也不可以用简单的流氓君子来界定。因为，大多数时候，每一个人，都在有意无意地寻找他们最适合的对象。尽管，人类的很多求偶行为，妄想的成分，总是多于肢体实施，不过是连篇累牍的臆想"生理渴望"而已。

有几次，赫然看到几个与众不同的男女。一次是在省体育馆站候车的时候，发现一个女的，黄色长发，乱蓬蓬的，脚蹬一双红得令人吐血的高跟鞋，背着一个白色坤包。我起初没在意，走过她身边的时候，蓦然觉得有些怪异，但一时又混沌不明，忍不住看了一眼，竟然是一位变性人。还有一次，在一号线，看到一个装束奇怪的男子，衣服离奇古怪，各种拉链挂满全身，脸上还擦了脂粉。我想了想，觉得应当是一个同性恋者。

我虽然不怎么反对变性和同性恋行为，但心理和情感上是绝对不能接受的，觉得这违背常理，也是有悖自然人伦的"非正常"人群存在。我们来到世上，就是要遵守天道人伦，而不是逆其道而行之。我也知道，人类自身确实存在着很多"反抗和自作孽"的"引子"，我们总是要求给予宽容和自由，美其名曰是个性，甚至世界大势、文明要义，但却在某些行为上，却又无限度地自我消耗、败坏和挥霍。

自此，我也深刻地意识到，城市太驳杂了，人的要求，乃至人性和人心的深度与繁杂程度，远远超出了我们的经验和想象。尽管我支持人的各种正当选择，但我始终对某一些超出天性与自然规则的事物表示强烈的质疑，甚至有些不通融的态度。

当然，更多的人是正常的。地铁，这一个密集的场所，具有高强度的聚散性质。在此，谁都是路过，无人久留。这种状态，和"子在川上曰，逝者如斯夫"有异曲同工之妙。至此，我才觉得，古人把人多的地方称之为"人潮""人流""人海"等，是非常形象和科学的。

我也注意到，在公共场所，尤其是比较拥挤的地铁上，揩油或者某一些猥亵行为也是有的，也层出不穷。但是，对这类现象，既不排除有意为之的卑劣，也不排除有由衷的情不自禁与本能驱动。对我个人而言，在地铁上，总是难以自抑和羞于启齿的是，在地铁上，不管有意无意，总是会看到各种各样的女子，进而产生诸多形而上或形而下的欲念和想象。如，端庄的，便觉得她们的美令人敬仰；穿着暴露且行为轻佻的，便联想到她们的职业，甚或其他。

地铁，其实也是一部大书，一部重复演出的影视剧，主角换来换去，剧情和桥段几乎没什么改变，但无人厌倦。地铁上的各种人和各种表现，尤其是心理活动，也是人性的一种深刻而又驳杂的表现。

众所周知，成都女子之美，在全国似乎享有巨大的口碑和盛誉。但一个半老又丑的男人盯着无比"乖"的美女看，的确没出息，且有些失德。尽管如此，在夏天的成都地铁上，我还是忍不住胡思乱想。尤其是夏天，满车厢的玉腿酥胸，琳琅满目，活色生香，叫人目不暇接，心神荡漾。有时候不想看，可是她们总是那么顽强而又自觉地塞进你的眼睛，像身体百世不灭的欲望。这种冲动完全来自本能和天性，唯一好的是，还能够以审美的心态来看待，也算是一个操守吧。因此，我也觉得，地下、地下铁，乃至地下车库、酒窖、饭庄、茶社等等，其实都开始等同于地面了，城市在扩张的同时，也在深扎，向着地下，当然，也向着天空。

就个人而言，很多时候，在地铁上，我总有一种似是而非的感觉，恍惚不明，充满悖论和诘问。当今时代，即我们所在的这一个时空，很多东西已经混淆了，工业革命和信息化之科技手段，使得人类传之千年的古老生活方式已经发生了根本性变化，很多东西连我们自己都无法分清楚，且难以言说。在当代，无法被辨认也不须深究的"心理"景象和现实行为难以尽述。因此，这是一个迷惘的时代，也是一个自我变异、肉身和精神都无法真正实现"安顿"，信仰崩溃而新的"方向"尚不明朗的时代。人人都在寻求一种理想的生活状态，但千般尝试和营造之后，往往以失落和失望告终。

很多人生活在同一个面积的城市，无论向下还是向上，其实谋面的机会并不多，唯一多的是，在同一座城市，在越来越发达的地下运输网络当中，在日夜之间，一次次地进入，一次次地到达，再一次次地离开，如此循环，其实也等同于人生的两极，以及生命的前后。剩下的，只是过程。那些同在地下铁相遇，或者同乘一趟车的人们，我们都是有福的吧，尽管摩肩接踵之后杳无踪迹，身体偶尔小幅度接触也并不代表什么。

哦，人，人世间，我在其中，诸多的人和物，构成了一个人生命当中越嵌越深的幽暗风景；哦，地下，地下铁，深陷之后的疾驰、来来回回，这种形式，像极了我们的生命，以及内心的某种状态。地上和地下，运行和到达，出来和进去，这个简单的场景和动作当中，总是意义无穷，蕴含众多，几乎包含了所有城市的品性与特征。我相信，这是人的另一种形式的旅行，越来越通达的地铁，人数总在增多，也有人再也不来。很多次想起埃兹拉·庞德的《在地铁车站》，倘若不把标题算在其中，仅仅"人群中的脸庞幽灵般隐现／湿漉漉，黑色树枝的花瓣"（陈禺希译）的诗句，任谁都无法与地铁站联系起来。事实上，我们所在的时间里的诸般事物，都和这首诗有着很多相像和共通之处，往往，一切看起来都很简单，可一旦深入之后，却都会变得丰富、诡异、隐秘而有趣，充满了各种各样的蹊跷际遇与耐人寻味的纷繁景象。

虚妄的行途

急匆匆上车,坐下。朱建军心里仍旧骚乱不安。从九月十号开始,朱建军就被一种强烈的具有摧毁性质的惊恐和绝望俘虏了。此前,他绝没想到,自己这一生的婚姻会有什么变动。当然,十多年前,结婚第四年,朱建军有过一次离婚行动。原因很简单,他有了一个女人,但不能说外遇。因为,他和那个女子虽然见过面,但一次肉体关系都没有发生过。在男人看来,所谓的爱情,抛开肉身的深度接触就等于乌有。那一次,他妻子恼怒异常,在百般劝说朱建军无效的情况下,蓦然受到打击,极度忧虑、失望,再加愤懑无奈,数日后,妻子神情恍惚,去医院检查,不仅精神出了问题,肝部也有了阴影。看到诊断结果,朱建军抱住妻子,懊悔而惊恐地说,我再也不离婚了!妻子抬起长期煎熬而瘦削苍白的脸，不相信地看着朱建军。

朱建军说：你好的时候，怎么都可以；你身体不好了，我不会离开你！

这一晃就是十一年。十一年来，世界改变了很多，朱建军和妻子与他们的儿子除了作为个体的生命在时间中自行耗损和成长之外，他们也从西北迁徙到了成都。相比较，西北的高天阔地适合诗人和壮士出塞，但这个年代，别说英雄消隐，就连正人君子也集体性地在物欲中沦陷殆尽。到成都五年，朱建军已经适应了这个城市由来已久的慢淡生活。他有一份还不错的工作，月收入在工薪阶层也算是中等偏上的了。此外，朱建军还是一个作家诗人，每个月稿费虽然不多，但完全够他个人零用。他的妻子很有生意头脑，几年来，和他人联手承揽一些大大小小的建筑工程，也能有一份比上班多一些的收入。

生活不慢不急，一切都由时间说了算。可是，朱建军夫妻的正常生活忽然在2015年9月10号这天上午失常了，好像一颗存放完好的原子弹，不经意之间，发射和爆炸按钮就被无意识开启了。原因很简单，夫妻两个拌嘴。妻子怒说：我早不想和你过了。朱建军本来心直口快，立马也回敬了一句：我也忍你很久了！两个人的战争由此爆发。几乎从结婚那一天开始，朱建军就觉得，夫妻是这个世界上最放松也最无忌的两个人，有些话在单位和外面的场合不适合说，可在家里，特别是妻子和丈夫面前，是完全可以尽兴说的。不幸的是，朱建军再一次错了，就像所有的心灵鸡汤文章所说的那样:有些话夫妻之间也不可以说,说了就会引发误解。

误解是人与人之间最难缠的敌人,不由分说的毒药。

朱建军压根没想到,妻子会因此而下定了和他离婚的决心。开着车,逼着他去了公证处。要他把房子所有权、儿子监护权给她。公证处说,这个不用公正,写在离婚协议上就可以。出了门,他卑贱地哀求妻子说:闹一闹就行了。我道歉!可是妻子不依不饶,又载着他到民政局婚姻登记所。办理的时候,工作人员又让复印一些东西。还要朱建军所在单位的证明。妻子余怒不减,心如铁石。朱建军垂头丧气,绝望无名,途中,甚至想跳车自杀。但妻子对他的行为不仅无动于衷,还表现出一种发自肺腑的鄙视。这时候,朱建军才意识到,这一次,妻子是来真的了!

这对于朱建军来说,无疑一场无与伦比的杀伐和摧毁。

高铁飞速。朱建军埋在二等座里,心情暗到极点,满心疼痛。到重庆北站,才抬眼看了看窗外。只见村庄、城市和山野成批倒退,偌大的车厢内,似乎只有一个人似的。"那些逆我而去的大地事物,仿佛在追赶它们消失若干年的母亲。"不知怎么着,朱建军脑海里忽然冒出这么一句诗。他喝了一口浓茶水,自忖说:诗歌果真是个人的现实和内心境遇的产物。和妻子离婚,或者妻子和他离婚,这是朱建军做梦都没想到的。自从十多年前那次婚外情事件后,朱建军和妻子的感情一直很好。而且,因为妻子能干,又极善于处理各种家务和人际关系，在教育孩子上也非常有心得和方法，朱建军觉得，世上还有比这样更好的事情吗？有一个好妻子操心，自己还掺和什么？慢慢地，朱建军就在家里自我弱势化了。从内心说，朱建军也乐意拥有这样一种家庭"组织建构"，他觉得，既然妻子处处精彩，自己做绿叶也没什么。因此，他的同事和朋友都知道他是一个"耳朵"，跟他开玩笑。朱建军总是笑眯眯的，还对人宣讲他的不二真理：怕老婆的男人才是好男人。他认为这是人品和内心质量的一种体现。

这种自豪感贯穿了朱建军十多年的家庭生活，长期的心理定式和对家庭的高度依赖使得朱建军有了很强的归属感。他不爱折腾，满足于现状，准备在一种不怎么忧虑的生活层次上过完一生。夫妻生活，长年累月之间，难免会有一些不愉快，朱建军觉得这才是真的家庭生活。两个人出身不同，成长的文化背景和地域风俗不同，必然会导致性格和趣味上的差异，这是天下所有夫妻与生俱来的一个"天然性的差异"。以往，朱建军也和妻子有过诸如此类的矛盾，甚至更激烈，有时因为一句话，或者一个动作，或是一件小事，而导致妻子不满，两个人拌嘴、生气，但朱建军从没有对妻子使用过肢体暴力，而且从来都是他先认错，直到把妻子哄开心了，才如释重负。

在朱建军看来，妻子是这个家庭的主宰者，是他和儿子的王。如果妻子不开心，就等于整个家庭笼罩在了一种怪异的令人难受的氛围中。他会因此食不甘味，坐卧不宁，更没心思去读书或者写东西。他也将夫妻之间的一些不和谐杂音称之为"文明的冲突",在援引亨廷顿观点的同时,也告诉妻子说:咱俩的成长经历和环境不同,再加上文化和精神上的差别,你认为我大声说话就是骂人,在我们老家只有话中带脏字才算是骂人。这种文化风习上的差异,并不是什么大事。但妻子坚持认为,说话很大声就是骂人!朱建军觉得无奈,只好顺从,在家庭生活中很注意与妻子说话的分贝。

再一个原因,妻子小朱建军七岁。恋爱的时候,朱建军就发誓:这一辈子不会动妻子一根毫毛!"妻子是用来疼爱的,不是用来打骂的。""爱妻子就是爱家。"这也是朱建军挂在嘴边的话。妻子每一次出差,他都电话短信问:吃饭了没?住下了没?即使妻子开车从他单位到家里,十来公里的路程,他也要问问到了没。在他看来,一个家庭,安全是一等一的大事,一个人不好,一家人都会不好。特别是在这座城市当中,朱建军和妻子觉得,只有他们一家三口才是彼此最强大的依靠与至亲至爱的人。作为一个刚入中年的人,他看惯这世间的沉浮,也深谙人心,乃至这个时代的本质:荒谬、薄凉、喧闹且无趣、奢华而不高贵、丰富却不丰饶,自由却充满自我意义上的束缚和限制。

以上看法或者认知,与朱建军的个人出身乃至人生经历有关。和很多进城者一般无二,像他这样的,多数来自九十年代初期的中国乡村,以卑微的坚强和某种际遇获得入城资格。对于他们这一代由乡村转入城市的人来说,承受与经历的一样丰富、繁杂、沉重和深切。他妻子也是一样,因为和他结合,进而进城。所不同的是，朱建军在华北的南太行山农村长大，妻子则是甘肃酒泉人。西北和华北，一字之差，地理之远倒在其次，主要是生活风俗乃至文化传统方面，必然有着些微差别。但经过近二十年的兼容、合作，朱建军觉得他和妻子之间已然达到了默契、谅解和宽容的状态。他们俩和儿子在成都，远离各自的父母、亲戚、同学，在外省乃至一切尚还不怎么熟稔的城市，一家人别无所依，只能相互围拢取暖、合作互助，才是家庭乃至他们每一个人现实生活和精神灵魂意义上的根本所在。

朱建军对家庭的这种情感确认，更多地体现了农耕时代的家族意识，尽管他在思想上与时代保持亦步亦趋的关系，但情感上，还深陷在中国深厚的乡村文化传统当中，即时刻需要熟人环境和血缘意义上的氛围作为有效心理支撑，并以此获取必要的安全与现实妥帖感。可是，当他第一次面对自以为牢不可破的婚姻或者说家庭走向分解的时候，他慌了，多次哀求，甚至跪求，向上帝祷告，求人出招，再而请术士解算无果的情况下，他一个人痛苦地跪在地上，忽然想起，2015年春节，他和妻子儿子回到南太行乡村老家过年，蓦然听说他们家祖坟有问题，便也请了一个风水先生再次来堪舆。那人在他父亲和爷爷奶奶的埋骨之地转悠了一番说："这地方不大好，下葬六年后，头门儿（即一家中的大儿子）夫妻会离婚。"而且说得言之凿凿，不容置疑。还说，一般迁坟六年后见效。意思是说，坟地安定六年后，会对逝者家庭所有人的现实生活和命运发生暗导作用。

这才是朱建军利用十一假期急匆匆回老家的主要原因。乡村话说：好话不由赖事由。说的是，好事人说了未必会有，坏事说了就一定有，或者有那种迹象。回家去，重新找人堪舆一个好坟地，把爷爷奶奶和父亲的尸骨重新安置，希望通过这样一种古老的唯心主义方式，使得妻子回心转意，两口子和好如初。当然，朱建军知道这有些虚妄，但除了这一种方式，他实在没有更好的办法来拯救他岌岌可危的婚姻了。高铁到汉口，速度猛然提到了290多公里每小时。窗外都是城镇，小片的荒野被压榨得体积变小并且灰苍苍了无生机。路过一座村庄的时候，朱建军看到，茂密的杨树林叶子黄得令人心疼，临水的那些树叶子红如鲜血。整个河道两边，杂草枯黄，芦苇的白色头颅在灰霾的天空下显得格外悲怆。

旷野已经成为了这时代当中最后的暖心药片
一个人逼仄到河水中入秋
他能觉到的人世及其无常
不足以安慰一群麻雀和它们巢穴以内的草芥与风吹

朱建军掏出手机，在记事本上写下这几句诗歌。他也确实感到，对于自己来说，人生的这一个困境前所未有，更重要的是，他压根不想遭遇。在他看来，妻子是世上最好也最适合自己的女人，除了她，他不知道世界上还有哪一个异性能够令他甘心臣服并且用灵魂去爱。此前六年，朱建军父亲忽然罹患癌症。那时候他们一家还在西北，是妻子回来，带着他父亲去检查治疗，也还是妻子，在他父亲最后的岁月尽到了一个亲生女儿的孝道：为自己的公公输液、做好吃的，甚至在屁股上打止疼针、洗脚、剪趾甲等等。当他父亲合上眼睛，选坟地的时候，他指着那块荒地对妻子说：总有一天，我也会像父亲那样躺在这里，并且也会在这里，等你多陪陪儿子再来！

一个人对另一个人，在亲人去世并且最终埋骨的荒野之间说出这样的话，悲伤之间的深爱是刻骨铭心的，也直接说明，朱建军对于妻子的爱或者夫妻感情，已经到了"生同床，死同穴"的地步。事实上，从十多年前的婚外情结束开始，朱建军就下定了这样的决心，从一而终。这些年来，在众生纷纭、万人缤纷的各个江湖当中，他也见惯了诸多的恩爱情仇，以及刹那之爱与蹉跎情感。期间，不能说没有一个女人打动他，但他始终觉得，那么多女人，没有一个比自己妻子好的，也没有一个真正能够拨动他那根曾经激荡过的心弦。尤其是到成都之后，偌大的繁华场，其实归于自己的只有一个家，一家人一起，就可以是整个世界，也可以将整个世界拒之门外。

能奏效吗？

朱建军不停地问自己。

每当这样想，他先是一阵希望的激越，但很快，又满心满腔地涌起一股缥缈的虚妄之感。

火车在黄昏的灯光中走州过县，到石家庄下车，夜色清冷，这个北方的城市已经在初秋当中显示出人世间的必然性破败与苍凉。找了一家快捷酒店住下，洗澡，窗外已经是深夜的北方了，雾霾不太重，但雾霾的些许呛人气息已经显得不重要了。躺在床上，朱建军不由得又是一阵绝望，还有一种莫名的失败感。是的，在这个年代，一个人想要找到真正的安慰何其困难！平素，身边如此多的人，酒水、歌声、颂扬、关爱、祝福、嬉闹、亲密、合作……可一个人真到了需要安慰、倾诉的时候，四周白茫茫的干净，别说一个人，即使一句能够切中内心的话都难觅踪影。最繁华的时代，个人最孤独；最热闹的城市，隐没着无数颗寂寞之心。他甚至想到，星空之所以远离人类，不是它们厌倦了高远和神秘，而是无法收容人类越来越茂盛的孤独了。

　　他想到妻子，从恋爱到现在，近二十年了，身体乃至脾性无不熟悉。很多夫妻在日复一日中审美疲劳，甚至冷漠厌弃，但妻子在朱建军心中，仍旧是新鲜的，包括身体和性爱，他似乎没有感觉到重复、无趣和勉强，仍旧新鲜如初。他又想起当年和妻子谈恋爱时候的典型场景：那时候他喜欢掐疼妻子，然后趁人不注意抱抱她。她疼，也掐他，但他不觉得疼。有一次，他们在一片杨树林拥抱，然后亲吻。周边是红柳树丛，野兔和天鹅飞跃、奔跑，还有喜鹊和麻雀。那年冬天，他们俩骑着自行车从一个镇子上的亲戚家回来，明月积雪，风头如刀，她坚持把最厚的手套给他戴上，他要给她戴，她嗔怪。快到家的时候，俩人不约而同，停下自行车，在月光积雪中紧紧拥抱。

从邢台向西,太行山迫近,沿着犬牙差互的山峦进入,地势越来越高,荒草和树木也越来越多,肆虐于冀南乃至整个中国北方的雾霾渐渐退却。这是朱建军熟悉的,也是他今生必须一次次出走又一次次回到也必将最终回到的地方。坐在车上,他满心悲伤,还有无端的虚妄和怀疑。看到曾经熟悉的一切,看到秋天降临之前草木最后的欢喜与不自觉的悲伤,他心情沉郁,再次在手机记事本上写道:

每一个离开故乡的人

其实都没准备好堪用一生的行囊

那个当年瘦削且多梦的男子

如此多的沟壑之间:他童年的淤泥

梦想的藤条,已被镰刀割伤

这些年的外乡,沙漠和城市

所有的世事都是他一个人的

包括风雨和绝望,丽日只是瞬间

有一天他获得了一双翅膀

并与心爱之人合作,将另一个自己

带到了和过往一样苍茫的世上

他从来不想一个人,血缘这东西虽然民粹主义

但每一颗心及其传导的灵魂

众人太浩茫,他只想一家人抱在一起取暖

一起横看流云、肝胆和疆场

在朱建军看来，人世间诸多事情都是虚妄的，尤其过了四十岁的男人，前二十年的生存经验和生活体验足以让他懂得活着的根本要义，也已经洞彻人生全部。快到家时，他路过埋葬父亲的荒野，斯时，玉米已经成熟，高居树巅的柿子在它们逐渐干脆的叶子当中点起了"灯笼"。坟地背后是一座杂草、荆棘覆盖，洋槐树居多的山包，形状像馒头。他父亲和爷爷奶奶就躺在那座山包根部。他叹息一声，不由一阵酸楚。关于父亲，他有自己的隐痛，如他一样，父亲一生也是将整个家交付于他母亲的。父亲所扮演的角色，和他几无二致。他母亲性格要强，对他父亲的鄙视、驱使（并离婚恐吓）连绵持续。朱建军幼小乃至成年，也觉得他父亲确实无能，只会放羊、打工（往卡车上装钢球、烧砖、修公路、做木匠）、做农活，哪怕是村人欺负了他和他的母亲与弟弟，父亲也忍气吞声，不会大吼一声站出来，为他们娘仨撑半个腰。

所有沉默的人都时常会被误认为卑贱和无能的，连作为儿子的朱建军也对父亲长时间如此认为。直到他父亲六年前罹患癌症，并且晚期，他才发现，父亲其实很聪明，他洞晓了人心，所以不想指责；他深谙人性，所以不做争辩。父亲死后，朱建军才觉得自己误解了父亲，也才觉得，那个木讷的、独善其身的农民父亲，表面上与世无争，实际上在用自己一生的悲苦和勤劳来表达他对妻儿乃至整个家庭的爱。为此，朱建军长时间悲伤，胃部不适，每想起父亲,就失声痛哭。他也适才明白,一个家族,血缘之间,有些东西是代代相仿或者相传的。就像他愿意让妻子带领这个家,而且毫无怨言和反抗之心一样,他父亲对于他母亲的屈从乃至无条件、无边缘的服从与认可,肯定也是出自内心对他母亲的挚爱。

只是他母亲未必懂得。

这世界如此广阔,每一个人一生都可能与诸多人交会,但真正入心的、爱你的,却只有那一个,而且不可替代,无法争辩和置换。

还有几分钟到家。

"生与死之间,炊烟流水/一个人和众生,从坟冢到家/无尽的短暂,但请不要悲伤。明月之后,日光轮番照见/亲爱的亡灵,以及我们的每一位亲人。"

写完这几句诗歌,车子就停在了门前。还没进门,朱建军就喊娘,一声接着一声,那声音颤颤的,有激动和欣悦,也有不安与担忧。朱建军知道,只要有母亲在,他还是孩子,这深藏于南太行山野深处的微小村庄,也还是他每一次回来都可以安妥肉身和灵魂的家。母亲,已经不仅是一个称谓及其所包含的诸多伦理和情感,而是这一生在人世最后也最彻底的安慰与精神依靠。尽管他知道,对于他在外面的任何事情,包括他和妻儿的家事,母亲是无能为力的。一个乡村妇女,出生和成长至今还生活在农耕时代的人,她不仅无力应对这时代瞬息万变的各种科技产品,更无力解决这个时代当中人的情感和精神困境,包括她的亲生儿子。

头发白了,瘦削,脸黑,但身体仍旧健壮,近七十岁了,还可以帮着朱建军弟弟种地和管家务事。这是朱建军最欣慰的。他也觉得，在乡村，一个劳苦了大半生的人，田地和子女、孙子女便是他们的全部。作为人母，她们"一天不闭眼，就有操不完的心"，也始终以为，一个人活着就应当以子女为重，子女生活的好坏，人生际遇的卑贱与高贵，通常是一个家乃至一个家族的荣耀和耻辱所在。

找来第一个风水先生。他是邻县一个村子的人，单身，个子不高，前头顶微秃，脸膛黑红，一看就是庄稼人。与众不同的是，这个名叫文西林的风水先生早年在某冶金公司当过十多年工人，识文断字，又喜好书法和雕刻，算是乡间难得的文化人。朱建军并其母亲和弟弟带着风水先生去他父亲和爷爷奶奶的坟地。路上，朱建军说：就看一下坟地有没有问题，不要什么出大官名人，只要一家人和顺平安、孩子健康成长就可以了。文西林咦了一声，惊讶地看着朱建军说：很多人找我，都是为了家里能出个什么样的官儿，或者有个什么响当当的子女，譬如你们村的某某某，一见我，就让我给他找一个能出大官的上好坟地。还说，当官就是比平头百姓强，无论如何，哪怕家里有其他损失，也要自己的孩子们孙子们能当上大官，即使不大，县官也可以。像你这样的要求，我还是第一次听说。

朱建军并不是迷信风水算命的人，或者说，在他年轻的时候，他并不相信除了人，大地之上还有命运及其他神灵鬼魔之物。他也觉得,科学技术如此发达,太空和月球都被人类征服了,嫦娥、天宫之类的早已证实为子虚乌有,哪里还有什么鬼神,风水堪舆之术又能对人事产生什么样的作用呢?但促使朱建军如此做的原因,一是他遭遇到了人生最大的困境而不可化解,只能转而寻求乌有之道。二是他的故乡南太行村庄人们对风水和算命之术深信不疑,几百数千年以来笃信并且实践。走得再远,思想再发达,终究无法摆脱他的童年乃至成长环境,那一种文化传统不仅作为背景,而且以强大的姿势深植于他的思维意识和精神内里,永远无法剔除。三是春节时候另一个风水先生所说的"头门儿夫妻会离婚"那句话。

这些话,可能是托词。但为了挽救自己的婚姻,让妻子回心转意,两个人陪伴着对方并和他们的儿子走完一生,朱建军只好试一试。"万一有用,自己这个家就一如既往,平安无事了。"这是回响在朱建军内心的一句话。风水先生文西林在朱建军父亲和爷奶的坟前不停转悠打量。朱建军掏出香烟,跪下来,一根根点着,插在他父亲和爷爷奶奶的坟前。这时候,朱建军特别想哭,但又不怎么能哭。他也知道,现在看好坟地,才是最重要的,哭什么时候都可以。这一个想法,也让朱建军觉得了人的那种与生俱来的自私。他想到,每一个人做的每一件事,首先考虑的一定是自己。只有在满足自己和对自己无损的状态下才会做那些有益于他人的事情。

这里确实不是很好,是一个溅水地(即山上有水溅落的地方),

不好。风水先生文西林拿出罗盘，站在朱建军父亲的坟头前，前后左右看了足有十分钟，然后说出以上的话。还说，这个方向是丙山壬向，方位倒没有错，但是稍微有些偏。懂风水的人都知道，安葬逝者的风水先生是故意将方向弄偏一点，否则会对自身有坏影响。这是南太行农村一带众人皆知的一个秘密。起初，朱建军和家人都没有透露上一个风水先生对自家祖坟的说法，意思是看文西林怎么说，借此也考验一下文西林的真实水平。紧接着，文西林说了其他一些话，但其中没有提到头门儿夫妻会离婚的事。朱建军有点失望。因为，如果文西林也这样说的话，就和上一个风水先生口吻比较一致。那么，祖坟确实对他的婚姻有影响，而文西林没说，朱建军便对上一个风水先生乃至文西林的堪舆水平产生了怀疑。

朱建军因此也觉得沮丧，他这一次匆匆回家，目的就是通过看祖坟风水，并希望风水先生能够想一些办法，为之修改，使得他和妻子和好，家庭和睦。文西林没这么说，就等于他家的祖坟不存在影响他和妻子婚姻的不利因素。回到家，吃饭。下午，朱建军和弟弟带着文西林又在四周的山野间转悠，也希望能够再找到一个更好的祖坟选地，等到来年清明节或者农历十月初一，再将爷奶和父亲的尸骨迁徙过去（按照当地风俗，只有这两个时间可以搬迁祖坟，其他时间万万不可）。初秋山野，到处都是庄稼和浆果，满河沟的甜腻味道。很多乡亲在地里收玉米、割谷子、摘柿子。

朱建军再次写道：

> 大地之神赠予的
> 收割和储藏，不过是喂养
> 肉身在这个年代锈迹斑斑
> 每个人都渴望被物质充满，而我却如此渴望
> 一束光，就像粮食和他们进入肠胃之后的规定动作
> 不徐不疾，安静地在内宇宙之间
> 自造文火，并且照彻五脏和心脏以上的黑暗

诗歌终究是一个人在现实的触碰中而提升的云霓与光照，悲怆和愤怒都是诗歌强有力的母腹。写下这些句子，朱建军和文西林等也登到一座山顶上，这里是朱建军所在村庄后围高处，站在上面，可以俯瞰全村，甚至可以看到向东方向以外的层叠山峦。南太行的各个村子，大抵都建在山的阳面，背靠青山，面朝流水，左右还要有山岭护卫。按照文西林的话说，这是风水的基本要义，前敞后靠，左右遮挡，才能使得人丁兴旺，生人平安。在几块旱田里转悠了一下，文西林说处在中间的一块地可以做祖坟。朱建军也觉得地方不错，日光充足，且被外沿的山包围拢遮挡，视野也很开阔。但文西林却又说，前案（即祖坟所冲方向的山势）低，以后家里男孩娶的妻子会无故逝去，必须要娶第二个才行。听了这句话之后，朱建军立马摇头否决了这个地方。他说：人命最重要，

伤人的事情，不管是谁，都不要做！

人命第一位。这也是朱建军根深蒂固的一个思想意识。文西林说，天底下没有十全十美的事儿！文西林的意思是，只要是好地方，伤的人又不是自家人，可以考虑。但朱建军觉得，如果真如他所说，不管伤的是谁家人，都不能要，也不能做。这可能是朱建军在异乡和外省生活多年，唯一与南太行故乡人群截然不同的观念。他也知道，在故乡乃至广大北方乡野，乡村人对于逆袭朝堂有着异乎寻常的渴望与梦想。在他们看来，一切都可以为之牺牲，不计任何代价。古老的乡村是中国传统文化的胞衣和最后堡垒，它所蕴藏和散发的文化传统在这个大变革的时代也没有得到相应的嬗变，如文西林这样的乡村人群，尽管有些抱残守缺，可他们可能是传统文化乃至伦理道德最后的继承和坚守者。

次日一大早，朱建军带着文西林又去对面的南山转悠。那里曾有一个村子，很多年前人们纷纷搬迁到公路边，逐渐变成废墟了。朱建军小时候，经常去那里打柴、捉蝎子、刨药材，算是很熟悉。现在，南山已经是一大片森林了，归属于本地林场，还有少部分分给了邻村村民。几个人转悠了一圈，在一个山岭一侧，发现一个好地方。文西林说，这个地方，四周严实，前面青山三座，每一座的头部都很饱满，后面又是缓坡，左右小岭，前面有一条河流，你们村子附近，再没有这么好的地方了。朱建军也觉得那里地势地形十分好，人往那里一站，张目四望，视野开阔，气息清朗，心情也出奇好。

但这里是别人的地方。朱建军知道,这些年来,南太行乡村人都在寻找更好的安坟之地。倘若自己看好,想要占有,一般都不会被答应。回到家里,朱建军对弟弟说,要他变着法子搞清楚那地方是谁家的,然后再根据那人家的脾性,以及两个的关系来确定占用的方法对策,付钱买都算天大的好事,就怕出多少钱人家都不让占用。这是一个漫长的、考验智慧的过程。

当天下午,朱建军送走了文西林。他又约了附近村里的一个风水先生。为了确保不是骗子,事先多方打听,多人说还不错,比较靠谱。朱建军弄了一辆车,把那位姓安的风水先生请上来,先去老坟地看,姓安的风水先生说,这里还不错,就是方向错了,如果再向后退三米,就更好了。朱建军觉得不怎么靠谱,他听一些懂的人说过,埋过人的地方其他人再用,就没有效力和作用了。奇怪的是,姓安的风水先生也没说祖坟有什么不妥,更没有提"头门儿夫妻会离婚"的话。

朱建军忍不住沮丧,也觉得,这一次回乡所做之事,大抵是虚妄的,但回来看望一下母亲,在家里待待,也挺好,多陪母亲一些日子,也是人子的本分。离家之前,朱建军叮嘱母亲和弟弟,有空再请人看看,他还是觉得,现在的祖坟有点不好,不如文西林看的那一处。为了不让母亲为他忧心,妻子和他闹离婚的事情,朱建军没有告知母亲。他知道,母亲知道只能跟着他难受,解决不了任何问题。万一再说给其他人,他朱建军会被很多人笑话,更有人拍手称快。

保持家庭的完整，妻儿同在，一家人永远是一家人，也是朱建军自以为荣耀的事情。他觉得，妻子美丽、善良，还特别能干、会做生意、会说话办事，还善于处理复杂的人际关系，这在南太行乡村都是不可多见的。更重要的是，他深爱着妻子。自从妻子和他闹离婚以来，他无数次扪心自问，无论怎么样，他都发现，自己的内心确实只有妻子这一个女人，即使用生命去换，他也会毫不犹豫。他也知道，除了妻子和母亲，这世上再没有另外一个女人让他如此心甘情愿、不惜一切。但他也深知，这一切只是他一个人的想法，妻子未必如此想。妻子正在气头上或者心里转不过弯的非正常时期，即使他拿刀子把心脏掏出来，妻子也未必觉得他有多痛苦和爱自己究竟有多深切。

但这种想法电闪即灭。

朱建军低下头，含着眼泪，在手机记事本写道：

世界太大了，却容不下一个我

可这都是自找的。一个已婚男人和自己过不去

需经他人允许，特别是用刀子杀了你

你还认为罪有应得的，可能是最亲的

这年代敌人太好对付。就好像昨天淋雨

今天着凉。就像你们十八年前相遇

爱情是全人类的春药

包括动植物。那时候燕子知道筑巢

从艰苦的河边衔泥

还敢趁人不注意，偷几把稻米……

高铁回返，朱建军只知道前方是成都，但不知道成都等待他的到底是什么。他适才觉得，人生当中其实什么都不重要，重要的是要有爱，特别是夫妻双方的爱，才是人生幸福的根本要义。到漯河，天就黑透了，窗外大地上都是人类的灯火。把自己埋在二等座里的朱建军神情肃穆、内心仓皇。他想：妻子是那种说一不二的强势女人，也是宁可苦到底绝不言语求告的人，也是明知错误也要错到底的人。在她面前，任何事情朱建军都觉得自己无力，甚至会使得事情往反方向发展。当然，朱建军也隐约觉得，事情正在好转，他甚至想到过妻子会开车来车站接他回家，甚至给他一个拥抱。

邢州记

到浆水镇，已是下午。这一带虽然距离我出生的村庄不远，但二十多年来，我还是第一次来。没来的时候，我还是孩子，来了却是中年人了。时光残忍不算，到了这个年岁，孩子老婆都有过了。孩子吧，无论何时都是自己的，而老婆，却像一起飞行生活在这片庞大乌云之中的苍鹰，说不见，中途就没了踪影。或许，人生就是一次次相遇，一次次失散。尽管最终都是失散，可多数人还是喜欢中途先行失散一次。一年多后，我与年轻我十多岁的孙婉豫相遇。起初，因为她太小，尽管很喜欢，甚至欲罢不能，但扪心自问，一个男人，到了四十再加五岁的年龄，在二十六七岁的女孩子面前，该是大叔级别的了。

总是有人劝大叔距离侄女辈的女子远点，我也想。几次把内心的火焰用手掌按灭，尽管烧得满手燎泡，心也跟着疼痛不已。原想这下可以自行断绝个人的狼子野心，不伦之想了。可没想到，小鲜肉自行靠拢，娇滴滴地一把鼻涕一把泪，楚楚动人，叫我心生爱怜地说，这有啥子吗？世上不独有陈世美，你就不能学学你的本家杨振宁先生？

于是乎，就于是了。

人说，旅行是检验两个人合适不合适的最佳途径。某一次，我对个子和我差不多、脸庞白皙、说话温声细气的孙婉豫说，这样吧，咱俩先别来啥周公之礼，先去旅行一趟，没啥问题了那就水到渠成了。孙婉豫嗯嗯表示同意。两人商量了半天，决定先到我老家，即南太行山区和冀南平原溜达一趟，一来见见长辈，二来体验下我老家的生活环境，特别是我这个半老男的原始成长氛围。

2016年夏末，南方的天气稍微凉爽了一些，我带着孙婉豫，乘飞机到山西太原，尔后又由晋中而南太行山区，在和顺县城住了一夜，顺便去大梁山下看了传说中的牛郎织女故事发生地。这一对仙凡夫妻，对历代人们特别是穷小子的诱惑力是非常强大的。谁都想找一个忠贞不渝、恩爱一生的伴侣，神仙也难能例外。再者，凡人的种种体验，无论是痛苦还是美好的，都独一无二，各个不同，别有滋味。从松烟镇翻越太行屋脊，也就是邢台县与和顺县的界山浆水岭的时候，坐在一溜向下的长途班车上，孙婉豫把一团香香的头发放在我的肩上，继而是胸脯。我抬起胳膊抱住，希望她能够睡得舒服一些。窗外是莽苍群山，深涧沟谷曲折纵横。

正是秋天，树叶正在满山变黄，茁壮的灌木和草也都在暗暗变色、身体发硬。我从修撰于明万历年间的《沙河县志》上看到，沙河西部和邢台西部山区曾有一段时间隶属于山西和顺县，直到1950年才以太行山脊为界划开。

浆水镇就在浆水岭下，一个傍山临河的镇子，石头的房屋和新建的楼房拥挤在一面形似瓦盆的山冈之间。我小的时候来过，但只是匆匆路过。只听老人们说，浆水镇可是一个风水宝地，现在在中央和地方当官的人很多，这里还出过解放军少将。但那时年少，对某些事情听过就忘，直到前些年，在历史书上看到羯人石勒在此建立过后赵王朝的史实，颇为惊讶。在印象中，南太行，尤其是山西阳泉、和顺、左权与河北邢台、沙河、武安段，似乎没有发生过哪些具有警示性和标志性的历史大事、神话传说和民间传奇。我总觉得，一个地域倘若与大的家国历史没有太多关联，又没有产生过有影响的历史人物的话，这个地域完全是不足以令人心生敬畏，甚至自豪与热爱留恋的。

直到看到石勒，以及李世民、宋璟、张文谦、郭守敬、魏征、柴荣等人的名字，他们祖籍或出生地赫然为河北邢台、隆尧、清河和沙河的时候，才蓦然觉得，这些年，自己是愧对甚至误解于南太行故乡的。然后找资料，如各类府志、县志和野史等，算是一顿恶补。邢台这个地方，在周朝是邢国驻地，它的主人是周公旦第四子邢朋叔的封地，疆域涵盖今邢台全境、石家庄及衡水、沧州、邯郸的部分地区，其国传凡二十世。商的第十三代君王祖乙曾迁都于此（一说在今河南温县东），并在此统治达129年之久。武丁时期，邢台又成了井伯的世袭封地。商末，井伯的后代被封侯爵。

这里是商朝的北方屏藩，它面对的是幽燕之地乃至太行山以西的强大的游牧民族，主要是戎狄。这一早期民族，大抵是匈奴在商代的名称。商纣王横征暴敛，淫虐无道，曾将沙丘即今邢台市所属的广宗县作为离宫，酒池肉林，极尽奢侈。时为邢国之主，也是商周三公的邢侯极力劝谏，惹怒商纣王，被处死在沙丘离宫。东周以后，邢台又沦为燕国和赵国的领地。从地理位置上看，邢台从来就是一个用来缓冲的通道，虽然西边有巍巍太行山可以依靠，也可以借助高纵、惊险的沟谷山峦作为军事屏障，但山西，也就是古老的河东地区却站在它的头上，长期纵马于今左权、阳泉、大同、长治、太原等地的游牧民族只需要狠打一下马屁股，他们的弓箭和铁蹄就会卷着狼烟，蜂拥而至，并且从邢台、邯郸、石家庄和保定的头部、肩膀上，顺势而下，很快就会马踏燕赵，横冲中原。

也就是说，邢台这个地方，是做不成王都的，它只能是一个通道。但临近的邯郸，只要封住黄河，在今涉县和山西左权、潞城等地做好防卫，并在今河北沙河城北设置一道高大城墙，固守一方，自成一国是没有问题的。

长途班车停靠在一家饭店，司机号召乘客吃饭。我叫醒孙婉豫。她揉揉眼睛，有点发嗲地问，这是哪儿啊？我说是河北地界的邢台县浆水镇,早期叫作夷仪城,是邢国联合齐国打败狄人之后的国都,也是后赵王朝的政治中心。由此向南三十公里多一点,就是我出生的地方了。孙婉豫哇了一声,脸色露出孩子一样的顽皮与高兴之色。可这转瞬就消失了,取而代之的是一种犹豫、忐忑,还有些许不安。

石勒是匈奴别部羌渠人。史前时期,匈奴、东胡、月氏、羌,是当时强大的游牧力量。前三者相互兼并,最终以匈奴胜出为暂时结局。任何一个政权或军事力量的获胜,都要收服其他一些部族为其所用。匈奴也不例外,他们不仅收服了石勒的先祖羌渠人,还有楼烦、白羊、丁零,以及少部分的月氏人和东胡人。严格说,匈奴是一个多民族混合的大部落联盟。当匈奴失败,特别是内部分裂,南匈奴内附,逐渐与汉民族杂居,并且持续融合之时,东汉崩溃,群雄逐鹿,这些游牧民族在中原进行了一番深度的汉文化浸染之后,狼性未尽,又开始了新一轮的军事争霸活动。石勒及其前面的刘渊、刘聪、刘曜(皆为匈奴人,以汉刘皇帝之姓为姓)一样,都是异族发展壮大,尔后称王立国的典型人物。这个石勒,出身与前面的三刘截然不同,刘渊等人从根子上说是匈奴贵族,归汉后获得的地位和平台,比一般汉族臣子要优厚得多,也受到了较为完整的汉文化教育,个个也都是"美姿仪"且"勇,而谋略",稍微用点心思,就可以做成一番事业。

石勒是一个部落小头目的儿子,据说他出生的时候,出现了一个奇异现象。他的家乡在今山西武乡县北原山下,他们家院子长有人参,而且根根都是人体形状,他们家周围的草木,都像是奔驰的骑兵。他出生那天,霎时间满屋红光,乡人皆以为此子必成王侯。但石勒的成长并不顺利,常跟同乡胡人一起到洛阳贩卖皮毛及当地特产,一次,这小子在洛阳东门长啸一声,就被当时西晋的尚书左仆射王衍听到了。王衍觉得,发出长啸的这人声音中含有异志,将来会祸乱天下。以声音辨人,也是易经衍生的相术在魏晋南北朝时期兴盛起来的表现。幸亏石勒跑得快,不然就被王衍抓起来砍头了。及年长,因石勒很懂驭人之术,而他的父亲则是一个大老粗,遇到难缠的事情,便由石勒出面。由此,石勒在当地胡人之中,逐渐积攒了一些名望。

公元302年和303年,即西晋的太安年间,山西和内蒙古接壤一带发生动乱,石勒与合伙做生意的那人途中走散之后,便去投靠另一个胡人部落首领于宁驱,却又被当时的地方官西晋北泽都尉刘监抓住,把他作为奴隶贩卖。那个于宁驱还算仗义,设法把石勒藏了起来。脱逃后的石勒再去投靠另一个地方官,凑巧的是,他在行途中遇到了一个叫郭敬的商人。石勒出主意说,翼州那一带人家富裕,是一个打家劫舍的好地方,遂采取混入并州东瀛公司马腾以奴隶换粮食和兵器的队伍中,被卖到了山东茌平大户人家师欢为奴。

石勒果真不是池中之物,不久,便与当地豪强、马贩子头目汲桑混得熟络,并依仗自己善于相马的本事极尽谄媚,深受汲桑信任。几年内，石勒便先后纠集了王阳、夔安、支雄、冀保、吴豫、刘膺、桃豹、逯明、郭敖、刘征、刘宝、张曀仆、呼延莫、郭黑略、张越、孔豚、赵鹿、支屈六等十八人，成为一个团伙。为进一步讨好汲桑，石勒等十八人时常抢掠赤龙，或者冀州等地的皇家马场，还为强盗长途奔袭，所抢财富都拱手送给了汲桑。

这个汲桑，也不是等闲之辈，少年时就力大无穷，为牧民首领，大致也是异族人，或者为其他民族旁支或者别部。为人刻薄寡恩，但手下却聚集了不少匪徒。公元307年，汲桑自号大将军，以石勒为扫虏将军，杀掉了东瀛公司马腾。不久又被西晋的东海王司马越属下苟晞和将军王讚击败，终被司马腾属下州将田甄、田兰、薄盛击杀。石勒侥幸逃得一命，又投奔了驻地在今山西上党的部落首领冯莫突。冯莫突等人不久被汉王刘渊招安之后，石勒也被封为辅汉将军。

这是石勒发迹的开始。在混乱年代，手里有人马就是人才，就可以扶摇直上，一步登天。石勒所走的道路，几乎是所有草莽的惯常途径。但石勒也并非庸人，他在用人上的才略，以及作战时候的谋略与勇敢作风，显然是他在苦战之后得到一片天下的根本原因。西晋、东晋、南北朝时期，这种由弱到强，由草寇而将相，进而自立，建国称王的现象与剧烈演变是世相常态，也是斯时天下王者竞相登台唱戏的主要手段与演出形式。

而今的浆水镇，早就没有了后赵王朝的任何痕迹，只有流窜于山间的风、沟谷里越来越小的水，以及缭绕的柴烟和弥散在大街小巷里的炸油糕、炒肉食的味道，还能让人体验到与往常和今后一般无二的人间烟火与现实生活。

孙婉豫打了一个饱嗝，我拿出水杯，给她喝了一小口热茶水，看着窗外急速闪过的浆水镇，说，这个地方，还建立过后赵王朝，太不可思议了。她的意思我明白，即，这样的一个山坳里，怎么会容得下一个堂皇王朝呢？我也觉得匪夷所思，但人的历史就是这般吊诡与充满别样意味。我简要地给孙婉豫讲了石勒的发迹史和建国历程。孙婉豫说，好像历来都是草寇夺得天下，流氓承袭大统。我发出一声惊讶的咿声，然后看着孙婉豫白嫩的脸蛋、大而有神的眼睛说，你这话说得太有道理，成哲学家了。孙婉豫害羞地笑了笑，小拳头在我胸上轻轻捶了一下。

这样的旅程缓慢、颠簸而又充满爱情的味道。当然，从本质上说，一个男人到了四十多岁，对"爱情"这个荷尔蒙充盈到爆的字眼及其实质性的内容，已然没太大兴趣了。我始终相信，这世上，无论是哪个人，爱你的只有一个，其他的爱不是以暂时的忍耐与圆融去博取你的欢心，就是起初用真爱的情绪，适当的方法，让你慢慢入其彀中，尔后在繁琐的日常生活中自行剥开面具，让一切又如从前一样狰狞起来。这样的一种爱情和婚姻，对人的生命、精神和灵魂的耗损程度是无与伦比的。因此，我坚持认为，不到万不得已，不到破碎一地，再难拼凑的时候，绝不会再萌生另寻配偶或者爱情之心。

而事实是残酷的。

孙婉豫又睡着了，我看着窗外熟悉的山水和村镇，尽管多了一些新的楼房和花花绿绿的装饰，但南太行山区，从根子上说，还是一个不伦不类的偏远之地，也还是一个在全球化语境和时代的泥沙之中顽强站立，竭尽全力亦步亦趋，姿态依旧趔趄、笨拙甚至难看至极的"化外乡域"。对此，我也觉得，全球化之下，时代要求的乡村城镇化似乎有些迫切。这种贪图高速发展的方式，只能导致城镇化的乡村在某种程度上遭受到更彻底的文化和精神传承上的再一次瓦解，并在很长一段时间内难以恢复与重建。

到邢台市区，我对一直靠在我肩膀上的孙婉豫说，这座古城，历史也是很长的，但真正了不起的人，只有刘秉忠、郭守敬。倒是东边的广宗县，曾经是饿死赵武灵王赵雍的"沙丘"，商纣王的离宫，同时也是秦始皇嬴政驾龙宾天和李世民诞生之地。向南的沙河市，出过有名的宰辅宋璟。沙河的另一个显赫的历史人物便是元朝的开国重臣、营造元大都的张文谦。剩下的，还有现在邢台市区内保存完好、建于唐代的开元寺和明代的清风楼。

邢台有着三千年的建城史，也有过无数的官员、战争、传奇，但这些与郭守敬这三个字比起来，都显得轻若灰尘，不值一提。看到"郭守敬大街"几个字，蓦然之间，唇齿和内心里便有了一种弹跳的灵异与日月宇宙的苍茫感。一个人的功绩不在于他供职于哪个朝代或服务于哪一个统治阶级，要看他在当世的作为，是不是利于大多数人，对后世的影响是不是更有益和长久。很显然，邢台这一座北方城郭,在漫长的时间和王朝更迭中,可能继承了多民族征战、混血与融合的基因,也继承了长期作为京畿之地和北方通道的功能,或者说某一种便利。可是,郭守敬在天文、算术、水利等方面的科学精神,以及治学态度,自他之后,继承和发扬者甚少。倘若每个时代都有他这样的人,我觉得才能对得起这位先贤。

郭守敬第一任老师是他的爷爷郭荣,悉心学习天文、算术、水利等,而他的父亲,却没有留下名讳。十五岁那年,郭守敬便自己做成了"莲花漏"(也叫浮漏,主要材料是两个放水壶、一个受水壶,再用两根"渴乌"细管,利用虹吸原理,把放在水壶中的水,逐步放到受水壶中,使受水壶中水平面高度保持恒定。相等时间内受水壶的水流速度恒定,用来测定时间。)再几年,祖父郭荣托同乡把郭守敬送至刘秉忠处学习。由此看,当时的郭家,还是家境殷实、有些门路的。刘秉忠是元初重臣,又是文学家,在天文、历法、算术、水利、卜筮上很有研究,也有许多著述。

几年后,刘秉忠上调进京做官,便把郭守敬托付给了张文谦。张文谦是沙河葛村人,他可能是沙河历史上官做得最大的,又是科学家、政治家、风水专家、水利和建筑家。那时候,张文谦在大名府任职,与刘秉忠是同学。张、刘等人就学的地方叫紫金山书院,在今山西左权县芹泉镇境内,与河北武安、邢台县接壤。这个位于深山里的书院,曾名噪一时,影响甚大。元初出现了以刘秉忠、张文谦、郭守敬、张易、王恂为代表的饱学之士,日后,这五个人也都成了元初重要的臣子。可能是这个因素，紫金山书院还演变为"邢州学派"（师生共同创立了"授时历"），并创立了诗歌流派——"紫金山诗派"，代表性人物也是上述的"紫金山五杰"。

郭守敬出生前后，邢台乃至中国的北部，大抵是游牧民族的势力范围，辽金和后来的蒙古，都在这里进行过较长时间的统治。而"紫金山五杰"当中除王恂为太原人之外，其他人皆为邢州人氏。其中的刘秉忠，其祖父曾为金国邢州节度副使。蒙古的木华黎攻破邢州，又任命刘秉忠的父亲刘润为邢州都统。金灭后，又参与到了蒙古元朝的开创事业当中。倘若抛开狭隘的民粹主义，刘秉忠和郭守敬的生活和成长环境，包括他们在元代的一切作为，都是无可挑剔的，反而使得邢台乃至整个华夏民族都为之感到荣光无限的。

邢台乃至整个冀南平原，不过是太行山和华北高地一个向下的天然坡地，它所接受的龙脉余波与山川王气毕竟有限，因此，能有石勒及其短命的后赵王朝就已经不错了。但从历史特别是对后世的影响和启示看，石勒和他的后赵也不足以挡郭守敬之创造和功德于万一。是的，唯有德行、创造和典范，才值得像我这样的人，为故乡由衷地感到骄傲和心热。

据《沙河县志》记载，现在的沙河人，大致是明万历年间开始由山西、河南等地迁移来的。而郭守敬乃至张文谦、刘秉忠等先贤,则是邢台这块土地上较早的居住者。关于这些人的当世作为,百度搜索一下就可以得到。

可对我本人而言,每次到邢台,看到郭守敬这三个字,心里就有些惆怅,也说不清楚原因。一个地域之所以历史多彩、积淀深厚,说到底是杰出的人和人的创造在起决定性的作用。

夜里的邢台,华灯与中国和世界的其他地方没什么两样。人类社会的发展,实际上是一点点地耗空与预支。洗脸,找餐馆吃饭,我对孙婉豫说,在老家长到十八岁,邢台去了无数次,但从来不知道这里还有一座年代久远的开元寺。从字面上看,这座寺庙的名称大致是和盛唐也就是李隆基的开元年号有关。开元确实是唐朝最好的年代之一,前面的则天女皇虽有开平民入仕之风,从而有效阻击了世族和武将集团对权力的垄断,但武则天和李治也有借此摆脱长孙无忌把持朝政,进而为其"上位"争取政治援助、笼络民心的嫌疑。后来的天宝年代,李隆基治下,盛唐奢靡成风,紧接着,是草木不惊的节节败坏,终于招致安史之乱,一个好端端的王朝,由此不断衰落下去。

果不其然,据介绍,此寺建于石勒的后赵时期,原名东大寺。这说明,后赵的石勒也深受佛教影响,曾奉僧人佛图澄为国师("大和上"),在邢台广建寺庙。东大寺在唐开元年间又有新的扩建。五代的周世宗柴荣又在原有基础上修建了万圣塔。

这个周世宗柴荣,也是邢台市隆尧县柴家庄村人,少小时候家境殷实,与后周开国皇帝郭威是亲戚。郭威无后,收柴荣为养子。郭威建立北周，去世后，柴荣即位为皇帝。柴荣少小便立志学李世民，发誓要做开明、英武的君主。先后征北汉、南唐、契丹，虽有挫折，但基本上也可以说是所向披靡。同时，柴荣也励精图治，仅仅五年多时间，就使得整个北周王朝政治清明，各项事业蒸蒸日上，被誉为五代第一明主。可惜，柴荣只活了三十九岁，驾崩后，江山便落入赵匡胤之手。这种更替，在五代时期是政权的常态。但若柴荣能够多活一些年，赵匡胤未必能够夺得皇位。对此，有史家评论说，柴荣忽然英明，但其用力太重，杀戮太过，以至于国祚不久，而赵匡胤继而所进行的统一战争，不过是柴荣事业和雄心的继续，倘若没有柴荣之前奏，也不一定有北宋之强音。

如此一说，整个邢台境内，历史上不仅有能臣，也出过皇帝。隆尧，不仅是商、周和秦、赵离宫的建造点，而且其蕴含的王气也很足。周世宗柴荣如此雄才，也是隆尧乃至整个邢台地区文化基因中阳刚的英雄主义精神与统国治世能力的体现。但是，柴荣治下的后周与石勒的后赵，不过是五代乱世的一个缩影。绵延近三百年的李唐王朝之所以崩溃似乎与周朝有着某种相似性，都是后期被异族侵扰，尔后中央政府失去了权威，集权能力减弱，进而被地方力量瓜分、瓦解。

次日一大早，趁着新鲜阳光，和孙婉豫游览了开元寺。这座开元寺，为禅宗二祖慧可的传钵和禅宗七祖神会大师驻锡之地，曹洞宗（禅宗五大宗派之一）的发源地，也是"大开元一宗"（又称"贾菩萨宗")祖庭。元代曾作为皇家寺庙之一,明代也有所修缮。主要殿阁有弥勒佛殿、毗卢殿、释迦牟尼殿和大雄宝殿(又称三世佛殿)等四座,另有金代大钟、雕刻滚龙石柱,以及八仙之一的汉钟离所写诗词两首等。面对这些古物和新造,我平生许多感慨。人世间,总有一些东西一以贯之,不离不弃,那就是人对天地的感恩和敬畏,以及人对自我精神信仰与灵魂安慰的重视程度。说得悲观一些,可能人和人最终是无法相互真正安慰的,能够安慰人的,或许只有缥缈的神灵与无限繁杂的自然。这些,都是我自己心里想的,却不能对孙婉豫说。她还小,对生活和人心的认识还不够全面和深透,过早地告诉她真相,或许是不应当的。

走在街上,我还可以明确地嗅出自己多年前在这里留下的那些气息。那时候的邢台也融合在改革开放初期的潮流中,更多的灰尘和油烟如人心和欲望一样蒸腾,整个天空都很灰暗、气味呛人。有几次,我一个人在这里无事闲溜达。在那个年代,几乎每一个乡村的孩子都对城市有着蒙昧而又决绝的向往之心,即使夜宿桥洞或者垃圾堆,都觉得是一种无上荣光。还记得,彼时邢台的书店还很大、很多,位于桥东区某处那家最大,我每次来,都看到许多看书买书的人,觉得生活在邢台最幸福的原因之一,就是距离书店近,想看书买书抬脚就到。那时候,虽然穷得连屁股都包不住,但我还是喜欢买书看,至今还记得在这里买过《小说面面观》《性格组合论》《射雕英雄传》等。

有些时候极其落魄,没钱了,吃一个包子,甚至还吃过别人的剩菜。夜晚在火车站广场上虫子一样蜷缩一夜。有几次在汽车站看到一个疯癫女人,不管夏天还是冬天,总是露着雪白的上身,两个乳房篮球一样不规则晃动。她不住地大喊大叫,也不知道是咒骂还是唱歌。有一些男的去逗她,甚至迅速捏一下她的乳房。说到这里,孙婉豫不怀好意地看着我的脸说,那时候你咋想的?是不是也想上去摸一下?我嗯了一声,又摇头说,只觉得她可怜,那些捏她乳房的人太不地道。孙婉豫呵呵笑说,你没一点想法,我不信。我只好尴尬地说,要说坏想法没有那是假的,可我从没有做过那样的事情。

善与恶总是交织的、合体的、随时转换的、无常的,我不能说自己如何纯洁正义,每个人的内心里可能都有污点和杂质,我也不例外。乘车回沙河,路过十里亭的时候,我说,这是唐宰相宋璟的家乡,由颜真卿撰写的宋璟碑就在十里亭镇东户乡学校院内。历史上,曾有一段时间,现在的邢台市南和县即演员王宝强的家乡,也为沙河所管辖。南和人也将宋璟作为他们的先贤。对于宋璟这样的先贤能臣,无论是谁,都会陡生敬意,所以,宋璟碑即使安置于别处,当地人也会诚心供奉,引以为耀的。宋璟弱冠中进士,历则天、中宗、睿宗、殇帝、玄宗五朝。则天大帝的两个著名面首张易之、张昌宗构陷御史大夫魏元忠,以另一个诗人、高官张说为策应,上殿控告魏元忠。宋璟劝张说曰:"名义至重,神道难欺,必不可党邪陷正,以求苟免。若缘犯颜流贬,芬芳多矣。

或至不测,吾必叩阁救子,将与子同死。努力万代瞻仰,在此举也。"张说羞愧,取消了为张易之作伪证的行动。

因恩宠而骄横肆意,不唯女子,男子也不乏人。则天女皇的张家兄弟便是如此。有一次,张昌宗私下向相士李弘顺询问自己的运程,犯了宫规。"宫规"也是一个很奇葩的词汇和规矩。宋璟奏请武则天治罪于张昌宗和张易之。武则天不肯,只是教育二人一顿,不降罪责,勒令张易之和张昌宗到宋璟家登门谢罪。二人来,宋璟大门紧闭,不理睬,使得二张愈发恨他。武则天被迫下台,中宗李显继位,但武氏家族依然显赫。宋璟与武三思格格不入,不久被贬为贝州刺史。这个贝州,便是现在邢台市所属的清河县。不久,李显的老婆韦皇后(与武三思通奸)叛乱,用一块毒饼杀死了李显。李隆基趁机收拾残局,其父亲睿宗李旦继位,转而又禅位于李隆基,是为玄宗。在此期间,为防止太平公主再度效仿武则天,宋璟提出将之安置在东都洛阳,开罪太平公主,再次被贬为楚州刺史。

宋璟耿直、廉洁,做宰相以"虽资高考深,非才实者不取"为用人选官准则,曾一次性罢庸官一千多名。任广州都督期间,他倡导当地人民以烧瓦代替竹子盖房,杜绝火灾。姚崇退隐,推荐宋璟出任宰辅。斯时的李隆基,尚未被国富民强冲昏头脑,对宋璟以师礼相待,"进则迎,出则送",恭敬备至。宋璟也殚精竭虑,为姚崇和李隆基持续开创的盛唐添柴加薪。在位期间,宋璟革除了地方官进京送礼,寻求政治庇护与升官机会的陋习。后压制犯官上诉，禁止黑钱流通，被官要弹劾，罢相。不久又任宰辅。直到公元732年以年老为由退休，后至洛阳私宅养老。737年下世。李隆基追封他为太尉，谥文贞公。

类似宋璟这样的官要，可以说，在邢台前无古人，后无来者。他是沙河乃至邢台这一地域上的绝响。很长时间，我一直不相信，邢台这个地方，居然还能出现宋璟这样的高官和诗人，有点匪夷所思。据《畿辅通志》等记载，在李唐以后的王朝当中，保定到邯郸乃至洛阳、西安这一带，因为战略地位重要，其遭受的兵祸涂炭也非常深重，其一便是安史之乱，对北京到洛阳这一个北方大通道简直是一次彻底的灭绝。明代燕王朱棣杀奔南京，河北一带也是生灵遭殃，几无人烟。政权稳定后，朱棣又组织了大规模的移民，冀南平原和南太行山一带的民众多是从各地迁徙而来的，而且持续了近两百年。

《汉书·地理志》中说："（邢台）地薄人众，犹有沙丘纣淫乱余民。丈夫相聚游戏，悲歌慷慨……"《隋书·地理志》说："（邢台人）性多敦厚，务在农桑，好尚儒学，伤于迟重。"《宋史·地理志》曰："邢州土厚水甘，人物产于其间者多实少浮，民俗淳厚，人心古朴。质厚少文，气勇尚义。丈夫相聚游戏悲歌慷慨。男勤耕稼，女修织纴，急公后私，尚于周恤，燕赵慷慨之风犹存。"

由此可见，司马迁"燕赵多慷慨悲歌之士"这句话更多存在于宋代之前的邢台甚至今天的冀南等地，这种民风到元明清后延续甚少。每次回到邢台，我都会想起少小时候在这里的生活遭际，从众多乡亲的行为细节和言语当中，总是能深切地感到人心的促狭、眼界的短浅、性格的暴戾、文化上的浅薄、精神上的贫弱。这样的一种人文氛围，难怪再无宋璟，也没有了刘秉忠、张文谦、郭守敬。

在宋璟之前，魏征可能是巨鹿县的一个标杆式人物。而魏征，大致是以忠谏著称的名臣之一。他先是做过道士，后为太子李建成赏识，并为僚属，曾劝李建成及早动手，夺得皇位。玄武门之变，李世民并没有杀他，且很信任。魏征尽心辅佐，道出了"水可载舟亦可覆舟"的著名典故。魏征和宋璟，可能是邢台地区在唐一代前后两个有名且有政治和文学建树的官员。而之前的张角起义，也使得巨鹿乃至邢台有了某种血勇与流匪之气。

唐和五代时期，邢台出产的瓷器名噪一时，时称"南青北白"，"南青"便是今浙江余姚的越窑，"北白"即今邢台内丘县和临城县一带的"邢窑"。诗人皮日休的《茶瓯诗》说："邢客与越人，皆能造兹器。圆似月魂堕，轻如云魄起。"据资料显示，唐代的丝绸之路，除洛阳长安而西域之外，邯郸、邢台、石家庄而北京并东北、高句丽地区，也有一条丝绸和瓷器之道。《新唐书》记载了盛唐时期河北一带的商业兴盛景象，以及瓷器商贸情况。此外，距离邢台市区三十公里的内丘鹊山之下，有一座扁鹊庙。有记载说，扁鹊是今河北任丘人，也有说是河南新郑人。但不管怎么说，扁鹊确实是中医药学奠基性人物。

地球上每一块土地的历史都是繁杂的，尤其是在中国，远古之神话，中古和近古的各种政治和战争、商业贸易、人群聚散等等，都会对其文化和精神乃至生活方式发生重大影响。燕赵之地在中古时代的慷慨悲歌，到今天的繁杂与猥琐之气，也似乎有着根本的原因与无可避免的宿命因素在内。

车子行至沙河境内，这里的一切我依旧熟悉，沿途都是煤矿，早些年红火，现在到处是废墟和空洞，包括在宋代就以冶铁出名的綦村。还有张文谦的家乡葛村，也都被开采成空洞了。前些年，沙河乃至整个邢台的发展大抵是由煤炭和钢铁支撑起来的。据说，白塔镇一夜暴富、资产上亿的人每天都在诞生，一觉醒来负债累累的也不在少数。20世纪八九十年代和21世纪初，是极端疯狂无度的年代。人向大地要资源，资源变成钱后催发了城市的快速膨胀与各色人等的粉墨登场、黯然谢幕。一个小地方的时代巨变，就是一个国家的缩影；一个小地方的各种环境、风气和人事，也在一定程度上展现了整个民族在一段历史时期内的全部景象。

这里是白塔镇，冀南地区丘陵与平原接壤处，京九高速和京广铁路从中穿过。很多年以前，我父亲在这里的团球场打工，还有砖厂。他一生劳苦，最终也没有享受一天清闲。2009年3月10号凌晨1点30分去世。我和妻子凌晨赶回去。他已经死了，但左眼一直没闭，一直看着门口。我知道他在等我和妻子出现。或许，他知道，在这个世界上，除了爷爷奶奶，就只有我和妻子最理解他了。

现在，那个团球场已经不见了，取而代之的是一个煤场。黑黑的煤堆，似乎无边的黑暗埋着父亲和无数打工者的脚印和血汗。我想起父亲，那个木讷而又笨拙的南太行山区农民，他是我的来处，是我血肉骨头和灵魂的由来。想到这里，我忍不住掉下眼泪，眼睛看着窗外。孙婉豫看到了，她侧过脸庞，问我怎么了？又掏出纸巾，帮我把眼泪擦掉。那一刻，我很感动，也觉得，有一个人同行，其实是人生当中最美的一道风景。到渡口村，我指给孙婉豫看河道右边的山。那是太行山在沙河的余脉之一，处在山区与丘陵的过渡地带，叫老君山。上面有老子修行过的洞窟，后人也建了一些道观和神殿。

关于老君山，我上初中时爬过一次，再没登临。

出了村子，庞大而奇崛的山如奔如怒，以断壁峭岩的方式堆涌或独立。孙婉豫说，这样的山适合修道。我笑着说，山幽水静，远离繁华，正是道家要求的清净之地。然而，这里也曾发生过大规模的战争，其中之一便是李世民和刘黑闼的兼并与反兼并战争。因为最终李世民获胜，这里便有了藏兵洞、点将台、漆泉寺等与李世民、尉迟恭、秦琼有关的传说和旧迹。也可能，这些旧迹在李唐时期也是有名的爱国主义教育基地。

1970年初，政府在这里修建了一座水库，因靠近的村子名叫石岭，水库也叫东石岭水库，后又改成秦王湖。我爷爷和父亲也在这里修过水库。那时候的父亲，三十来岁，虽是独子，可农活和木、铁、编织、放炮、石刻等手艺样样都通。每次路过这里，脑海里便会出现父亲在工地上干活的情景。

孙婉豫说,对于每个人来说,父母是印在骨头里、灵魂里的。父母对子女的影响,实际是一种人性的持续渗透和镌刻。我深以为然。还告诉她说,从渡口向北,还有村子,1938年,日本军队和伪军在那里制造了孔庄惨案,村里255人遇难,其中,有3个新生儿被摔死,30多位妇女被轮奸……附近还有一座水库,叫朱庄水库,还有温泉。那里还有一个村子,进出需要钻山洞。类似陶渊明的《桃花源记》,境界幽深,草木繁茂,进入其中,有出世之感。不过,那里的人大都搬到热闹的镇子去了,只有几个老人还舍不得挪窝。另一个村子叫王垴,完全以军事方式建筑村子,据说是明代一个将领犯事后,带着家眷于此隐居,以村为营寨,形成一个具有居家和军事防御功能的堡垒。

乱世迁移的人们,特别是喜欢"扎根",对"拔根"和"被拔根"的农民,他们迁徙的理想落脚点还是山区。他们对战争是怕够了的。选择偏僻之地营造生存之地,大致是想自给自足,过一种与世无争的生活。但这是十足的妄想,当王朝稳定,农民便好了伤疤忘了痛,不自觉地也开始了"学成文武艺,货与帝王家"的儒家理想征程。也难怪,普天之下,都是人的。有人,必然便会有控制人的人。这种轮番的社会递进过程,就是天道轮回、人世无常的具体表现。

这一带的山区农村,历来文化贫瘠,如四周各个山坡上一小片一小片的田地,土壤之薄,探指触石。过温家沟不远,可以看到奶奶顶,传说李自成部队曾在这里驻扎,但不久被大明总兵卢象升击败而逃。大欠村后，是北武当山，高有五十丈的山崖上插着一把宝剑，至今可见，传说是张三丰在这里斗杀为害一方的蛇妖后，插上去的。张三丰这个人大致也是神话。不过，道家或许说道教，在北方民间的影响力深邃而持久。小时候，常听到大人们说这里的蛇精、狐狸精、黄鼠狼精、树精这类的传说故事。

过了石盆村，再有两公里，是"文革桥"，上面还写着"深挖洞、广积粮"的标语。桥上面靠坡处，有一大片坟地。我爷爷奶奶和父亲也长眠在那里。自2009年父亲去世，我没有来拜祭过他和爷爷奶奶。走在下面马路上，我心情沉郁，悲伤莫名，满心都是那个瘦弱、佝偻的男人模样。他在世的时候，我不觉得他多好，甚至没怎么关心过他。他去世了，我才觉得，自己生命和灵魂里最重要的男人原来就只有父亲一人。孙婉豫看出了我的悲伤，抱住我的胳膊。我拍拍她的肩膀，咬咬牙。

母亲头发白得厉害。但得知我和前妻离异之后，睁着眼睛，脸色露出惊异晦暗之色，半晌才说，咋回事？我如实禀告。母亲哭了，也不顾我和孙婉豫。我叹息，然后小声对孙婉豫说对不起。孙婉豫也有些不知所措，眼神茫然地看着我。这种打击对母亲来说是巨大的。也正因为怕她生气，损伤身体，与前妻的事，我始终没有对母亲及其他家人亲戚讲过。直到孙婉豫出现。我带她一起旅行回家的意思，也是想一起见见我的母亲和其他亲戚。孤身一人与再有新女朋友，两者比较，后者可能会使母亲稍微安心一些。

母亲脸色一直不好。早上起来眼睛都是肿的。早在多年前，她就告诫我说，不要搞到最后，你老婆把你甩掉了，孩子又要跟着妈妈。你到时候还是孤身一人。我也最怕这种结果，但事情就这么残酷。人性幽深复杂，不可揣测，到现在，也只能顺天应命。我对母亲说，这不还有孙婉豫吗？母亲说，这女孩看起来真不错，可是你们俩的年龄差距也太大了。你老了，人家还年轻，这对人家也不公道。顿了一下，母亲又说，反正，俺老了，以后的日子你自己过，不管咋样，过得好一点俺也就放心了。我心情黯然。在家几天，带着孙婉豫去看望了几位亲戚。然后去了附近的天河山、九龙峡、七步沟、长寿村等当地新开发的景点。在我们村和武安市活水乡牛心山村之间，便是郭公关和大岭口关。它们是明朝北方长城的一部分。

坐在松涛阵阵的林子边，孙婉豫默默地看着远方，也不开心。我知道她有心事。我也是。几次想开口说点什么，可又觉得什么也不用说，说了也无益。起身，走在乱石和荆棘密布的小道上，忽然觉得，人在任何一个时空中的存在和生活都意味深长，有时候曲径通幽，有时候山重水复。有时候孑然一身，前后无靠。有时候同行而不言语传声，只听任生命的脚步和内在的心跳在密集与空旷的人间噗噗回响。那一种声音，有时候激烈得让人无动于衷、寂静悠远，有时候又安静得水波滔天、雷电交加。

抑郁记

还未谋面,只是听到她的声音,我就觉得了某种内在的呼应。去年秋季的一天,我自以为美好而琐碎的生活戛然而止,再度陷入某种人世和人性的冰冷与绝望的空旷之中。在漫长的煎熬之中,内心和肌肤都能明确地感觉到那一种强大的力量,就像四面紧逼的刀锋,步步推进。生命倥偬,一切都是眨眼间的事情。自从有了家庭,特别是四十岁以后,我就矢志以为男人,剩下的人生也就如此这般了,那将是多么美好而圆满的庸俗?!而庸俗,正是尘世的本质,也是我无比热爱的,作为人的正常生活和生命旅程。可没想到,来自亲密的、突然的"暴动"和困境,正是我不曾料到,也更不想遭受的。

可越是不想的,越是来势汹汹,敲骨吸髓。

直到她出现。

她那么娇小。

我对形体娇小的女人尽管有很多一直说不清楚但极其强烈的怀疑，这种怀疑完全是从形体本身出发的。尽管我也深知，每一个肉身都是一座奇异的花园，甚至庞杂的王国。当然，花园和王国都会有围栏和边疆。

在此之前，对于这个娇小的女人，我完全没有概念，直到她如约出现在面前。人总是这样：出生、长大、活着，如此的生，层层叠叠，循环不止。前面是什么？对于大多数人，特别庸俗如我者，按部就班是最好的人生方向，尽管有很多危险，但不知、不想、不预防的话，人生就好像没有太多的压力和痛苦。事实也证明，愚钝也是一种快乐的生活。一旦具备了正常的思维以及相应的文化和精神，一切就都会复杂起来。

2016年10月8日，下了一天小雨。

成都这座城市，秋冬的转换也有些快捷，冬天也因为它的湿冷入骨而显得漫长。早上出门，气温落在皮肤上，我就蓦然觉得，一年中最残酷和深刻的季节又开始了。正在文殊院喝茶的时候，电话进来，她在重庆的黔江说，晚上到。

她就是上面所说的那位娇小的女人。

中午出门，雨依旧不大不小。

对面是文殊院。这一个地方，是我进入川地和成都之后，盘桓最多迄今也最熟悉的公共场所之一。因为供职的单位在这里，一出门，过了人民中路三段就到。这也是一个仿古建筑群，但文殊院除外。文殊院建于隋大业，即公元605年左右，传说是蜀王杨秀爱妃为一位法号"信相"的僧尼所建，便定名为信相寺。杨秀是杨坚第四子，其母也是独孤伽罗皇后。《隋书》说杨秀："美须秀有胆气，容貌瑰伟，美须髯，多武艺，甚为朝臣所惮。"又说他性格暴烈，常取人之胆为乐。杨坚还在世的时候，就对独孤伽罗皇后说："杨秀虽然威猛，但不得善终。我在还好，不在，他会死得很惨。"果不其然，太子杨勇在争位中失败，杨广被立为太子。杨广也深知，他这个同胞弟弟绝不是任人摆布之辈，便令人访查杨秀罪过，奏与杨坚。杨坚大怒，召杨秀回京软禁。不久，杨坚死，杨广即位后，令人对杨秀严加看管。公元618年，杨广被宇文化及属下杀死。本想立杨秀，但又怕杨秀不好控制，将之全家悉数屠杀。

做皇帝是一个血腥的事业，更摧毁人伦和天道。

杨秀命短，他父亲和他二哥杨广的江山更短。隋以后的信相寺，也一度衰败，后又有宗师大德在此修行不辍，修建庙宇。至清雍正和乾隆年间，又有新的增修。

早上煮稀饭，吃昨晚买的面包，再煮一个鸡蛋。休息一会儿，再吃药。这种药物，我以前不知道，主要对人情绪和心理起作用的药物。也从不知道，人还会患上肌肉器官之外的疾病。

直到抑郁症袭来，以它不动声色却能诱发各种情绪、心理、精神乃至躯体方面的迅疾和诡异的反应，让我一下子坠入了极端的痛苦之中。为验证是否真的是抑郁症大驾光临，我先后两次住院，除了肠胃之外，所有器官都被各种仪器侦测了一遍。躺在病床上，不断把自己的身体交给各种仪器的时候，莫名的恐惧缠绕着我，像魔鬼和他们的爪牙。我一直觉得自己可能得了什么不治之症，或者某个器官发生了故障。那将是怎么样的残酷？尽管已经活了四十多年，可我还有责任和义务，当然还有尊严。这些都是我要做的，也是唯一可以带给亲人的。所幸，从医疗仪器反馈的消息看，我的身体基本上没有任何问题。但不适如飓风海啸，不断席卷，让我惊恐无助，充满各种不祥的预感。一天中午，走在街上，距离单位的门诊部还有几十米，但我确实走不动了。脑壳眩晕，四肢发软，强烈的猝倒和濒死感如潮卷来。我只好佯作算命，坐在一个算命人提供的小凳子上，有一句没一句地和他闲扯。那一刻，我好想他能搀扶我到对面的门诊部，可是我觉得不妥，倘若如此，四周的游人和行人，其中还可能有我的同事，他们都会看到，这个事情，可能演变为一个公共事件。

算了，忍吧。

感觉稍微好了点，用"优步"叫车，去了成都军区总医院。检查后，基本是抑郁症，医生给开了一些药物。可是我又不信，觉得自己怎么可能会是抑郁症呢？抑郁症的话，该是心理和情绪的反应,怎么会累及肢体呢?几天后,我再去华西医院的心理卫生中心,也说抑郁症。再去四川省中医院,认为是抑郁症并焦虑症。

这时候,我隐约觉得,必须要借助药物的力量了。

这药叫百忧解,它的正式名字叫作盐酸氟西汀分散片。此前,在成都军区总医院诊断后,医生开了左洛复并其他两种药。当晚,我吃了一片左洛复(盐酸舍曲林片)。不到五分钟,身体和情绪的不适烟消云散,感觉与常人无异。整个人都非常高兴和自信。心里还想,这一次,抑郁症药到病除,明天就恢复如常了!可没想到,早上醒来,只觉得周身发凉,胸脯和胳膊尤甚。那时候,正是褥热之时,成都的桑拿天气无论早晚还是夜里,都将人逼得汗水不止。身体发凉,而且是那种透彻如初春河石的凉。我惊异,又迅速恐惧。这种惊惧如天意神授,不容置疑,且丝丝入扣。我爬起来,觉得身体之软,似乎骨头被抽走了,筋肉变得松懈、发酥。

必须吃药!可是我又不敢。我承认自己是懦弱的,怕不测和死。我也知道,这种懦弱完全是中年人的。中年在中国当代,已经是一个普遍焦虑、重压、不安、彷徨、孤独、猝然、不测的代名词,不论男女。幸好有一位朋友,她答应我并且真的来陪我了。我的意思是,我吃两天百忧解后,没有出现严重副作用和其他反应,她就可以不管,由我自己来服药并努力康复。她来了,陪了我两天。对她,我有一种绝望的感激。绝望的是,我终究要一个人面对这种无形的痛苦和魔鬼一样的折磨,而不能惊动任何亲人和朋友。而感激,则有一种被怜悯与照顾的荣耀。是的,在这个年代,一个普通朋友能够在危难时候陪伴几天，这该是怎样的仁恩？

我记得，那是 2016 年 7 月最后一天。

通常，吃了早饭，服用一片百忧解，再喝中药。有时候晕得无法站立，整个身体都好像飘着一样。更糟糕的是，认知也出现了障碍，总是觉得，眼前的一切都很陌生，而我自己，却像是这个世界的局外人。

这时候，我多么想有一个人，与我形影不离，但却毫不相干。

大多数时间，我一个人僵尸一样躺在床上或沙发上，有时候想写东西，可坐在电脑面前，就觉得眩晕，继而全身失去控制，几欲歪倒。到中午，我需要吃的，只好爬起来，穿上鞋子，冒着烈日出门。军区东门有一家餐厅，好像是机关医院外包给其他人的。他们餐馆中午备有快餐，一荤一素再加米饭和汤十六块钱，米饭和汤不限。因为人多，十一点多去最好，再晚一点就没汤喝了。那时候，我急切地想吃东西，看到饭菜，不管冷热，就想赶紧吞下去。只有这样，我的眩晕和瘫软感才会有所好转。

这是暴食症，抑郁症和焦虑症的另一个伴生疾病。

继续到文殊院喝茶，一直到晚上十点左右，再去东站接她。

很久以来，只要在成都，我一贯的状态是：吃过午饭，到文殊院喝茶，到下午五六点钟，再吃饭，然后买点面包，趁着薄暮回住处。这种生活状态持之以恒，构成了我 2016 年在成都的大部分时间的生活状态。

文殊院僧俗杂糅,一边是清凉庙宇,佛陀经号,一边是小吃、货摊、商店、宾馆和各种茶肆,还有法物专卖店和丧葬一条龙服务、公墓办事处等等。

2016年8月和9月的大部分时间,过人民中路三段到文殊院之间马路的时候,我整个人就像是一团破旧的棉絮,脚步趔趄,下一刻撞在哪里都无法控制,以至于四肢不知何时有了一道道疤痕或者淤青。车辆很多,速度很快,但我却不觉得有多危险。似乎那些车子和行人,包括附近的建筑及其装饰,都和我无关,属于另外的一个世界一样。

蹒跚着行走,进文殊院,进去参拜。第一尊是弥勒佛,他的笑让我感到一种温暖。再拜各位天王,免费取三炷香,参拜文殊、普贤和地藏菩萨。这个文殊院的对联特别好,每次我都仰头默读一遍:"慧生于觉觉生于自在生生还是无生,来了便做做了便放下了了有何不了。"读到最后一个字,心脏总会猛烈游荡一下,也觉得,这种智慧是无上的,又是切实的。它从尘世的万层土和俗气中来,却超拔到了空无澄明的精神和灵魂境界。

紧挨文殊院的还有一座空林庵,供奉祖师、西方三圣、千手千眼菩萨和玉佛。我以前不知道,只是在文殊院参拜完毕后,再转千佛和平塔,这是一座带有印度色彩的佛塔。右转圈可以祈福。不管太阳多么毒辣,我都会转三圈甚至十多圈,而且对炎热浑然不觉,也不管如浇的汗水。

那种虔诚，连自己都觉得不可思议。

此前一年，我不会参拜基督之外的任何神像，也不信。总觉得，佛道之类的，多是附会谵妄。一年后，特别是在了解《易经》和《道德经》之后，我蓦然发现，古人对于宇宙自然的某些观点和阐释，其实并不是迷信，而古老的中国哲学和文化对人的心灵与精神的安慰力量是无与伦比的。也适才明白，近代以来，为什么那么多的思想激进人士，思想最终归宿到了中国的传统当中。他们年轻时的反叛、不信、诅咒、揭批，推崇理性主义甚至无政府主义，乃至实证经验和科学至上，可到了晚年，相当一部分人忽然又皈依到了中国固有的传统文化精神当中，并以此了却一生。

在山子茶坊坐下来，要一杯蒙顶甘露或者素茶，再或者这家茶店自己做的川红，慢慢喝。暴烈的阳光在稀疏的石榴树树叶上，也在旁边的鱼塘和水面以下的金鱼身上。我特别喜欢夏天，哪怕再热，也觉得很好，身体和精神都觉得舒展和舒服。我知道自己的体质是惧冷畏寒的，灵魂也对自然的热和晴朗有着与生俱来的认同式的接纳与感恩。

因为在文殊院待的时间很多，不断游转着，在各个茶店和茶摊上招徕生意的擦皮鞋的老太太、掏耳朵的男男女女见到我或询问"擦不？""掏不？"或者只是点点头、笑笑，我多数时间是冷漠而过。因为这是我最不想的，一个孤独的病人，最渴望的是一种陌生的环境，只有陌生，才会觉得安全。除了文殊院，对于成都，我没有特别熟悉又非常喜欢的地方。

为了防止尴尬（这大致是自卑心理作祟，还有那种无可掩蔽的流浪感），我经常换地方喝茶。今天去盐茶道，明天可能去风情一揽，再几天，就去北大街的良木缘。

这种生活是悠闲的，也是小资的，符合成都固有的生活节奏。有时候，我拍几张自己跷脚喝茶的照片发在朋友圈，有的点赞，有的羡慕，更多的是调侃。他人看起来这是安逸的生活。殊不知，我的内心却在流浪。这种流浪是深度的、无家可归的，是不动声色的狂风暴雨与雷鸣电闪。大多数时候，他人只是看到你的形体在某一段时间和空间中的某种表象和形态，这世上，亿万众生之内，能够看到你内心波澜与皱纹的，可谓旷野无人，天际寂寥。

实在去得频繁了，我就绕道大安西路，步行到红星路一段，或者从珠市街过去，再或者沿府南河向东行走。那一段时间，抑郁症正是严重的时候，心悸、眩晕、莫名的疼痛、四肢发软、某些肌肉震颤。我快步走，让汗水流得多些，心想，这样可以排出更多的毒素。但事与愿违，我心情特别沮丧，继而紧张，感觉自己就要摔倒甚至猝死。是的，是那种濒死感和猝死的紧张与恐惧，它们是最凶残的魔鬼，用冰凉的指爪、喷着腥味的獠牙和巨口，时刻威胁、吞噬着我。

这种感觉一直在，特别是上午和晚上，一个人躺在人声喧闹的房间，外面是女人的高跟鞋、孩子们喊爸爸妈妈的声音、汽车的轰鸣乃至他人的说笑声。而我，则如此悲苦，疾病缠身不说，从肉身到灵魂都孤立无援。皮肤上出现一个红点,我疑心为某种不治之症的前兆;舌苔厚久不褪去,也觉得是某种可怕的传染病。身体不分区域和规则地疼痛,像敌人的凌迟之刀,让我恐惧莫名。先后下载了"春雨医生""快速问医生""来问医生"等APP,感觉有一点不适就问,有一些不好的想法就想得到验证。用百度搜查相关症状,一条条对照,然后自我确诊,又一次次放弃。再继续寻找标准答案。我发现自己对任何人的话都觉得不靠谱,怀疑成了我最根本的人生态度。

  坐到茶水变淡,日光西斜,结账,起身去王家塘路一家清真牛肉面馆吃饭。这是成都为数不多的一家回族餐馆,主营牛肉面和各种盖饭。每次,我都点一个鸡蛋炒面。这家店的老板可能是一个大家族,起初是两对夫妻。其中一个男的,我亲眼看到他打了他老婆几个耳光,原因是他老婆记错了客人点的面食。因此,我有点讨厌他,故意隔了一段时间不光顾,算是对他的惩罚。再后来,又换了一对夫妻,他们带着两个孩子,一女孩稍大,约有十六岁,一男孩十三四岁,主要职责是充当服务员。

  牛肉面是西北的通行面食,基本涵盖了甘青宁新所有地区。我曾在酒泉与额济纳交界处的巴丹吉林沙漠从戎十多年,一直不喜欢吃牛肉面,但离开之后,则无限怀想。每次回甘肃的岳父岳母家,到兰州、酒泉等地,下车上车前后都要吃一碗牛肉面才觉得舒服和心安。在成都,一般找不到这样稍微正宗一点的西北面馆,川菜的强大让其他菜系和小吃无处下手，无缝可钻。坐下来，剥蒜瓣。是的，每次，我都吃一盘炒面，再加两瓣生蒜。据说这样可以防止或者减少胃癌发生的概率。也恰在那段时间，我的肠胃也很糟糕，鼓胀、嗳气并且隐隐疼痛，大便持续数月的稀，还时常拉肚子。其他地方都检查过了，唯有肠胃，我害怕它们趁机作乱，让我罹患不可医治的疾病。

去东站，雨不大。她九点多从重庆北上车。

我步行，一直到四川省军转办大楼外面，差不多五公里，有点累。距离十一点还有近三个小时，就找了一家茶馆，要了一杯绿茶。喝茶是多余的，重要的是给手机充电。我怕她到了之后联系不上我。人家毕竟是女的，从远地方一路辛苦地来见我。见我的目的也明确，即相互之间认识一下，如果可以，会发展成为最熟悉和最亲近的人。

是的，除了家庭，其他的任何事情都难以打倒一个中年男人。而偏偏发生了，好像是宿命。没有任何大不了的冲突，也从不冷漠、不伤害，但事情就是这样诡异、蹊跷，充满命运感。我只好如此，只好被自己打败，陷入前所未有的困境。因此，我的内心对女人充满不信任，看到任何女子都觉得她们是一个复杂的动物，美丽的身体和迷人的表情当中包藏着叵测之心，难以琢磨，更难以猜透和掌握。

再加上百忧解的副作用，性欲和性能力的下降。对于男女之事，我忽然没有了任何欲望和向往。自己的器官也只是在某些早晨表现出一种昂然喷薄的情绪和状态，但是，在大多数时候，它寂然无声，除了排尿，似乎没有了任何用途或者表达的想法。尽管如此，我依然觉得，这个不是主要的。人生不仅是肉体的取乐与愉悦，更重要的是心，特别是心安。而能够使人心安的，也只有人。可是，这个人，还必须是父母兄弟姐妹之外的，与你同在人世，且有着更多契合点，特别是心灵和精神的互相映照、激励与安慰。

我想，这个女孩该是吧。

在此之前，我们只是通过一次电话，也正是那次通话，让我听出了自己内心深处的某种共鸣和呼应。不然，我是不欢迎陌生人造访的。一个与自己有同样磁场的人相聚是一种快乐的感应与亲近，但毫无共鸣的人一起，则是一种无与伦比的疲累甚至折磨。到东站，在出站口等她，很多人，我一个个看，最终还是没有发现她。她打来电话，告诉我她所在的方位之后，我跑过去，才看清她。

确实很娇小的一个女孩子。帮她提包，出站，打车。到宾馆，安顿好，我就告辞回住处了。其实，我不想自己回去，想睡在另一张床上，倒不是想和她发生什么关系，就是想睡在还有另一个人的房子里，感觉安全，可以全身心地放松。因为，只要是正常的人，在他人出现危险或者难过的时候，应该都会伸出援手。

但是，我又怕那样做使她害怕。即使她不介意，我万一夜间有疾病反应，甚至是猝死之类的，对她也是不公平的，会牵扯到她。这样的事情，我还是不想做。因为，不可以故意坑害人或者让他人为自己而受到误解和非难。

次日早上,照例自己煮稀饭,吃剩下的面包,又煮了一个鸡蛋。我告诉她说,我得吃药,所以得吃早饭,一会儿再过去。坐在沙发上,我又觉得身体绵软无力,紧张、恐惧袭来。我想,赶紧吃饭,再吃药,可能会好。她来了,我得尽地主之谊,陪她四处走走看看。如果不是这样,我可能会一个人躺着,到下午,到饿得不行的时候,才会拖着身子到外面去。

陪她去文殊院参拜菩萨,给她介绍文殊院的历史,以及自己这些天以来的抑郁症症状和生活状态、心理的压力与情感上的破损等等。她听,偶尔会讶异,询问我为什么抑郁症会这样?我说,我起初不知道,到三家医院检查才认定是抑郁症。此前,一直以为自己是得了脑瘤、肝癌、淋巴癌或者其他更可怕的疾病。因为,我一直以为抑郁症只是情绪和心理上的,不会构成躯体反应,直到医生说是,各种测试和检查之后,才有点信,但仍旧不断地怀疑,自己到底是抑郁症还是别的什么疾病。

她看着我,眼神里有怜悯,也有惊恐。

我知道我吓到她了。

可是我必须说实话。她还非常年轻,还会有很美好的未来和人生。我这样的一个中年男人,千疮百孔不说,还满身疾病,她没有理由和我共度余生,即使她心地善良,愿意照顾我,我也不能接受。一个人,终究是一个人,没有任何权利剥夺别人的幸福,哪怕其他人生活得不幸福，也没有必要把她绑在自己的战车上。

两个人去宽窄巷子，吃饭的时候，我说了我的顾虑，还说到前妻，还有曾经的岳父岳母，他们至今都对我很好。这些年来，我和妻子、岳父岳母等人已经浑然一体，成为不可分割的一家人了。现在，突然的崩断，对我来说，是这一生当中最大的打击，堪称灭顶之灾。我还说到和前妻、岳父岳母在一起的时候的生活细节。说的时候，也流泪，感到一种莫名的悲伤与惋惜。

我知道她会介意的。佛家说，活在当下。现在的人们，也都知道，人活在当下，过去的忘记，未来的看情况。她也如此说。我深切知道，我和她，显然是两代人了。她的思维观念和我的显然有了区别。这种横亘的沟壑深峻且凌厉。可是，我还是愿意如实说出。我最大的心愿，是不欺骗她，特别是比自己小的女孩子。把自己袒露出来，剩下的，由她自己抉择。

可我没有想到，和她在一起，我居然有了消失已久的活力，也觉得，她的很多方面我似曾相识，仿佛冥冥有约，前世已经熟稔一般。她娇小，但做事做人大气、有主见；说话干脆利索，对具体事情有自己独到的见解，并积极应对，采取的方式我也深为认同。一个刚认识的小女子，比自己年龄小很多不说，还能够与我有这么多的契合，无论精神还是生活上的，这非常难得，也让我欣喜而又恍然、茫然。

那一晚，成都的夜里下着小雨，窗外簌簌，汽车的声音时有时无，我破例熬夜到凌晨才睡着。不是和她做什么，而是她有些胃疼，几次想抱着她去附近的医院。她拒绝说是喝茶喝多了的缘故。后来她有小腹疼，我把手搓热，放在上面。这或许不算冒犯。次日和她一起上车，她回黔江，我去北京。分手的时候，我使劲抱了抱她，又使劲握了握她的小手。

她说，我们何时再见？

我说很快的。

坐在去北京的高铁上，路过重庆的时候，心里忽然有一种说不清的感觉，很缥缈，又很亲切。这时候，她打来电话，说已经上了回黔江的顺风车了，还嘱我记得吃饭，到北京后给她说一声。

关闭电话，我转脸看着飞驰的窗外。草木还青着，鄂渝交界处的山川高大磅礴，形状奇特，就像我的内心，也像我的过去和尚不可知的未来。我用双手抱在自己的胸前，心思纷乱，手掌和胳膊的热度，让我感觉像是另一个人，或者另一个自己；再或者，是一群人隔着衬衫在围观我的心跳和灵魂。

圣诞,夜之诗,以及一个人的内心图景

奥菲斯,或者俄尔甫斯——太阳和音乐之神阿波罗和史诗女神卡莉欧碧的儿子,音乐天才。他的妻子欧里迪克死后,奥菲斯进行了一场动人心魄的地狱寻妻并寻求解救方法的旅程。这样一则源自古希腊的神话故事,在2016年年末的成都,特别是我个人心里,它自身所具备的那种久远的缥缈气息,熏得我胃疼。是的,我和很多人一样,早已不相信世上还有这样的爱情。神话故事的极端性在人类的理想世界里横行无阻,大抵表达的只是一种可堪流传与神往的状态。事实上,我们看到的人类世界的爱情满目疮痍,爱情这个古老的命题与文艺主题,只能在尘埃之外的某个空域凌空高蹈,美好得不切实际。

就像当前的诗歌,近些年来,诗歌活动满天下纷攘,到处都是鼎沸的吼吼、朗朗、嘤嘤之声。这样的一种状态，似乎是对已然深入骨髓的高度的物质生活的一种深度的解套和反动。新时期三十多年来，我们在尘埃之中浸淫得太扎实、太深入和专情了，也太专心和偏激了，从你到我，从我们到你们，逐渐丧失了自我的能力与信仰的兴趣。

就像奥菲斯寻妻的故事。现在已经漫溢全中国的西方节日圣诞夜当晚，这个故事在成都总府路某一个小剧场上演。当然，这种上演完全是改变了的。或者说，奥菲斯的故事只是一张用以串联的丝状外衣。

我清楚记得，那一个夜晚，湿冷的成都在夜晚被灯光充斥，雾霾比任何时候都要浓郁深重。这显然是时代的主题，是生活其中的每一个人最强势的梦魇，也是当下时代的普遍征象与悬浮的明喻。

无独有偶，我个人的这一年也是如此这般，冷、幽秘、孤独、痛楚、不解、转而崇佛道……如此，皆不可与外人道。准确说，从2015年秋天开始，我的一切都被无意地颠覆了。"无意"的意思是，我认为如此最好，而其他人则相反。人和人，最根本的、动人的关系是互助、合作，乃至宽容、理解，除此之外，我觉得一切都不重要。再者，从本质上说，我骨子里是一个喜欢安稳的人，这或许是中年人的通病与普遍的生活及精神需求，也是后半生的主题。而且，安稳对于我这样出身农村的中年男人来说，应当说是最好的一种俗世状态。因为我早就了解，以我的能力、人脉和素质,在这样一个年代,是不可能进入庙堂的,也不可能暴富的。我所能的,就是安分守己,就是在纷扰的人群中,在宽阔的时代现场,有一个家,一份还可以糊口的薪水,有几个可以开怀大笑的朋友和知己,有能力把为数不多的亲人照顾好,就是最好的生活了。可没有想到,2016年,我再一次感觉到了命运,这个不动声色的神物,它安排的每一个生命的历程都充满奇诡的意味。

灯光暗下去,有人走出,不是一个,而是十多个。每个人的面部,都被一张白色面具替代,当然,他们是活生生的人,而且都很年轻,且是四川人民艺术剧院的演职人员。在圣诞夜,白色的面具,使得这些人迅速转换角色,从人间转向地域。继而东方奥菲斯上场,是的,有点不像,对于人种的敏感,在全球化的今天,我们依然是有着某种警惕的。从广义的角度说,这也是狭隘民族主义的表现,尽管不反感,但对于种族的排斥和某种间离感显而易见。这些封闭时代的典型症候,与文化上因循、固守是分不开的,要想真正消弭,起码不是距离与交流的无限贴近可以改变的。

再而是欧里迪克。奥菲斯和欧里迪克,天作之合的一对。可没多久,欧里迪克突然亡故。奥菲斯爱之切,决定下地狱寻找欧里迪克。这样的行为,体现的是人对人最紧密的依赖,从肉身到精神和灵魂。奥菲斯的做法,在今天依然打动人心。爱情的本质就是不离不弃,就是肉身在一起与紧密贴合,以及精神的和灵魂的高度契合。奥菲斯和欧里迪克的故事，实际上演绎和体现的还是从一而终、舍他无人的线性逻辑。

我和龚学敏坐在台下，后面还有几十个人，男的、女的、老的、年轻的，无人说话，眼睛朝向窄小的舞台。更重要的是，平素里每每在各种诗歌场合遇到的熟面孔五一出现，这令人惊异。诗歌乃至一切纯粹的艺术，并不像通常说的那样寥落不堪，在无际人群中，还有极大的隐藏。这些观众和读者，我们不知道他们从什么地方来，做什么职业，又是怎样的文化和社会背景，但他们却来了，而且大部分人采取购票的方式。

是的，票价不菲，最高 180 元人民币，最低 30 元。当然，还有免费赠送的。龚学敏和我就是。

台上的剧情持续推进。地狱的门是红色的，而且有大有小。大的可能通往人间，小的可能通往下一层和再下一层地狱。这种设置，无论东方还是西方，都是有根据的。我们正在沉浸，剧情突然有了无厘头的意味，或者具有了穿越、现代性质。奥菲斯在地狱之中，先后遇到了拜伦、济慈、波德莱尔、莎士比亚、帕斯、米斯特拉尔、普希金、马拉美、兰波等和中国的顾城、海子、雁翼、苏轼、陆游、归有光、曹雪芹，甚至还有《水浒传》中的阎婆惜和她的情人。

当然，整个诗剧当中，还穿插了几首当代流行歌曲。

这样一种编排，是有些无厘头，也使人觉得，这种荒诞的现代感与穿越剧的恍惚感,是可以调动当下人的胃口的。从本质上说,这无疑是一次诗歌普及,从上述的诗人到他们的作品。也不得不说,编排者的用心当中,也有献媚和媚俗的意味。他们想以现代的方式,对诗歌进行一次大众性的、趣味性的宣扬和普及。

似乎又不尽然。

他们试图在用地狱游历、邂逅,人物和故事拼贴、糅合、移植、改编等方式,根据每一位诗人的生前事迹、诗歌特点,包括在俗世中的极端和典型表现,通过诗剧,将人带入更高的哲学层次,如生死问题、情爱俗世、身体的快感与精神的苦疼,以及心灵和灵魂的皈依、转世等。这一些有效的呈现,使得《夜之诗》这部诗剧在无厘头、现代的荒诞主义外衣下,露出了它引人深层思考的本质。

对于看惯了喧闹却无所用心、一排鲜花掌声的诗歌朗诵会的诗人来说,尽管我能觉察出这部诗剧的不完美之处,甚至某些拙劣和刻意,但这种方式,尤其是他们在诗剧中设置的诸多命题,特别是诗剧这种传达诗歌精神的艺术形式,却是大为赞叹的。因为,这样的诗剧,是可以深入人心的,也是能够最大限度调动起观众参与性的一个有效的艺术综合表演。

一个多小时,剧终。演员亮相。感谢,掌声。龚学敏和我,没有立即起身。其他观众也是如此。那一刻,我发现了一种沉浸,是艺术的、诗歌的带入之后,人在艺术状态中的那种精神性表现。我觉得，这样一种艺术表现，是迥异于其他诗歌活动的，它更能使得艺术震撼人心，撩拨人的情感，并且能够把人带入一种纯粹的、精神和思想的愉悦当中，进而与之联动，形成共鸣。

出剧院的时候，我脑海里忽然激烈地响起济慈《夜莺颂》一诗中的几句："我的心在痛，困顿和麻木／刺进了感官，有如饮过毒鸩，／又像是刚刚把鸦片吞服，／于是向着列斯忘川下沉……"

这种感觉完全是没有来由的。走在人来人往的街道上，哦，这里是春熙路附近，是成都最热闹和繁华的商圈之一。女人居多，且在穿着和姿态上使劲表现着自己的美，男人大都拎包及各种商品，都是用来打扮人，令人自信、优雅的。物质的能力构成了人在现实生活中的基本荣耀，尽管它很表象。但我们也许都知道，这是一个以表象为入口、标识的时代，谁也概莫能外。

从总府路到文殊院，再到人民中路二段，其实不远。只是雾霾太重了，学敏和我采取打车的方式。他到一品天下，我到白下路。分开之后，我忽然并不想急于回去休息，想在街道上或者某个咖啡馆、茶馆里坐坐。

事实上，2015年秋天以来，我一直如此，在茶馆、咖啡馆消磨时间。期间，还在医院住了几天。2016年，对于我个人来说，成都的茶馆、咖啡馆，乃至文殊院、昭觉寺、大慈寺等地，该是我的福地。更严重一点说，它们是我的救命恩人。

我想说的是，一个人在成都，或者说，在成都被孤立的一个外乡人，其内心的凄凉程度是无与伦比的。当一个人落难的时候，就是整个世界把他抛弃了。原因很简单，一个渴望和安于现世安稳的人，是安乐无忧的，就会以为，既定的一切都会按部就班，永不转换。这是最低级的一种思维，也是最浅薄的对人生的判定与识见。很多年来，我一直说：唯有妻儿，才是陪伴一生的人 。当我们了解了这悲哀的一点，就应当格外珍惜。比如对父母，能多陪他们一定要多陪；对子女，能够多和他们一起，就一定要多一点。因为，苍苍光阴和浩浩人生并不允许亲人相聚太久。

人总是要别离的。而亲人之间的别离，是世上最痛苦的事情。从这一点来说，我格外理解奥菲斯，乃至中国梁祝之类的爱情故事，以及编织如此故事的人。事实上，人的所有美好感觉与寄寓，都只可以在俗世中完成和得以完美地呈现与传诵。

人民中路三段是我在成都最为熟悉的地方。圣诞夜，圣诞老人、灯饰等等还在黑夜中招摇。我觉得，这样的气氛有点不伦不类。对于上帝，主的存在乃至其智慧、救赎等，我并不排斥，也觉得，宗教所提供给人的那种安慰，是任何人无法替代的。从这个角度上来说，人注定是孤独的。人创造神，或者神创造人，其最大的交互功能，便是在孤独中相互对话。即使不对话，也会心有灵犀，相互感应。继而形成一种深层的、不易觉察和暴露的依赖、信任、安慰、支持 、激励的关系。

在黑暗中坐下，人去楼在的文殊院空无一人，只有零星的店家的灯光在替他们看守着财物。我早就说过，文殊院乃至一切庙堂观庵周围，都是僧道之所，仙道混聚、神俗杂糅之地。文殊院乃隋代蜀王杨秀所建，后兴衰数次，但终究旺盛至今。周边多古玩、服装和丧葬品店、公墓办事处、茶楼、茶摊等商家，也有大型酒店，其中最引人瞩目的是洪鼎火锅。几年前，生意尤其火。大致是2014年某时，它关门了，不过几个月，门前就荒草满地、尘灰满面了。另一家是成都会馆，里面好像还挂着书院之类的牌匾。起初，我以为是一个读书的雅所，后来才知道是酒店。唯有宫廷糕点店，一直以来，顾客不断，每天下午都排着长长的队伍。而旁边其他的糕点店，同样的食品，却门可罗雀。我觉得不可思议，也觉得，成都人是极其喜欢扎堆的，哪里人多，就往哪里去。

一个时代有一个时代的特征，这种特征往往从高处看不清，低处反而感受强烈。再一处，有刘文辉题写的"残邸"或者"残笔"。这个近代四川声名赫赫的人物，民国西康省主席，川军领袖，其生平事迹也可圈可点。只不过，新朝向来是厌弃旧臣。有几次，我还对四川的朋友说，类似刘文彩、刘文辉、刘湘这样的军阀与地方乡绅，应当有一个比较真实的文学表现。可惜，囿于出版和各种不看好或者难处，再加上人都太注重现实功利，关于刘家的文学作品，至今还是极少的，甚至很片面化。

深夜独坐，城市那么大，而毗邻寺庙的人，却总是感到一种狭隘的惶恐感。

人最重要的，是如何安心，而能够使人安心的，还是人，就像夜里的一张床榻，还有两只热乎乎的胳膊。

可是，当我们无可回到，缩在城市夜晚一隅的时候，无论安静不安静，都不需要看到更多的事物，哪怕是隐秘的和灵性的。它们在人之外，也在人之内。很多时候，我们根本不需要刻意去发现和看到，只要它们存在，与我们同在，并且各不相扰就足够了。这世上最好的关系，就是相安无事，有其类无其群。

玉兰花树正在酝酿开花，宽阔的叶子青得黝黑。无风的成都是潮湿的，但也好像无法阻挡灰尘的飞扬。总有一些轻的事物，围绕人的生活。银杏树早就脱光了叶子，前些天我还看到它们，在树上，在飘落的途中，在人的眼睛和相机里，然后是水泥地上，清洁工的扫把下。

这一年，闲暇颇多，但是痛苦的。特别是六月上旬，在邢台的一场酒让我再次意识到了肉体的脆弱，特别是神经和某些器官的易损性。住院之后，才发现，医生和先进的诊疗设备也有看不出的病，他们只能按照症状来做药物治疗。这使我第一次觉得了来自肉身深处某种神秘力量，还有天地之间的那种冥冥之能量和意志。

谁也无法逃脱。

尽管，我们一直在极力否认。

周边的小区灯光开始稀落了，哦，多数人开始了又一夜的睡眠。蓦然觉得，自己于文殊院夜晚的深冬独坐，和奥菲斯地狱寻妻的行为有些类似。即，在众人之中的个人，总是不同的。谁也不知道谁在这一刻做什么，也不知道他们所作所为，到底所为何来？出于怎样的目的和想法。刚才看的那台《夜之诗》的诗剧，其实是一种东西方文化，乃至诗人灵魂的一次穿行和历险。奥菲斯在途中遇到的拜伦、帕斯、波德莱尔等诗人，他们对他的说法，以及行为的不理解，甚至另一种恶意的引导、劝诱，都是那么顺理成章，但又善恶交集。特别是对顾城杀妻自杀，阎婆惜及其情人的死亡观念、对人间生活的理解和阐释，还有穿插的海子、余秀华等人的诗歌朗诵，都形成了一种交织的、错乱的、无以阐述清楚的矛盾与迷离、惘然的哲学意味，以及难以摆脱和纠正的不安、犹豫和模棱两可、混沌不清。

而这些，与我一年多来的现实遭遇，乃至内心的纠结和痛苦何其相似？

生病，遭遇人生以来第二次打击——爱情的、事业的，或者说真爱的和赖以安身立命的。十六年前，当我解决了人生第一次的惶恐与无主，进入军队之后，尽管从没有想过走仕途，也总以为，所谓的官职，总是别人给的，给容易，拿走更容易。一个男人，最紧要的是如何使得自己一生长久无虞，进而能够帮助到亲人。是的，我一直这么狭隘，其实我也想博大，但我没有博大和兼济天下的舞台，能力可能有点，但谁会让我在庙堂位列同班呢？

我早就知道，一个人一生所爱，肯定只有一个最能入心入灵魂，其他的可能都是匆匆过客。这些道理和感悟，从父亲2009年去世开始，我就深刻地意识到了。在亲人面前的委屈都是幸福，因为，让你委屈的人，才是真爱你和你真爱的人。可是，在2016年，我却遭到了一种无与伦比的打击，一切都无缝无痕，又都合情合理；一切都显得蹊跷，却还是那么斩钉截铁。有几次，我跪地长号，呼叫上帝，哀求佛祖和苍天；很多次，猛然扇自己的耳光，追问自己为什么要做错？

披着一身冷意回到房间，洗澡，躺下，回想起圣诞夜观看的诗剧《夜之诗》，奥菲斯的最终不成功，印证了爱情乃至人类不间断的悲剧发生及其不可逆转性。再联系到我个人这一年来的命运，这两者如出一辙，有着大相径庭且又暗度陈仓的关联性。从7月31日开始，我服用百忧解。这是一种名闻遐迩的抗抑郁药物，据说全世界有上亿人同时服用。在此之前，我从没想到，自己这么幽默的一个人会患上抑郁症。哦，至少，在诸多朋友那里可以得到印证：杨献平这个人，三句话不离本行，不是荤段子就是插科打诨，还有诸多的笑料与糗事，都是可以引人发笑的。

"他怎么可能得抑郁症？"

诸多朋友得知后，几乎异口同声这样说。包括长期和我一起的诗人，如老房子、梁平、龚学敏、牛放、李斌、吕历、李平、罗蓉、肖露、杨易唯诸君。可这是真的，从6月到11月，一度躯体反应如头晕、心悸、四肢发软、肠胃不适、意识迟钝、情绪低落。有一段时间，从高处朝下看，总是有跳下去的冲动；有几次，一个人躺在空旷的床上，想割腕自杀。好在，我心里还有一个信念，那就是：母亲、岳父母都还在，我必须尽孝；儿子尚小，必须尽责。所有这些，都是极其世俗的、自我的，毫无人类情怀和家国大志。我想我也不需要，他们也不需要。尽管我从小就渴望英雄，以至于在军旅多年，始终保持了内心的激情和热血。

零点了，我有些困了。一年多来，有段时间嗜睡，总也睡不够；有段时间失眠，怎么也睡不着；近期则是睡一会儿就醒了，一个夜里，通常要醒来两次以上。关灯之后，想起圣诞夜，满街的圣诞老人和喜庆气氛，可能还在继续吧；想起和龚学敏先生一起观看的《夜之诗》诗剧，以及剧中的诸多大师今人，不由得心生感慨；也觉得，2016年，就将在这浓郁的雾霾中结束了，每一个人都在霾中在劫难逃。对于这场浩大的灾难，我倒是没有多少仇恨，而是觉得，这都是历史发展，乃至人类欲望无尽及权力高强度运作的结果，人人都是受害者，也人人都是施害者。

正如波德莱尔《恶之花》诗中所说："为了取悦于野蛮的人／为了向魔鬼们神气十足的奴仆——／献媚，我们竟侮辱／我们所热爱的人们，奉承我们所厌恶的人们；／我们竟使被人无故鄙视的弱者伤心，／我们竟沦为奴颜婢膝的刽子手；／我们竟向极度的愚昧——／向公牛脑袋般的愚蠢致敬；／我们竟亲吻呆若木鸡的蠢物／并表示无限崇拜，／我们竟为腐败／所发出的微光祝福。……"

睡意侵袭之际，又想起老子《道德经》第十三章："宠辱若惊，贵大患若身。何谓宠辱若惊？宠为下。得之若惊，失之若惊，是谓宠辱若惊。何谓贵大患若身？吾所以有大患者，为吾有身。及吾无身，吾有何患。故贵以身为天下，若可寄天下。爱以身为天下，若可托天下。"

尔后，睡之不觉，天再亮。

混沌时刻：抑郁症与日常悬念

2015年秋天到2019年10月初，我又处在了一个人的状态，开始时不习惯，毕竟婚姻已经十多年了，乍然离散，而且还是在莫名其妙甚至强词夺理的情况下戛然而止的。很长一段时间里，痛苦、自责、不解和孤独等如刀如戳，夜以继日，可什么也耐不住时间消磨，2018年春天以后，慢慢地也想通了，感受到了人生某些事情的无常和必然性。人和人之间，夫妻也好，朋友也罢，即使是亲人，迟早也有离散的时候。从大的方面说，这也是天地大道和正道。

困惑和豁然只是一纸之隔，当我懂了，也逐渐习惯了这种被婚姻流放和遗弃式的生活，格外珍惜一个人时候的慵懒和无所事事，不喜欢有人来搅扰和破坏。其实，我们人的一生，少年和青年时期大抵是团伙的，有了家庭，人才会发现，未婚之前，对这个世界无论多么美好的期待与理想都会在俗世生活中泡成烂泥汤，臭不可闻，但还得一次一次地深入其中。家庭生活，大致是对人的天性中自由部分的阉割与绑架，也是一种毫无反抗余地的道德穿透和强制；是对自我的一种深刻纠正和再造，也是自我在他人面前采取的现实性肉身囚禁和心灵自伤的牢笼。它唯一的好处是，加强了血缘的联系，满足了传统文化和文明的某种低层要求与繁殖的必要。但有些东西脆弱不堪，比如爱情和婚姻，前者是荷尔蒙促发的生理与情感的双重需要——原始的欲求使得人在人生的某些阶段意乱情迷，又乐此不疲，甚至以生命和生存的必要基础如工作、钱财和前途等为赌注。

爱情真正解决的是人的生理问题，当然，生理的反应及其一般意义和现实的生成，也会使得爱情具备某些神圣与永恒性。可是婚姻不同，婚姻是爱情之后的一种决绝的担当与合作。合作是其中最紧要的，也是唯一的本质所在。婚姻当中的合作是多方面的，包括肉身、情感、钱财、权利等等因素，其实都是外在的。真正涉及心灵的合作，正如我们在日常生活中所看到的，人的个体性的差异是一切合作、失败甚至崩溃、反目成仇的根源所在。

就像我，被现实以沉重的耳光劈头盖脸之后，才真正明白，婚姻中的男人女人之所以能够维持长久，大抵是一种慈悲心在起作用。看起来很多事情被现实掣肘，比如房子和子女问题。一个人真的想要逃出婚姻，这些并不构成绝对的杠杆、羁绊与理由。

结婚十多年，我没有想到，这一生还会再过单身生活。

在前一段婚姻中，结婚成家可能是被动的，那时候我二十多岁，总觉得自己不适合婚姻，这有点离经叛道，尽管我很爱未婚妻，但结婚我觉得可怕。向前一步的牢笼张着隐秘而又光明正大的巨口，它要吞噬，而且是一口下去，连渣滓都不剩。

可我还是结婚了，一个男人，最终还是屈服于世俗，为了未婚妻。她是无辜的，那时候尽管我还没有明白人和人之间（尤其夫妻之间）的思想和境界要同步。

现实逼仄也强大，宽敞也紧束，它令人无条件地去进行、服从。进行的，无非是数千年来人类社会某种同步性，或者说亦步亦趋，我们的父母、祖上都是这么过来的。没有他们哪有我们，他们如此了，作为他们的子女，我们也必须按部就班，像他们那样，稀里糊涂遭遇爱情，或者另一些形式，步入婚姻，然后在艰难或者稍微过得去的生活中浮沉、挣扎和遭受，无论前面是刀山火海还是悬崖峭壁，只要成为人，又成了家，如此，每个人都必须奋勇向前，并且义无反顾。

如我开头所说，当我特别在意一个人的时光的时候，另一些人总是会突然来访，打乱一个人的平静。就在最近，他们来了，他们是一对父女。女的是我在被离婚后的第一个女朋友。诡异的是，和她一起来的她的亲生父亲居然对此一无所知。

而此时的我，对他们的这种造访厌倦透顶，内心格外抗拒。

这其中的因素，大致是抑郁症的副作用，这种当代病，让我无端地情绪低落，浑身的不适如影随形，心悸、四肢发软、头晕、沮丧、自责、愤怒、莫名疼痛等等，还有强烈的濒死感。这种病很奇诡，时好时坏，发作的时候，比死还难受，自己的肉身和精神简直就像是一架令人讨厌的机器，不断破旧下去不说，还经常出故障，还每一次都很凌厉。

我病着，虽没卧床，但也不轻松。但朋友来了，我必须得接待他们。傍晚时分，他们下榻在附近的一家宾馆，我从家里拿了香烟、白酒和一些水果，去看望他们。溽热的成都到处都是人和车辆，热闹的城市在傍晚时候更显得嘈杂无序。我站在路边，焦灼而又气急败坏地等一台迟迟不来的滴滴车。忽然，左小腿疼了一下，是那种钝疼，显然来自他物的撞击。

是一台宝马车。

我当即大喊一声，快步冲过去，用手机砸了宝马车副驾驶的车窗。他下车，是一个和我一样的中年男人。我大吼说，你撞到我了。他走过来，一脸的无所谓，看着我说，撞哪儿吗？走，要上医院，我送你。我当场拒绝了，并且语带脏字地骂道，能不能看着点？他不吭声，转身，上车，慢慢开走了。

坐在另一台车上，我忽然明白，刚才，小区门口一带若是空旷，或者在没有红绿灯的街边，撞我的那台宝马倒车或者行驶速度再高一点的话，我的腿，就不可能只是猛然疼一下，破一块皮的事情了。

人在某些时候的遭遇，真是匪夷所思。我突然想起一个搞玄学的朋友给我说，2018年下半年，你要注意血光之灾。我当时根本没在意，想想也是，一个从来不会开车，也不会去攀岩、登高、胡乱窜的人，如何能够有血光之灾？按照传统的玄学理论，人若注定要遭遇某些灾难之前，假如碰了，受一些轻伤，也就算是这个灾难过去了。

如此一想，心里觉得了安慰。也觉得，人每时每刻都在虚妄之中，幸福、美好、如意和快乐，都是一种暗示，也是灾难与痛苦即将到来的前奏和铺垫。

日常的悬念及其可能导致的后果，时常令人毛骨悚然，如汽车，它们本质上是为人服务的，可是它们又对人具备超强的杀伤力。这种悖论，几乎每天都在发生。在我所住的小区，每隔几天，就会有警笛由远而近或由近而远。每一次听到尖啸的声音，我都下意识地想：该不会是我以前的小区出问题了吧，再者，是不是我以前的家呢？我的前妻和儿子还在那里住。每次这样想，就下意识地站在床边，朝他们那个小区不住地张望。

所幸，他们安然无恙。

有一次在成都的人民南路，乘坐滴滴车驶过的时候，看到一台运动型多用途汽车（SUV）翻转在地。因为没有目击事故的发生过程，我实在想象不出，一台车，在平阔的街道上行驶当中，怎么突然就底朝天了呢？

见到女友和她父亲，吃饭、喝茶。

我忍着剧烈的头晕、心悸和意识恍惚，和他们聊天，说东说西。他们的话，有时候我根本接不上，明明一个简单的道理和问题，以往，我可以不假思索，可是抑郁症发作的时候，我却不知所云，往往把谈话的对象也弄得一头雾，甚至觉得自己在轻慢他们。

抑郁症这个怪物，它最大的恶是，总是不动声色地控制它的宿主，而且从肉身到精神进行高压统治与逼迫，让人无法真正用语言向他人表述，甚至，连宿主自己都无法体会它在肉身之内的运作机制及其对意识和精神的复杂影响。

必须坚持。否则的话，对人很不礼貌。这样想的时候，我觉得我又陷入了世俗的泥淖里去了。人在世上，有一些社会法则看起来是温暖的，但它们的另一面则隐藏或者显示着某种残酷。

红茶淡了，再来一壶。

这期间的聊天，我和她父亲成为主角。那是一位性格耿直的老人，生于五十年代初期或者中期。七岁时候，他的母亲去世；十二岁那年，父亲也没了；余下他一个人，只能吃百家饭；后来参军，思想意识里充满了自力更生、艰苦奋斗，以及拖不垮、打不死的坚韧意志。对此，我觉得悲悯，又觉得悲凉。他说有一次，在一个山坡下干活，一块巨石滚下来，就要砸到他了，他才跳开。生和死之间，只差了那么一秒。我笑笑，为他庆幸，夸他机智。同时也想到，每个人似乎都是如此，一生当中，总有一些时候处在生死之间。

这样的危险一瞬，似乎每个人都曾经遭遇并亲身体验过。

据母亲说，我一岁那年夏天，她带着我去舅舅家。中午，他们都在吃饭，我一个人在院子里爬着玩，一下子摔到院外高墙下面的猪圈里，那里有一块倒立的尖石头，我的头正好掐在尖石一边的猪粪上。一头老母猪见状，以为是好吃的，哼哼着上来就要啃。

幸亏母亲跑得快。

再一次，是在初中时候。初三那年暑假，有一些学习好的同学都在学校补课，我也滥竽充数。统共不过十二三个师生，做饭的大师傅也回家农忙去了，我们只好自己解决。晚上，煤火要熄了，我和表弟两个人自告奋勇，去旁边一道黄泥墙下刨黄泥，运回来和煤用。

黄泥墙下面，有一个不大的洞穴，里面的黄泥细腻，和煤会很容易燃烧。我趴下，直着脖子就往里面钻。头刚进去，一块石头砸了下来，幸亏洞口小，头和石头间距小，我只是被砸得啃了一嘴土。在外面的表弟看到，急忙喊说，快出来！我立马把头缩回，那一瞬间，黄泥土洞轰然塌陷。

我倒吸一口凉气。

听了我的讲述，他哈哈笑说，你小子命大，命不该绝。我也说，想想也是蹊跷，那个土洞早不塌晚不塌，就在那时候塌陷，也是奇怪。后来，我听村里人说，我们这些人还没出生的时候，有一个哑巴在那里挖土，泥墙倒塌，把他埋在了里面。

人们至今相信，灵魂是不灭的，尤其是惨遭横祸而亡的人。

再几年后，在山西的某地，我右手食指不小心触电，而且是360伏的。那一瞬间，我觉得脑子一下子变得空白，白得跟电影屏幕一样，然后身子慢慢地倾斜，向下倒。当时，脑子里什么也想不到，只是觉得自己可能要死了，心情也是不悲不喜，空明至极。谁知，我的身体在倾倒的过程中，将原本已断开再接上的电线拉断了，再一瞬间，我忽然清醒，感觉像是一场短暂的睡眠。——确切说，是肉身自有的重量拯救了我。从那个时候开始，我才真的意识到肉身的重要性，它是灵魂及人生一切的容器，是基础性的建筑、现实性的存在、客观的证据与形象，及其全方位的代言人。

几乎整个晚上，我们都在讨论这样的问题。最终，我才明白，这位老人，也是一个玄学爱好者，其在四柱八字上的造诣，也是令人折服的。我当场请他测算了一下。他说，你的八字中亏多了丙火，火生暖，万物都要依赖它见光明，才能生长。否则，你即使去给人家看大门当保安，也做不好的，严重说，是没人用的。

对他的说法，我姑且相信，也忽然觉得，人在某些时候的体验和理解，也是和自身的境遇，即现实所处周遭的各种因素是有关系的。他还说，我的抑郁症也该是有的，木主神经，你原本很爱老婆孩子，在乎家庭，可家庭散了，你想不通，伤心肺，并脾胃，这样一来，虚弱在所难免，患病也是必然的了。

我静听，又觉得浑身不适，有一种强烈的晕眩感。

我知道自己的抑郁症又开始了，很长一段时间，我必须在晚上十一点之前睡觉，一旦超过这个点，便会难受，浑身说不清的不适，犹如某种毒药在作怪，就像是一种残酷的凌迟，不是疼痛，而是不适，并且不能够用语言表达的那种不适。

此前很长一段时间，种种不适反复发作，比如，我正在街上走着，突然心悸，接着是濒死感，似乎眼睛眨巴一下就会倒地断气。我不想死，我还有儿子和母亲。我的责任还没有尽到。我一次次这样对自己说，看到医院，就趔趄着跑进去，浑身颤抖着挂急诊。

医院人满为患。在其中，我才发现，疾病笼罩了太多的人类，也可以说，人类的一半甚至多半都在各种各样的疾病中痛苦不堪，但又不得不与之抗争，唯一的欲念就是能够治愈，或者慢慢地好起来，哪怕稍微好一些，目的是为了还能够活下去。

当活下去成了唯一的诉求，人的悲哀就是无尽的。

抑郁症最严重的时候，我想到过自杀，前些年恐高，站在二层楼上就吓得要死。患了抑郁症之后，十层楼的阳台上，我都觉不到害怕了，看着下面的车辆、绿地和树冠，就想一跃而下。但我的心里总是会响起一个声音，它在严厉地警告我说，你还有老娘，还有儿子。你这个年纪，不再是一个人了，而是一个家。

相比药物，诸如百忧解、左洛复、怡诺思等等，人的精神或者说在俗世的所谓的使命和责任，才是真正的良药。

当我说了这一些，他们父女才说，天不早了，你身体也不舒服，早点回去休息吧。

我觉得了一阵轻松,送他们上楼,电梯门关上的瞬间,我立即扭身往街上走,同时用手机软件打车。一上车,我就急着对司机说,快点,师傅。那时候,我只想回家,把自己像一个破麻袋那样扔在沙发上,闭上眼睛,什么也看不到,也不去想。

到小区门口,我下车,急仓仓地走,一台车飞驰而来。此时,已经是深夜了,车辆和人稀少,在这时候开车的人,大抵也是这么想的,也放松了警惕。当我停下,那台车忽然急刹车,车头偏向另一边。

哎呀,幸好又没事。我抱歉地看了看那台车,司机破口大骂,我却是笑着的,而且很卑微。我在感谢他的不杀之恩。这种惊险就在于,让遭遇者的生命介于一瞬间,几毫秒可能会罹患大难,几秒钟也会躲过一劫。生命的不确定性于此暴露无遗。留给遭遇者的悬念,可能轻描淡写,也可能深刻隆重。

也不知何时,电话响,我懒得接,我知道是她打来的。她喜欢熬夜,且喜欢长时间和我聊天,可是我不想。我想告诉她我的情况,可是又无从说起。她说,抑郁症病人不是很希望有人关心吗?不是很喜欢有人聊天吗?我苦笑。对她说,每一个抑郁症病人的躯体反应是不同的,有人可能心悸、头晕、四肢乏力,有人可能是长时间地失眠或者睡眠很浅,也可能有人是身体无端地疼痛,甚至肛门疼、腋窝疼等等,完全不同。

而她却不懂得,只是强调她的好心。每次都这样。我知道是她的电话,故意不接,也不想接。我也知道,微信里,她可能说了无数的话，我没回，她才这样的。电话铃声不屈不挠。很多时候，我想长时间关机，不接任何人的电话。可又怕，老娘打不通之后会担心我，单位有事找我……为自己而活，是一个绝对的伪命题、毒鸡汤。

我只好接起来。本想说一两句话就挂断，可她说起话来没完没了。如果我挂断，她会生气，以我女朋友的身份。女人在这个时代的威力看起来不大，可对于作为她们男朋友或丈夫、情人的杀伤力，却又无以伦比。

这也是我特别喜欢独自享受一个人时光的原因之一。家庭是一种约束，不过被冠以关爱的名义；家庭也是一种篡改，也被加上责任、义务、道德的高帽子。人的累，其实都是自找的，明明是火坑，很多时候还要义无反顾。我在以前的婚姻里便是如此，每到一地，要给妻子说，晚上和谁一起吃饭、做什么事，等等都要讲。智能手机之后，人的行踪已经无所遁藏，一切都被掌控起来了。看起来越来越透明的空间，黑暗的指爪面积和力度也在层层累加。

人在对自我实施文明意义上的提升和改造的同时，也在制造另外一种野蛮。

当爱成为被监控，责任义务也被涂上"优秀男女""楷模""榜样"等混沌的颜色之后，一切又都变得暧昧不清、无所适从了。

恶魔与天使共舞，罪恶与仁爱并存。这才是生活。那一个晚上，我们又聊了很多，她可能是全神贯注的，而我，却是睡意蒙眬，巴不得她在两分钟之内不再开口说话，那样的话，我就可以丢开手机。可是她没有。一直到凌晨三点多，我实在忍不住了，几乎是异常恼怒地说，睡吧，不早了。

她这才答应。血缘之外的男女之间聊天大致分为四种：爱意（想念）、探讨、性、思想。这其实也是很混沌的，俗不可耐中有着天性的要求与激荡，清澈高远之间也充盈着某种来自肉身的情感与触觉，也反映了一个深刻的道理，即我们所在的宇宙、地球及其万事万物当中，都受作用于一种相对的力量，或者说一种制衡的状态。

眼睛肿着，像两个鱼泡。八点半了，我还不想睁开眼睛。此时的床成了最偎贴肉身和精神的事物。可我必须起床，要去上班。不上班怎么办呢？我是一个人在这里生存，再不是一家人了，一家人的话，至少还有另外一个人支撑，或者想点别的办法。家，在很多时候就是心理和精神的堡垒。而家，却是由两个陌生的男女凌空构建的。

血缘之外的婚配无疑最科学，可人类在漫长的社会生活当中，却又一再因此而发生各种各样的问题。因为没有血缘关系，原本两情相悦的男女，看起来紧密无间，也最容易瞬间离散和崩溃。

无论是谁，其实每时每刻都生存在某一些悬念当中。原本美好的一对，一个家庭，可能在转眼之间而成路人，老死不相往来，甚至成为到死都不会原谅和饶恕的仇人，也说不定在睡眠和吃饭当中，其中一方忽然被毒死或者被某种利器所伤，死于非命。

我必须起床，洗了一把脸，就出门。此时的城市，如此明亮、拥挤、繁华，又如此的隐蔽、多变、悬疑，充满安静的动感，又暗藏汹涌的不测，甚至杀机。地铁上，人们都在向手机低头，眼睛打开的世界，遥远却又近在身侧，深邃又肤浅。现在人和人之间，基本上是不互相端详的，哪怕碰了一下脚尖、撞了一下肩膀、面对面贴近，只要不是出于明显的恶意与携带色情的用心，所有的举动都没有意义。

遥想古人那么手指一碰、脚尖的轻微邂逅、衣袂的无意识撞击，都会引发内心的滔天波澜，甚至雷霆暴雨。可现在，科技让人类越来越离不开他人，以及以众多的他人而形成的城市，却又在各自的行事方式与思维上，越来越具备封闭性、防范意识和深刻的排斥。

他们都衣饰光鲜，面容姣好，尤其是女的。不知何时起，化妆成了流行。以前只在戏台和影视中看到的妆容，充斥到了现实的各个角落。我在想，那么多的粉、油、水、颜料下面，究竟藏着怎么样的原始面孔？这可能，也是人的内心越来越虚弱、越来越虚假的另一种明喻和揭示。

出地铁，就要到上班时间了，我就有些焦急。抑郁症的焦虑扩大开来，就是一种盲目性的慌张。我下了台阶，一台电动车冲来，撞在我的左膝盖上，我疼了一下，捋起裤子一看，妈呀，又出血了。骑车的是一个比我年轻的小伙子，惶恐的神情背后，隐隐透射出对生活的无奈和愁苦。

他连声说大哥对不起。我说，不要紧，你走吧。他又连声说谢谢。然后骑着电动车没入广阔的人流和车流。到办公室，我拍了几张受伤的照片，发在微信朋友圈，好友们都说我太仁慈了。我却没有觉得自己多么仁慈。我一直觉得，本来就应当这样的，没什么大事就是没事。扭住一个人不放，或者采取更激烈的措施，我觉得这不符合事实，也不符合我们想要的世道人心。

少顷，我又觉得后怕，想起了玄学家所说的血光之灾。悬念乃至可能的更大的恶劣后果，往往是无意之中的，一秒，几个毫秒，就可以造成事实，人的某些现实甚至命运，生命形态也可能由此改变。而这些悬念，在日常生活中潜藏，寻机爆发。

我还想自己五岁那年秋天，和几个同学在马路上爬，忽然一台卡车冲了过来，其他同学都靠近路边，我正在行车道上。眼看着巨大的车轮就到眼睛里了，我却奇迹般地爬了出来。另一次是十多岁时候乘坐班车去太原，也是在拐弯的地方，一台空的卡车刹不住，后尾撞到了我所乘坐的车子上，司机胳膊折了，他背后靠窗的几个乘客脸部被碎玻璃击中，继而血流。

我坐在最后面一排，没有受伤。

最凶的一次，是有一年开车从邢台去沧州，办完事，天擦黑，返程路上，忽然，前面一台大拖拉机，拉着一车长竹竿，也没有尾灯和任何警示，表弟开车熟练，方向一打，轿车先是窜上路中间的隔离带，又一猛拐弯，几乎翻起来了，再窜到大拖拉机的前面，再到路边方才停下。

当时，我坐在副驾，驾驶车子的表弟头脸一层汗水，哗哗地往下流。

她在朋友圈看到我受伤后，对我说，对不起，真的对不起啊，不该那么晚，还缠着你说话。

我说没事的。事情已经发生了，没事就好了的。她说，抑郁症病人清醒的时候也是蛮可爱的。我笑笑说，不可爱又能怎么办？

事情已成事实，再抱怨谁都没有用。

尽管话这样说，我心里的愿望却是：他们父女最好是今天离开。

作为一个单身的男人，我还是喜欢和享受一个人的时空，可以随意歪斜、躺着，或者玩，或者干脆什么也不做；有他人在，我就必须回到世俗，融入那种你我来往、觥筹交错，挤出笑脸甚至言不由衷的氛围中。

尽管，我对他们，他们对我，都是真实的。可他们并没有离开，晚上，我们三个一起吃饭的时候，又说了一些稀奇古怪的事情。我也喝了点酒。此前，因为长期悲伤、沮丧、恼怒、颓废等，我的胃出了大问题，是萎缩性胃炎，据说是不死的癌症，也是癌症的前奏。

我吓坏了。自从前妻和我闹离婚，我一直想不通为什么。在家里，我自信是一个称职的丈夫和父亲，和岳父也非常投缘，情同父子。岳父也夸我说，他们老两口这一辈子尽管没儿子，可我们这个大女婿比几个儿子都强！

我也乐意这样消受这样的话，也觉得，人最大的美德，是对早于我们出现在人世的人致以敬意，并且力所能及地让他们过得好一点，再好一点。必须要坦白的是，在和前妻的婚姻中，我也曾花心过。这个世界核心问题就是男人和女人的问题。尽管，我没有做什么肉身的欢愉之事，但在精神上，是出过轨的。

每个人大抵是如此。在每个年龄段，人对异性的认知和看法，甚至角度和感觉都不相同。如二十到三十五岁，女人大抵是爱情的、婚姻的、家庭的和事业的，所有的精力都在其中，而一旦到了三十五岁之后，女人的生理得到了全面的锻炼与成熟，再加上各方面的稳定，性便占据了主要。这大致是大多数女性的生命之路。但这个世界从来就有例外，有奇迹，不能一概而论。男人则在很大程度上与女人相反，二十多岁到三十多岁，再四十岁之后，他的整个身心就慢慢地归于家庭了，年少轻狂与某些颠倒梦想都开始从他们的生活中不断抽离。

四十岁后，除了上班，我几乎足不出户，晚上，睡觉之前，要和儿子躺一会儿，看着他睡着，再去和老婆睡在一起。每天下班，第一件事便是去学校接儿子一起回家，早上起来做早餐，吃了，再替儿子背上书包，把他送到学校，自己去上班。

我很乐意消受和满足于这样的生活状态。它让我有一种归属感，还有精神的依靠和灵魂的安妥。我想，这大致就是最好的人生境界了。对一个具体的人来说，没有相应的资源与机遇，做一个平凡的人，就是最好的了。

可物极必反这个古老而新鲜的律令一直在发生作用。如《易经》乾卦第六爻"亢龙有悔",事物发展到极点便会陡转直下,且朝着相反方向。2015年9月10日早上,世界一如往常,可我没有想到,前妻突然拉着我,开车去民政局离婚。我以为是玩笑,可没想到,她确实要和我非离婚不可。至于她是不是经过深思熟虑的,我至今不知道。

就当我多次四肢发软不能行走、头晕心悸扑在床上感觉到了强烈的濒死感、站在高楼上想一跳了之的时候,我才发现一个历经磨难的男人,竟然也变得如此脆弱,在这样突如其来的打击中一下子就瘫倒了。

我周身不适,但从来没有想到过抑郁症。

有一次,我觉得自己马上不行了,急忙到医院,要求住院,核磁共振、CT、心电血压二合一监测等的检查结果出来之前,我以为自己可能患了某种不可治愈的大病。结果出来,却没有大的问题。可我的头晕、心悸、濒死感、疼痛等极端的不舒服依旧持续,还发展到了暴饮暴食的程度。春节期间,一个人回老家,面对母亲和亲戚,我没有说任何话,也没有告诉他们我自己遭遇的事情,而是找理由告诉她们儿子老婆不回来的原因,那一刻,我的内心好像装满了刀片,而且在持续搅动。我也第一次体验到了什么叫肝肠寸断。

我开始吃百忧解,但根本不管用。后来,在几个朋友的劝说下,到生理卫生中心检查和治疗，吃怡诺思和思瑞康之后，才有所好转。就在这时候，我的女友又来了，和我一起住在病房里，她的这一份体贴，让我觉得了安慰。

三天后，他们父女两个终于走了，这使我如释重负，觉得了一阵无与伦比的轻松。到这时候，我才发现，自己如此贪恋一个人的时光。这时候，我就想，这样何止是好，简直太好了。对于亲人，有需要我的时候，你们就电话来或者人来；不需要我的时候，你们可以当我不存在。

儿子是我应当主动关心和爱护的，可他有他妈妈。我一个月给他三千块钱，他马上是一个成年人了，在学校，有老师和同学，还有他自己的一些兴趣和想法，作为他的父亲，当儿子逐渐独立，对他的影响几近于零，甚至是负数。

进门，我就躺在沙发上，觉得了一片清静，好像整个世界与我没有任何关系，包括窗外的车声、人，哪怕是近在耳膜的警笛声……我只想躺下来，看着天花板发呆，或者对着手机屏幕，看那些似乎遥远实际上就在身边的人们在不知羞耻地作，道貌岸然地装，自以为是地讲，虚妄地想与演……相比这些，我更在意远方的苦难，以及深山老林里的清修，也总是觉得，苦难的人们才是最真实的世界和属于我们的"活着"。

我饿了。吃点什么呢？冰箱里还有一颗大白菜、一块猪肉，葱姜蒜从没断过，厨房里还有半袋大米……这就足够了，我一个人能吃多少呢？可当我起身，却发现，自己还是眩晕的，整个脑袋里好像只剩下了几根硬硬的骨头，或者像是一截扭结在一起的钢丝，其他的空空如也。

经验告诉我，我只能抓紧时间做饭吃饭，只要肚子饱了，眩晕和心悸就会随之减轻。我也知道，这是抑郁症引发的另一个表现：暴饮暴食。这对胃肠的伤害很大。按照中医理论，人的身体也是一个小型宇宙，需要的是各方面的平衡与对等，任何一个器官出了问题，其他器官也会受到牵连。

我洗菜，拿刀切的时候，才发现自己整个身体都在颤抖，而且很厉害。这样的情况已经发生很多次了。在我极端痛苦的时候，每当看到菜刀，就会想到自杀，流溢的鲜血和扭曲的表情。还有几次，我一个人在家里大声号啕，想起自己对于爱情和家庭的信仰，自身的孤单与病痛的折磨，真的想翻转刀刃，结果了自己。那时候，我脑子里响起的，还是"你还有老娘，还有儿子，你不能死，坚决不能死"的呼喊声。每次听到那个声音在内心回旋好几遍，我才会放下菜刀。

哎呀，手指猛然地疼，让我惊叫出声。果不其然，切到了手指，一块黄豆大小的肉悬悬欲掉，紫红的鲜血先是挤在一起，慢慢饱胀，然后决口、下滴。

家里一直备有创可贴、医用酒精棉和纱布等，洗洗，血随着清水进入下水道，这令我不自觉地想起看过的恐怖片，如《黑夜传说》《刀锋战士》《致命弯道》《隔山有眼》《吸血鬼猎人林肯》等等。我想,地下管道里,该不会也有那些暗黑中生活的吸血鬼和狼人吧?

我找来酒精棉,擦拭,再用创可贴包扎。然后再去切菜。首先清理掉那些被鲜血玷污了的部分,再洗一次,然后下锅炒。

吃完就洗涮,这是我多年的习惯。还和前妻在一起的时候,她做饭,我来洗碗。其实我也愿意下厨,可是她并不喜欢我做的菜。这时候,才觉得了手指内隐隐地疼,像一支急于冲破障碍的箭矢。——多年之前,当木匠的四表哥使用电刨子的时候,我拿着一根木头也放上去,一不小心,右手无名指就被电刨子咬了一下,一块肉翻卷,白森森的,过了将近一秒钟,鲜血才流出。

人的一生中悬念太多了,其中以肉身的猝然被伤害为最多,而人所依赖的,灵魂和精神能够明确感知愉悦和痛苦的,也是这看起来有些琐碎、卑劣、无耻,且需要不断喂养和维护的肉身。

双人床,那么宽,我睡着睡着,就斜了,或者头尾倒了。这是少小时候经常发生的事情,婚姻之中,这种情况几乎再没有发生过。现在,我又是一个人了,我的身体在无意识中无羁起来。这令我感到兴奋,有一种返老还童的感觉。每天晚上早早睡下,早上醒来的时候,觉得很轻松。我渐渐意识到,睡眠真的是对身体的一种聊胜于无的修复。

走在街道上,继续看人,这样那样的,也时常站在红绿灯下,为自己感到担心，也为其他人心怀忧惧。我在内心祈祷，让所有的人都好好的吧，不要有悬念，以及悬念之后的种种创痛，尽量平安、平淡、平常，就像此时此刻，我出门一天，晚上按时回家。众人奔忙劳苦，多数人的生活和内心是苦难、琐碎、纠结不安的，而每个人真正需要和觉得心有安慰的，莫过于跟随时间慢慢老去，在世上和人群中，亮出自己的身影，然后悄然隐去。

中年的乡愁

他坐在阴凉里，一棵大槐树投下的阴影，吸引了一堆人。我走过去，他说，献平回来了，去家里吧！我急忙上前，叫了他一声姐夫，说去看看姈子，一会儿有空去。这其实是典型的客套话。他也知道我，现在不会去他们家了。我掏出香烟，给他点了一根，他抽了一口，抬起尖长而皱纹满满的脸，问我说，现在在哪儿上班？几个孩子了？我说，还在成都，还是只有一个儿子。他说，能生再生一个吧！听了他这话，我尴尬地笑了一下，冲他点了点头，然后向他告别，转过身，我的鼻子一酸，眼泪就跑出来了。

这村子是母亲娘家所在。可我一出生，就没见过姥姥姥爷。见得最多的是大舅大妗子、二舅二妗子。再后来，我越长越大，大舅去世了，接着，大妗子也没了，再后来是二舅故去。现在剩下的，仅只二妗子和表哥表嫂及他们的孙辈们。在亲戚不断去世的过程中，我真切地感受到了时间的残酷，生命的不堪一击和大地容纳万物的仁慈。这是人的宿命，也是万物之终极所在。因此，每次回南太行老家，我都要去看望上了年纪的亲戚。他们越来越老，也越来越少。

从我们村到母亲娘家，也只有五里地。我们的村子小，大都以姓氏为单位，三五十户地分散在各个山坳里。母亲娘家的村子处在群山之开阔处，因为聚居的人多，各种条件相对便利。说起我们的时候，一律不叫我们村的名字，统称山里头的。语气里面多的是鄙夷和不屑。这里的人家，一般轻易不会把闺女嫁到我们山里人。多年后的现在，我也人到中年了，每次回家，便悄然发现，以前是我们村的闺女们往人家大村里跑，现在则也有大村的闺女们钻到我们山圪崂里来了。

2018年，我母亲也七十岁了，自从前几年张罗了一次生日之后，按照乡俗，既然过了一次，就得年年过，否则会对老人不好。这当然是迷信的说法，其中也包含了乡人的俗世经验。作为农村子弟，无论走到哪里，思想再解放，也不会忽视乡间的民俗和某种带有谶语性质的告诫。母亲的生日在夏天，我从成都返回。给她过了生日，又去母亲娘家看望二妗子。尽管只剩下妗子，又没有血缘关系，但她毕竟是舅舅的媳妇。从某种意义上讲，妗子就代替了舅舅。妗子的村子位于整个大村之北一面崎岖不平的山地上，横七竖八的石头房子堆在上面，都已经陈旧不堪。村边临河的砂石地上，高高的一道拦河坝里面，散落着一溜崭新的新式楼房。

就在这个村子，某年冬天，雪下得都快掩住窗户了，一户人家门前披红挂绿，一看就知道要娶亲了。次日，两个闺女从不同家门一同走进了这户人家。娶亲的人，就是大舅和二舅。亲兄弟两个同一天娶亲，这是不合规矩的。但姥姥姥爷因为穷，使得不合规矩的事也顺理成章。可没想到，新婚凌晨，大舅二舅同时娶的媳妇却双双去世了。多年后，听到这个消息，我震惊莫名。母亲只是解释说，可能是乱了规矩，出事了！这其中，也有一些诡异玄怪的意味。几年后，大舅与邻村一个寡妇结婚，二舅仍旧找了一个黄花闺女。人生的某些现象和际遇，很多时候充满玄异。而每个人起初的家庭基础，则从某种程度上成了左右其一生命运的杠杆。

二妗子依旧住在他和二舅结婚时候的房子里。见我来，很热情，招呼我去家里，又张罗着给我做饭。我婉拒了，放下东西，站在屋地上，掏出一支香烟点着，就要落座，却发现，正墙上的玻璃镜框周边的缝隙里插满了照片。其中二舅的最多。年轻时候，二舅绝对是一个美男子，眼神周正，神情欣然，还一脸的骄傲和威严。至六十多岁时，才显得老迈沧桑。二舅照片的一边，还有一张大舅的照片，都是黑白的。相比二舅，大舅的神情则显得悲苦一些，一个方脸男人，有几道抬头纹，大大的眼睛里装满忧虑，满脸都挂着人生的某种不痛快。我叹息一声，脑海里迅速涌现两位舅舅在世时的模样。

他哈哈笑着，老远就快步上来抱起我，用硬胡子扎我的脸，亲我。我叫舅舅，他也哈哈笑着答应。我依稀记得，有一次在一个陌生的山间，两道山岭之间，是层层叠叠的田地。近坡的地边，有很多大柿子树，叶子大而青翠。我刚走到一块地边，一个头包白毛巾的男人放下镢头，咧着嘴，哈哈笑着快步走过来，再次抱起我。

我一直以为那个人是我姥爷，心里也把他当成了姥爷。有一次和母亲说起，母亲却告诉我那是大舅。她还说，那时候你姥姥姥爷死了。其中，你姥姥去山西逃荒时，到左权大南庄村的时候，不小心被蛇咬了，全身黑肿，差点要了命。在山西待了几年，刚搬回来，你姥姥就没了。第二年，你姥爷也没了。

母亲这种概括性的告知，总使得我有一种眩晕感。即一个人的脑袋在光阴之中尽力捕捉某些不确定影像的仓促和无力。生于1970年代以后的人，对于饥荒和逃荒，乃至长辈们所说的苦难岁月和具体情境，完全是陌生的。这种无意的漠视，其实是对祖辈和父辈之苦难的不尊重，也使得我们在很多时候，被稍微宽裕的环境一点点腐化，逐渐成为"天下太平""消费苦难"群体中的一员。母亲还说，她那时候才十二岁，跟着大人往山西逃荒路上，在摩天岭，即今河北武安和山西左权的界山深沟里，看到了饿死在半路上的人，成群的乌鸦和黑老鹰蹲在树皮都被人剥光的树枝上呱呱叫喊，甚至还有一大堆的鹰和乌鸦，围着死人一口一口地啄。

尽管如此，除了乍感阴森之外，对于逃荒的具体场景，我还是没概念。脑子里那些残续的影像也模模糊糊,摇晃不定。道听途说的苦难总是让人怀疑,因为我们不曾亲身领受。对苦难的遗忘乃至各种方式的消解,导致了苦难的无限重复。饥荒这类最为摧残人的肉身和精神的灾难,历史上从没断绝过。我们这代人,尽管没有受到过什么大的苦难,可是苦难从来就没放过我们,如战争、洪涝、地震,以及各种各样的事故,尽管面积小,受难者相对较少,但依旧是人类的苦难。

和二妗子聊了一会儿,出门。那是一座上下院子,中间是一座石头楼房。从前,大舅就住在上面的房子里。每年过年,我们这些外甥大年初二必定去舅舅家拜年。大舅看到我们,还是哈哈大笑,脸上尽是喜悦。二舅则冷冰冰的,看到我们就当没看到。我们叫舅舅,他只是嗯一声,再不和我们多说一句话。母亲说,大舅生来脾气就好。二舅作为大队支书的时候,因为脾气暴躁,很多事情都没处理好,大舅就劝他,并且教他怎么做。但二舅的正直却是远近闻名。我在他们村读中学的时候,我一说自己名字,很多人都知道我是大舅、二舅的外甥。从他们的言谈神情当中,我能感觉到,大舅、二舅在乡人心里还是有些分量的。在乡村,这种分量完全来自人品,诸如处事的公道、为人的正派、对邻里乡亲的友善与帮助等等。

其实,大舅具备了乡贤的特征,因为其没有相应的权利和财富,使得他的好,影响面小了一些。据大姨、母亲和小姨说,她们婚后,对她们尽心帮衬的,就是大舅。不论是起房盖屋,还是孩子们娶媳妇。我清楚记得，我们家修第一座新房的时候，大梁就是大舅帮着从外县买回来的，而且一天没吃一口饭。现在说起来，母亲都泪眼婆娑。我也觉得，大舅的好让我在他身上找到了姥爷的感觉。而现在，大舅住过的房子已经蛛网遍布，锁子都锈得找不到锁孔了。我上了中间的石阶，走到大舅门前。黑木板门紧闭着，上面的对联因为风吹日晒，早就模糊不清了。我从门缝里往里看了看，黑洞洞的，还有一股呛人的灰尘气息扑鼻而来。

从前，大舅就在这房子里，招待我们这些外甥。那时候，大妗子的脾气不好，又不是亲的，对我们这些外甥子多半不喜欢，大舅就极力讨大妗子欢心，希望她能在我们来到家里时，给个好脸色。那时候，我不知道大舅的心病，只觉得，大妗子的脸色好起来的时候红成朱砂，冷起来就成了一锅冰，很多时候我不愿意去大舅家。就在我当兵第三年冬天的某一天，大舅却从房上摔到后巷道里，被人发现，已经没气了。时年六十九岁。大舅的死，对我来说，是人生第一次打击。我在家的时候，母亲一直让我没事去看望大舅，我怕大舅训斥我不争气，又不愿意看大妗子的脸色，每次都借故不去。

从二妗子家出来，再去小姨家。因为小姨和我母亲乃至去世的大姨关系甚好。聊起天来，小姨告诉我。多年前，她在家里受了委屈，爹娘不在了，就去找大舅。大舅把她解劝一顿，她心就好受了。大舅不在了，她心里有了疙瘩，没处说，就跑到姥姥姥爷的坟上哭一顿。小姨还告诉我，我母亲、我大姨都是这样。大舅没了，娘家也就没了。说起来很奇怪，大舅死之前，二舅因为房子分配问题和大舅吵架，在院子里跳着脚指着大舅鼻子骂。大舅突然死去后，二舅嗷的一声，哭个昏天黑地，一个月后，因为脑血栓而瘫痪在床，慢慢变得神志不清。

我流下泪来，大姨、我娘和小姨去姥姥姥爷坟上哭，让我心疼，也忽然觉得人生的沉重。一个人在世上有亲人，哪怕不帮忙，只是容纳和倾听自己的倾诉，那该是怎样的一种幸福？小姨还告诉我，我母亲没事就往二妗子那里跑。去得多了，二妗子和表哥表嫂就觉得厌烦，态度也不好。小姨就去劝我娘说，没事就不要往人家那儿跑了呗！我娘说，咋能不去，那是咱娘家。俺回去不是看她（指二妗子），是想咱爹娘和哥哥。三天不去，心里就像猫抓一样难受。母亲三姐妹的这种做法，其实也在寻根。或者说，她们始终记得自己的来处，也始终以自己的来处为精神依归。我以前觉得，女人是无根的。可现在看来，每个人都能确切地记住自己的生身之地和生身之人，也都对这人和地保持了原生般的纯粹情感。当父母和爱护自己的哥哥姐姐不在了，人生的空虚是无以弥补的。

说着，小姨就抹眼泪。我劝了她几句。小姨红着眼睛叹息说，没法，人活到啥时候也是个死！爹娘永远在，那该是啥样的福气！我也叹息一声，对小姨说，去二妗子家时，我见到了玉平姐夫，叫我去家里。小姨说，玉平也是个好孩子，可是也真可怜啊！

所谓玉平姐夫,就是我开头提到的那个人。他是我大姨的女婿。我十五岁时候,表姐嫁给了他。后来生了两个闺女、一个儿子。儿子长到十七岁,学习成绩在学校拔头筹。村里人找他算个什么账目,那孩子一张口就能说出结果,一点不差。村人都叫他小秀才。按照辈分,那孩子也叫我舅舅。因为大姨、小姨和我母亲姐妹关系一直很好,每年春节,表姐和玉平姐夫就带着孩子们去我们家拜年。见到我,那小子活泼伶俐,爱和我玩闹。说起话来口齿伶俐,脑袋一转就是一堆小主意。我也特别喜欢他。可是,2006年秋季,大姨带着表姐和几个孙子孙女去邻县帮四表哥收秋,路上三轮车翻了,表姐和她儿子当场去世,大姨头部严重受伤,其他几个不是断胳膊就是断腿。如此巨大的悲剧,在南太行方圆百里数十座的村庄里,百年以来第一桩。我听到消息,正在西北的巴丹吉林沙漠服役,那种震惊无以言表,整个人打哆嗦,语无伦次,几乎大喊着对母亲和小姨说,尽力救治大姨,花多少钱我出!

事实上,从我步出南太行的那一天起,我就应当预料到这样的情景:每一次回去,可能就会有一个人不见了,由熟悉的门楣转到了村外的荒野里。可是年少时,根本不想这些事情。潜意识觉得,人应当是很坚韧的,不是一时半会儿就可以被时光机器榨干收割掉的。可我怎么也不会想到,从大舅的突然离去开始,我的亲人便先后开始了死亡之旅。

听到大舅的死讯,在沙漠,我哭了,然趁着冬天的月光,到围墙外的戈壁滩上狼一样吼叫了几声。不一会儿，眼泪和鼻涕，就结成了冰。躺在多人宿舍，我怎么也想不通，上次回家，大舅还好好的，怎么一下子就没了呢？这里面，肯定蕴藏了某种秘密，而这个秘密的核心，也可以叫作命运，也可以称之为意外。可是，为什么有的人八九十岁还健在，为什么一些人正值壮年就没了，还有更甚的，是无端的夭折和事故，就像中年的表姐和她唯一的正值少年的儿子。

2002年夏天，病了一年多的奶奶也走了。此前十年，爷爷在一个中午猝然离世。爷爷是我们家在我刚成年离开的第一个人。他是有学问的人，四书五经倒背如流。多年后，他还能背诵马克思、列宁、毛泽东等人的文章片段。我不知道他为什么把那些文字记得那么牢和长久。他只告诉我，家里的古书都被抄走了。爷爷也是乐于为我讲故事的人。村庄的过去乃至我们家族的源流，我的了解大都来自爷爷。可惜，他在中年时候患白内障眼睛失明。父亲哭得昏天黑地，我则一滴眼泪都没掉。不是我心里不悲伤，而是觉得这好像是虚幻的、是梦境。

按照乡俗，人死之后，要停灵三天。我和父亲、母亲跪在爷爷的棺材面前，心里却想着，这个人怎么一下子就没了呢？多年之后，我去姑姑家，姑姑说，我爷爷去世之前，在他们家住着。那是冬天，爷爷在院子里晒太阳，姑夫突然发现，爷爷的后脖筋不见了。当晚，他们家的狗和邻居的狗疯狂撕咬。姑夫起来看，除了狗叫，什么都没有。爷爷返回我们村后，邻居的狗也如此这般。

在乡间，总有很多现象令人无法理解。这种带有原始意味的灵异事件，总是能够使人想入非非。其实这也是文化，其中融合了人在蒙昧时期乃至对生命现象漫长观察中的体会发现，以及经验的总结提炼。

新的一座坟头立起来了，在古老的坟地。爷爷坟头之后的巨大坟茔肯定是我们村先祖的，可除了几个人知道他们的名字，很多人都忘记了。相对于江浙粤闽一带，北方的汉族人本质上血统不够纯正，再加上边疆的战乱和朝廷的移民活动，使得很多人无从保存和记取自己的家族源流。说起来，笼而统之，其说不详。

奶奶走后，我一想，她和爷爷去世隔了整整十年。哦，十年。在这个数字面前，我脑袋一片空洞，好像这十年是一个吓人的怪兽，面目狰狞，令人胆寒。一年多后，我去给他们上坟。每一次，都事先买好两包香烟，插满他们的坟头。爷爷奶奶都是抽烟的。我想他们即使到了另一个世界，这个嗜好还是无法改变。袅袅青烟，升上空中，而烟嘴则逐渐地归于地下。这一情景，让我觉得，人其实就像一支香烟。实体的部分是肉身和俗世的生活，而那些烟，就是灵魂。它们连接着天和地，往生和今世与来生，也连接着逝者与生者、祖先和后人。

冬天，北方的山野尤其空旷，到处都是枯焦。天更高了，地更广阔了，一个村子和一群坟茔在其中，还不如一座土包看得顺眼，富有趣味。每次回乡，我都震惊于某个人的去世。他们的倏然不见，让我觉得好像有刀子在我身上砍了一刀。大姨车祸脑子坏了，以前胖胖的一个人，几个月后瘦如干柴，直到她死去，仿佛不知道她的女儿和外孙子早就没了，一句都没提表姐娘俩。但大姨会记得我母亲和小姨。她两个妹妹一天不去，她就让表哥去喊我娘和小姨赶紧来，来得慢了，大姨就哭，就骂我娘和小姨不管她。

姐妹在这里体现的情义，超越了母子和母女。我感到奇怪，但也正常。一个人，最终所惦念的人，一定是她最信赖和最爱的，这令人安慰，也令人悲伤。老人们常说，临老了谁知道谁能指望得上？这句话里，充满了对自己临终的忧虑，也对子女的孝心表示怀疑。人说养儿养老，其实很多时候未必。兄弟姐妹，有时候超越这种直系的传承。就在大姨去世前二十年，她的第二个儿子——我的二表哥，在某个春天上吊自杀了，大姨哭得大小便失禁，也是我母亲和小姨陪着她度过了那段难挨的时光。但令人惊异的是，大姨去世前一年，笃信基督教、精神分裂的大表哥从山坡上滚下去死了。再后来，大姨夫也在某个夜晚无疾而终。

大姨一家的命运，让我看到了某种极致的残酷性，即灾难有时候不是分散性的，而是集束性的。表姐和她儿子的去世，致使本来就三代单传的玉平姐夫没了儿子。小姨告诉我，表姐和她儿子去世后，玉平姐夫又花钱买了一个别人家的男孩，用来传承香火。我想起玉平姐夫的样子，那种愁苦、那种人生的无奈与悲凉，全然写在了他五十多岁的脸上。他人本来就瘦小，现在基本上又缩了，走路的样子像是一个老太太，弓腰驼背。我看着他，心里是无边地疼。表姐还在的时候,每年春节到舅舅家拜年,我们都要再去他们家拜年。

自从没了表姐和她儿子,再加上玉平姐夫与大姨家的三表哥闹得很僵,我和弟弟后来再也没有去过玉平姐夫家。在街上遇到,他和我打招呼,让去他家里,这其实是乡间最常见的客套话。可是我每次都会喊他姐夫。看到他,想到惨死的表姐和他们的儿子,只觉得人生的残酷其实随时可见。只不过我们常常顾及了更多的人,而对具体人的苦难视而不见,或者说只是个体和个案。可是对于受难者来说,那些苦难就是他们的全部啊!幸好,还有两个女儿跟着玉平姐夫,这对于中年丧子的玉平姐夫来说,有亲生两个闺女在身边,也是一种安慰。

大姨去世后第二年,我带着妻儿回去,还和小姨一起,去到了大姨坟前。在高高的山坡上,大姨和大姨夫埋在了一起。前面是他们的大儿子和二儿子。在寒冷吹风的山冈,我想哭,可是也哭不出来。其实,大姨就像我姥姥一样,小的时候,我们家距离学校近,可我还是要跑到大姨家去吃住。大姨孩子多,可一次都没嫌弃过我。每次我们家有事,大姨听到就跑来,陪着我娘。小姨也是。她们三姐妹的情和义,让我看到了人间最好的情感,以及人生在某些时候的支持和安慰。

2009年,我父亲去世,凌晨回到家,虽然心里悲伤,可我还是哭不出来。直到下葬的时候,我才放声哭出来。为此,二妗子和小姨劝我说，要放开哭，让别人知道你孝顺。我低头答应，可还是哭不出来。父亲就要被转到坟地里去了，不知怎么了，我哭得鼻涕眼泪乱飞，堵在心里的一团硬疙瘩气球一样炸开，我哭苦命的父亲、受罪的父亲、我还没有来得及报答的父亲。

　　埋葬了父亲，一切都空了，尤其是我的身心，觉得自己好像孤立于风口的树，浑身上下都被一种莫名的寒冷所包围，以至于父亲去世十多年后的现在，每次想起他，眼前就出现了瘦长脸、胡子花白、腰身严重失衡的老人，用那一双忧郁而又像是乞求的眼睛看着我。事实上，父亲还在的时候，我没有怎么爱戴他。尤其是小时候，父亲少言寡语，对什么事情都采取沉默或者躲避的方式来消解。他的老实使得母亲常常发火，骂他，甚至冲上来厮打他。父亲不吭声，打就打，骂就骂。然后不吃饭，就去地里干活。待我娶了媳妇，有了孩子，忽然发现，父亲很聪明，属于大智若愚的那种人。他和谁都不争。我记得，临去世前一个月，父亲说了一番话，让我觉得这个外表看起来老实的人，其实早已经看透了人心和人性。父亲说，咱家人，就是太要强。本来就势单力薄，明知争不过别人，就不要争，即使争来了也守不住，不如不争，少说话，让别人去争，他们争了，我们就会清净点，孩子大人就会活得自在点儿。父亲还说，过日子，不是争就能过得好，争来的，好的还好，坏的迟早会全部丢了，还不如不争的，正干（走正路的意思）来的那些牢靠。父亲的这些话，颇有《道德经》的意味。其实他只会写阿拉伯数字和自己的名字。

由此看，父亲也懂得生存和生活是一个智慧活儿，尤其是在依旧充满原始暴力意识的乡村社会。人和人之间的关系，都是以得失、多少、强弱、众寡为基本衡量单位，并且以权和财为唯一方向和目标。如对官的崇拜（其中又夹杂了功利主义的崇学意识）和对富起来那些人的天然性畏惧与敬拜心理。倘若势均力敌，他们会选择更弱的一方，进行各种必要和不必要的压榨和剥夺，借此来充实自己，在乡人面前提高自己的"声望"，并且用这样的方式来震慑其他乡里乡亲。

弱者丧失的不仅仅是生存的利益和尊严，还有他们精神的创痕。在乡间，外人三五日所能看到的，都是表象。因此，在很多时候，我反对美化乡村，并且认为那是极其不道德的。离开南太行故乡最初几年，我总是觉得唯有我们村庄的人相互压榨、强欺弱、多欺少、利欺穷等等，多年之后，我才忽然发现，天底下的人群都是同样的。从某种意义上来说，人唯有对同类施虐、施暴才能获得最高的满足感，也唯有在人群中树立自己"不是软茬"的公众形象，才能使得其他人望而生畏，处处让自己三分。

父亲去世后一年，姑夫也去世了。相对于父亲，姑夫是精致的利己主义者，做农民但一辈子不下地。虽家境一般，但在村里很有声望。我也知道，姑夫从内心是看不起我的父亲母亲的。两家关系处得不好。我的原则是，大人之间的矛盾，我们做晚辈的一般不掺和进去。但叫我气恼的是，父亲去世后，姑夫只是来我家门口坐了一会儿，和其他人开了几个玩笑就走了。我父亲下葬时候，他坐在家里，还要我和弟弟去请他。由此，我觉得姑夫做事有些过分。那种对逝者的不尊重，我父亲还是姑姑的亲哥哥。作为妹夫，悲伤不悲伤无所谓，但人前说话做事，让我觉得他的无趣乃至内心的冷酷。

内心有温度的人，是令人尊敬的。如对他人的帮助、理解和支持，物伤其类，对同类生命的消失的悲切。由此，我再一次确认，人和人的巨大分野就在于是不是尊重他人生命，心里边是不是有他人的存在。可是，我们总是会遇到一些生性就很冷酷的人，他们看起来在俗世中生活得如鱼得水，处处都是朋友，可是他们的内心里却储满了冰雪与寒风。然而，按照民间的说法，人去世，生前的一切都将一笔勾销。爱恨已经没有了任何意义。再者，"死者为大"。我觉得这个传统尤其好。

到2019年，我在外已经28年了。从十八岁开始，一个人就开始了不断地出乡与返乡的人生长旅。于我而言，外，虽然有具体的地方，如从前的巴丹吉林沙漠军营和现在的成都市区。两者地貌地形和人文、风俗等等皆不相同。无论是在沙漠，还是在闹市，我感觉都很好。起码，我可以忍受并且逐渐地热爱，并且与它们融为一体，进而喜欢起它们的历史文化和人情风物。排斥对我来说是不存在的。大地上的人群，无论在哪个地域，都是同胞。但相对而言，成都因其历史上多次移民，从而形成了较好的包容特性。而北方人群的领地意识还是比较强，很介意外来者的加入。这一点，大抵是游牧民族侵袭过多与杂交的结果。

对于故乡，具体说是太行山乡村，我命名并一再书写的南太行乡域，我总是不满多于满意。这些年来，一个在外的人，最渴望是看到故乡的逐渐开放，尤其是思想、思维和行事作为上，比如纠正窝里斗、欺弱怕强、媚官媚富的劣根性，因地制宜地做好新农村的建设。这里面，绝不仅仅是年平均收入、楼房遍地、道路硬化这些硬件的改变，重要的是人文，即乡村人文明素养的全面提升。

或许有人会说，这需要一个过程。而我却觉得，我们都没做，再长的时间又有什么用呢？作为一个农民子弟，在深山出生，尔后又多次迁徙，从西北到西南，期间改变的不仅仅是个人的现实生活，还有年纪。因此，每次回乡，我都觉得悲伤，那种悲伤犹如整齐的铡刀，一次次把人像草木那样切割。一个，一个，一茬，一茬，永无穷尽，也丝毫不停歇。本来枝蔓绵长、丰茂的亲人之间成为黄土中人。除了坟头，再也不能见到他们，和他们说话了。

对于人类，时间就像切西瓜一样，今日一块，明日一瓣，宛若凌迟。具体到我，从祖父去世开始，家族和亲戚中人就开始凋零了。当我回去，原先柴烟弥散、清水满缸的房屋就成了哑巴，一把大锁子锁住了曾经主人的过往，也断绝了他们重回这个家的道路。凑巧的是，大姨、大姨夫和他们两个儿子的坟茔居然和姑夫的新坟距离很近，就在我们村去往邻县的路边。每次回去，我路过的时候，即使炎炎夏日，也觉得凉意森森。脑子里不由映现他们的音容笑貌。想起他们和我的某些细节，均栩栩如生，感到亲切。看到他们的坟，却又感到恐惧、悲伤。因此，对剩下的几位亲戚，我格外看重，无论以前关系好坏，每次回到家，哪怕是仅隔了一个月，也都要再去看望他们。

人之老，其中也包括我。对于一个常年在外乡的人来说，父母就是自己的根，而且无法撼动，永世不变。而更绵长的根，则是祖父祖母以及他们的父母、父母的父母。一个人的来处那么遥远，期间多少次开枝散叶，最终才有了我和我们？常在一处生活的人不觉得这些有什么不好，或者有什么意义。对于我这样的，根在何处，就显得特别重要。一个人必须要时刻提醒自己，明确自己的根的方向。照实说，我一方面惊惧于时间对自己的消磨与摧残，另一方面惋惜亲人去得太快。这里面，一个自私的想法是，亲人在的越多，或者说他们活得越是长久，对于我来说，就是精神上的依靠。因为，潜意识里都觉得，死亡最先拿走的，肯定是年岁最长的人。

对于南太行故乡，我之萦绕不散的情感，犹如森林里那穿梭回荡的风声。可是，更令我感到忧虑的，却是关于故乡的另一些。前些年，就在两位舅舅和玉平姐夫的村子，一个光棍半夜号叫。听声音，是有人在打他。可是，因为他单身一人。虽然有人听到了，可是没有一个人出来查看一下到底是什么情况。直到次日凌晨，他被发现已经死在了自家的门槛上。远房后代出于家族情谊，出面将之收殓后，直接埋葬。还有一件事，傍晚时分，邻村一户人家的媳妇和十八岁的女儿在家里吃饭，因为省电，而没开灯。一人突然闯入,抡起镢头,将母女二人砸得脑浆都流出来了,成了植物人。抓了几个嫌疑人,但后来都又放了回来,至今仍是无头案。

这种无来由的伤害,暴力、血腥,且没有任何惩罚,甚至连谁做的都不知道。所有的都是私下猜测。这些事件的恶劣程度,已经超出了亿万人可以接受的范畴。如果是熟人之间的伤害和杀害,那更其可怕。如果是陌生者施暴,他们又逃往哪里?他们的良知能够安宁吗?直到现在,每次回家,我都会听到一些奇怪的事件,如小孩的失踪、某个人不明就里的死亡、婚姻两家仇怨的杀戮和暗中算计、因为财产兄弟姐妹反目成仇、车祸之后的各种纠葛……每一个人群都是不平静的。就像我对故乡南太行的情感,那种愁怨与渴望,就像雾水一样,时时弥散、蒸腾,让我的内心和灵魂不得安宁。再者,我们这样的农村子弟,结婚一般都是在外地,外地的妻子,孩子也在外地出生和长大……等他们长大了之后,还会不会认同他父亲的根?会不会像他们父亲母亲一样,一次次地往返于自己的故乡呢?如果没有,这种断裂,可能是最大的悲剧吧。迁徙之后的人,或许,从一开始,他们的根就被悬空了。

最深的乡愁莫过于此。即使在乡村,进城已经成为时尚,或说男方娶媳妇的时候,在城里有房,已经成了女方的硬性条件之一。即使没有能力进城的人,也不得不省吃俭用在城里买房。现在的村庄,余下的都是老迈的父母辈儿的人了,到处都是荒草,以前热闹的院落,已经被灰尘和寂静攻陷。村庄和坟茔遥遥相望,在各自的地方,从形式上开始接近,也从精神上趋于一致。正如里尔克命名为《孤寂》的诗歌:"孤寂好似一场雨。/它迎着黄昏,从海上升起;/它从遥远偏僻的旷野飘来,/飘向它长久栖息的天空,/从天空才降临到城里。//孤寂的雨下个不停,/在深巷里昏暗的黎明,/当一无所获的身躯分离开来,/失望悲哀,各奔东西;/当彼此仇恨的人们/不得不睡在一起:/这时孤寂如同江河,铺盖大地……"(杨武能译)

中年的诗歌

十多年前,我就读到了那首诗。当时的震惊无以言表,只觉得全身发颤,有一种宛若冰刀的凉意席卷全身。当然,还有对卓越的艺术创造的赞叹。一个人居然可以觉悟到用语言的方式去洞彻和告诫自己,并且使得他人也在其中深受震动,强烈共鸣,这似乎才是世上堪称伟大的事情。那首诗题目是《界限》,作者是阿根廷的博尔赫斯,一个年老眼盲的天才作家诗人。"有一行爱尔兰的诗句,我已回忆不起/有一条邻近的街道,是我双脚的禁地/有一面镜子,最后一次望见我/有一扇门,我在世界尽头将它关闭/在我图书馆的藏书中,有几本我再也不会翻开/今年夏天,我将五十岁了;/死亡消磨着我,永不停息。"

三十出头的男人,对此诗的理解,一方面觉得时间在万物身上的刑罚与残酷，另一方面则觉得人能感应这种感受并且能如此卓异地写出来，肯定有一种无与伦比的天赋。但是，这十多年来，我极力回避或者不愿意看到这首诗的最后一句。就像一个罪犯，不愿俯首认罪那样。那时候，我还在巴丹吉林沙漠，偶尔一次去北京，听作家聊天，言必称博尔赫斯，暗暗称羡。特意去了一次三联书店，找到博尔赫斯的书籍，一股脑地买了，背到河北太行山老家，又转运到巴丹吉林沙漠。

事实上，我对博尔赫斯的阅读完全是表面化的，尽管每一本都读了，但没有觉得出所以然来。只是他的诗歌包括译者王永年，则深深刻在了脑海里。想来也是，一个三十出头的人，尽管觉得死亡还遥远，一时半会儿还不会发生，但对于这个"终极"的恐惧感从小就很强烈。因此，在一些场合，尤其是诗人们的酒肉饭局上，我只是朗诵或者背诵前面的那些句子。尽管前面的也令人心生悲凉，但不至于受到最后一句的雷霆之击。可是，人生到了中年之后，我才发现，很多事情是无法回避的。

要说起诗歌之于我，或者我之于诗歌。其渊源既有偶然性，也有必然性。我还记得，我人生的第一首诗歌是在老家那座小屋里写的。南太行乡村民居，多是敞开的，不加任何围墙，是"夜不闭户"的最真实写照。只不过，从我记事起，那个村庄就从来没有做到夜不闭户，更别提路不拾遗了。我们家主房一侧的小屋，是用来存放粮食和农具的，当然还有其他家什。有一段时间，那间小屋归我所有，无非是加了一张床，抱来一些被褥，除了吃饭，复习功课和睡觉都在那里。一个十五岁的男孩确实该有自己的一间屋了。彼时的乡村，万元户的风潮被越来越多暴富的人代替。归于自家的田地和林坡，在个人的尽心侍弄下变得欣欣向荣，只是靠天吃饭还是山区人从古至今的宿命。那一年夏天，庄稼正在抽穗，却旱得连河边的蒿草都缩到地上去了。大人们着急，有的咒天骂地，焦灼得嘴唇出血，我却在放学路上气喘吁吁地追上同学赵晓敏，上气不接下气地向他请教了一件事。

赵晓敏属于那种沉默少言但很有主见的人，而且富有行动力。有一次，邻村一户人家的牛跑到他们家地里，美美地吃了一顿嫩玉米苗，恰好被赵晓敏看到。这小子一言不发，从地上捡起两块长条石头，走到牛跟前，三下五除二，就把牛的两只角砸掉了。那牛痛得哞的一声，仓皇窜出了赵晓敏家的玉米地，沿路草叶上甩了好些猩红色。缓了口气，我说，要是你喜欢上了一个女的，你会怎么做？赵晓敏斜着眼睛，不屑地看了我一眼。他没吭声，反而加快了脚步。我快步追上，对他说，晓敏哥，实话说吧，喜欢上女人的人，就是你兄弟我。

我和赵晓敏属于同辈，且一个姓氏，住在一个村子。他长我几个月。听了我的话，赵晓敏放慢脚步，紧绷的脸缓和下来，看着我，一边走一边说，这就对了嘛，记住了，明人面前千万别说暗话。随后，他以智者的神态和口气，给我出了一个堪称绝妙且受益至今的主意。

人生某些事情，往往是无意中发生的。当天夜里，就着飞舞的微黄的灯泡和成群飞舞的蚊虫，我在那间小屋写下了人生第一首诗。"你像那丰美无边的草原／蝴蝶在上面翩翩，鸟儿衔着古老的泪水／在晴朗朗的空中，掉落在了你第一次的唇边……"斯时，正是20世纪80年代中期，席慕蓉、汪国真的青春短句与北岛、顾城们的朦胧诗竞相争艳，而我最喜欢的，还是席慕蓉"假如我来世上一遭／只为与你相聚一次"这一类。不久，我个人出大事了，朦胧诗也出大事了。

黑压压的课堂上，两只大手支叉在教课桌上，班主任本来就黑的脸，黑成了紫茄子。比他脸更黑的是他那副坐山雕似的口气。他说：是谁干的，他不主动站出来，今儿咱就谁也不要下课了。我缩在教室一角，在窗外蝉声轰鸣中，感觉自己就像一锅快要熬干了的开水。脑子在极端地打架。一个说，站出来，不能连累其他同学；另一个说，就这样缩着，别动。如此不知多长时间，我坚决不自告奋勇。无奈，班主任还是宣布下课了。当同学们一个个若无其事地走出教室，我才虚脱般地如梦初醒。几天后，我们去市区参加统考的时候，在街头报刊亭里，我买到了一本当时的《诗刊》还是《诗神》杂志，上面除了密密麻麻的诗歌，就是连篇累牍的关于朦胧诗的写作与讨论。

我个人的事情当然在学校不了了之，一个死不承认的男孩，临时性地在学校保住了面子，这件事却在村里流传开来，以至于许多家长都知道了这件事。而泄密者，正是我求教过的赵晓敏。我把鼻子气成四个孔也没用。学校本来就在乡村里面，不管村里还是学校，稍微有个马五牛六，就会蜜蜂采花一样地传播，而且传的都是"蜜"，即那种变形了或者浓缩了的东西。比如，村人说我这么小就开始动歪脑筋，屁大点就成了调戏女同学的流氓……来自家长不明就里的责骂和轻蔑，其杀伤力远远大于同学之间的调侃与嘲笑。与此同时，朦胧诗的遭遇明显比我好多了，至少还有拥护的。一方说，如此让人看不懂的诗歌显然是背离了青天白日下的文艺道路和方向，是对新诗的最大反动。另一方说，诗歌更应当与个人内心发生关系，用更丰富的语言让诗歌焕发出新的生机和活力，获取更广泛的意蕴与指向。

  我虽然不是很懂，可我还是坚定地站在朦胧诗一方。那时，我虽然喜欢席慕蓉、汪国真的诗歌，可觉得这样的诗歌，写的无非是大家都知道的人生经验和某些唯美想法，再把某些人和事物艺术化一点而已。而我觉得，真正的诗歌，就应当是："当蜘蛛网无情地查封了我的炉台／当灰烬的余烟叹息着贫困的悲哀／我依然固执地铺平失望的灰烬／用美丽的雪花写下：相信未来。"（食指《相信未来》）也应当是："我和无数，不能孵化的卵石，垒在一起。／蓝色的河溪爬来，把我们吞没，又悄悄吐出。／没有别的，只希望草能够延长，它的影子。"（顾城《微微的希望》）虽然我也不懂其中意思，但读这样的诗歌，我感到了自己的强烈心跳，且能够读后有一种萦绕不去、自觉思想的感觉。

  为了搞得清楚一点，我请村里小卖部的主人，一个曾经的文学爱好者，去市区进货的时候，给我捎回了刘再复的《性格组合论》、福斯特的《小说面面观》，还有古远清、孙光萱合著的《诗歌修辞学》等等。但也没有彻底搞清，只是觉得诗歌应当写得更有意思一点，不可以只是非此即彼，热烈得过分的赞美和抒情。初三时候，我说要买书，母亲给了我一百块钱，我委托乡文化站朱站长给我订阅了《诗神》《人民文学》杂志。一年后，同学们分道扬镳。促使我用诗歌向她表达的那个女同学考到了另一个中学。赵晓敏虽然性格沉着，主意甚多，但还是选择了走向广阔的社会。我呢，高不成低不就，去到了另一个不咋样的中学。中学在市区，这对于我这样的农家孩子来说，进城是十足的莽撞行为，为了进城而进城，至于以后如何，能不能由此而改头换面，心里是空落落的。先于过程而轻视结果，这是我有生以来的毛病。

在那所中学，我的作文被老师反复表扬了几次，且贴在了板报上。正在沾沾自喜，却在当地报纸副刊上读到了署名赵晓敏的诗歌。看到这个名字的瞬间，我的脑子轰了一声，炸炮一样。读完，觉得那首诗写得比我好得不止一丈，起码十丈。比如："月亮里，不劳动的嫦娥／长得再漂亮，也没有我娘勤劳。"这一句，当即把我打了一个心理上的倒栽葱，写得简直太好了。主要是立意新鲜。我想，一定是我们村的赵晓敏。后来躺在床上反反复复想，又觉得不可能是他。周末回家，没进自家门，就去了赵晓敏家。他妈妈却说，赵晓敏去市里和他哥哥一起开饭店了。躺在那间属于我的小屋里，我心急火燎，时不我待地想写出几句比署名赵晓敏的诗中更好的句子来。

那是深秋了，残叶被风从树上摘下来，在人间的土地上无目标地流荡。夜枭的叫声使得明晃晃的月光诡异又充满诗意。哦，至于什么是诗意，尽管我十六岁了，只知道概念，却不知道其真正为何物。也可能只是一种有别于寻常的感觉。尤其是诗歌这个东西，好像必须脱离地面，进入一种缥缈状态；不是不食人间烟火，而是要在大地人间当中，找到一种与天空云霓差不多变化多彩的东西。两者相结合，才能使得人眼前有物，思想有境，趣味被连番激起，进而产生一种余音绕梁的"空无而又实在的心灵效果"。就像山上滚下的石头、跃出水面的鱼、开在房里的花儿，还有屋檐下鸟儿筑巢的样子……这些可能幼稚，但却是我当时的真实想法。

那首诗果真是赵晓敏写的。知道真相之后，仔细想想也释然。倘若他自己不写诗，怎么会教我用写诗的方式去追喜欢的女同学呢？只是我蠢罢了。趁着周末，我特意去市区找到了赵晓敏和他哥赵晓林开的饭店。其实就是一个小的牛肉面馆。那一段时间，这个县级市的人特别喜欢吃牛肉面，一夜之间，遍地都是牛肉面馆，有的还在街边搭了棚子。"一阵风"是所有城市的病。赵晓敏正在甩着细小的膀子和面。有客人来，那小子居然也像模像样地做起了宽窄粗细的各式牛肉面。

见我进来，赵晓敏抬了一下眼皮。我几乎觍着脸快步走到他所在的案板前，还无限热切地叫了一声"哥"。赵晓敏一边揉面，一边让我坐下，口气硬得好像出口就成了铁。不一会儿，赵晓敏端着一碗细若发丝的牛肉面，嘭的一声放在我面前，然后说，吃吧！我有点害臊。忽然想，赵晓敏肯定把我也当成了其他的乡亲们，自己村里有人在市里开饭馆，有机会就来蹭顿饭吃。我弹跳起来，说，哥，俺不饿，不是来你这蹭饭吃的！赵晓敏脸色下拉，眼睛曳斜了一下，沉声说，谁说你来蹭饭吃啊，这不让你尝尝手艺嘛！咳，你这人……我一时无语，吃也不是，不吃更不是。

那是我印象最深的一次牛肉面，当时我是加了辣椒才吃下去的。直到现在，也觉得，没有辣椒的牛肉面是不好吃的。几年后，我去了西北的巴丹吉林沙漠。从吃的方面说，牛肉面几乎统治了整个西北，单位旁边就有，可是我一次都没吃过。工作之余，我继续不知所云地写诗，然后投稿。肯定是泥牛入海。斯时，互联网还在娘胎里，每次回到老家，就去大队部翻看当地的报纸，副刊一期一期地找，目的是要发现赵晓敏的诗歌。在我内心深处，赵晓敏就是我最大的敌手，也是激励我的主要动力。

这时候，我们都二十出头了。按照乡俗，早该结婚了，即使不结婚，也要找个对象定下来了。母亲说，村里只有我和赵晓敏两个剩下了，其他的，都有了老婆或者未婚妻。其中，我和赵晓敏的另一个同学朱如来结婚最早，孩子都能叫爹了。为此，父母和近亲都为我的婚事着急。父亲说，为父母养老送终、给孩子起房盖屋娶媳妇、抱孙子，这是人一辈子的使命。要是完不成，愧对老人孩子不说，还要受街坊邻居的白眼。我却说，急不得，谁也不知道将来会咋样，倘若混得好了，娶的媳妇也好，不用着急。但赵晓敏的情况似乎和我有所不同。他的这个秘密，也是我后来才听说的。

至此，我才发现，世上的人那么多，小时候都差不多，可长大之后，各人就有了各人的命运。正如爷爷安慰我说，有的人结婚早点，有的人结婚就迟。各人有各人的命，各家各人的情况不会一个样儿的。我深以为然。奶奶则一直说，啥时候能抱上重孙子就好了！我知道老人的心情，可我更在乎诗歌。我所在的单位，是一支军队，有着严格的纪律和要求，写诗是个人的事情，课余才可以进行。那些年，我把自己写成了瘦干老头，计算机和四通机键盘都磨损了，纸张用得比厕纸还多，却再也没有发表过一首诗。

尽管如此，我还是觉得自己完全可以把诗歌写好。就像当时的《解放军文艺》杂志经常发表的那些诗人一样，有朝一日，连篇累牍地把自己的诗歌印在各种各样的报刊上。有时我也想，可以做的事情有很多，比如当官，可是，自古以来，官是别人给你的，给也容易，拿走也容易，还是父母说得好，爹有娘有不如自己有，金罐银罐不如学个技艺防身。这些话，当然是朴素的真理。像我这样的农民子弟，要想出人头地，有个可供一生吃穿用度的"台阶"，其难度可想而知。

可诗歌也不好写，即使写好了，也是穷人一个。文学无法养家，诗歌更无法糊口。这是严峻的现实。连续五年，在单位图书室，各类杂志琳琅满目，我翻来翻去，没有再看到署名赵晓敏的诗歌。

而我，却在一些杂志上发表了诗歌。其中有《解放军文艺》《中国作家》《诗神》《绿风》，尤其甘肃《飞天》，几乎每年都要发两次。1999 年，我还名列新的甘肃十位诗人之中。何来、大解、刘立云、林染、方文、曲近等师长对我的帮助，才使得我进入诗歌当中。很快，我就发现，其实我的诗歌是很糟糕的，越写越不叫自己满意。随后又尝试写散文。

从个体经验上说，诗歌确实有其神秘性。比如写了第一句，谁能具体知道第二句和接下来的诗句是怎么来的？那种感觉就像是有一种力量，代替了书写者的大脑和双手，写作者处于无意识当中，一首诗就赫然出现了。颇有天人感应或神鬼之笔的感觉。因此，我常常觉得刘勰《文心雕龙》论点的正确，"神思之谓也。文之思也，其神远矣。故寂然凝虑，思接千载，悄焉动容，视通万里；吟咏之间，吐纳珠玉之声；眉睫之前，卷舒风云之色。其思理之致乎？故思理为妙，神与物游。神居胸臆，而志气统其关键；物沿耳目，而辞令管其枢机。枢机方通，则物无隐貌；关键将塞，则神有遁心。"或许有许多诗人觉得这不靠谱，他们写诗的经验是一句一句地推下来，完全靠的是自己的理性和技术。但我的经验是，只有在修改的时候才会如此做。

诗歌应当是雷霆一击般的浑然天成，也应当如山涧流水般自由自如。至于推敲、苦吟之说，我并不反对。但最负有盛名的贾岛，尽管留有写诗的故事，但其艺术成就却不能和李白相提并论。曹丕说:"文以气为主",那么,气质、气象(境界)、气度便是衡量艺术品优劣的第一标准。如王国维《人间词话》说:"太白纯以气象胜。'西风残照,汉家陵阙',寥寥八字,遂关千古登临之口。"又:"美成深远之致不及欧、秦,唯言情体物,穷极工巧,故不失为第一流之作者。但恨创调之才多,创意之才少耳。"因此而言,凡是推敲或者推行之作,其本质与诗歌所具备的原始爆发力是相悖的。这样的诗人,王国维先生称之为"客观诗人",就此并曰:"客观之诗人不可不多阅世。阅世愈深,则材料愈丰富,愈变化,《水浒传》《红楼梦》之作者是也。主观之诗人不必多阅世。阅世愈浅,则性情愈真,李后主是也。"

年底,我再次回到老家,寒冷的乡村里飘散的都是回家和串亲戚的声音。恰好村里有人盖房子,母亲就让我去帮忙,没想到巧遇赵晓敏。两个人边干活边聊天。此时的他,还像我一样单身一人。与从前相比,赵晓敏显得活泼和亲切了一些。闲聊中,他说,他以前也喜欢写诗,后来忙着挣钱,诗歌又不能当饭吃,就越写越没劲儿了。又说,他在市里又从别人手里买了一个饭馆,准备年后开业。晚上,与另一个同学喝酒闲聊,面红耳赤之后,他神神秘秘地告诉我说,你知道赵晓敏为啥到现在还没找到媳妇吗?我摇头。他说,赵晓敏身上有狐臭气。我哦了一声,低头仔细回忆了一下,也没有觉得他有那种气味,但村人如此说,大致是有些道理的。

经年的巴丹吉林沙漠,除了正常的训练和工作,其他时间我都沉浸在散文当中。诗歌写到一定程度，或者说，长期操持一种体裁，其僵化和自我封闭的可能就越多。要不就重复自己，成为匠人。我发现，写散文之后，回来再写诗。发现自己的诗句越来越苍白，而且还显得特别松懈。"松懈"这个词，在诗歌当中，就是整首诗有一种断裂感，或者强而为之的雕琢意识，这一现象很难定性，只能凭阅读者的个人感觉。有一次参加地方上的笔会，研讨的时候，我对某刊物的编辑也如此说。之所以这样说，是他的诗歌让我看出了"巨大的松懈感觉"。当然，我不可以明说。很多时候，诗人的自恃和骄傲是无可救药的，甚至会形成自我中心肯定的潜意识，并且在很多场合都会表现出来。

1997年，我的一篇散文被《新华文摘》选载，而且是纪念邓小平同志逝世的那一期。若不是这样，我可能记不住年份和刊期。几乎从一开始，对于已经发表了的习作，我总觉得它们已经过去了，真的写作应当一直向前，过去的再好也都成了"陈迹"。还有一个原因，即我们单位的一个领导，在操场上见到我就说，《新华文摘》选了你的文章，了不起！我当时也欣欣然。后来仔细想，相比于小平的逝世，尤其是他开创的时代，一篇小文章实在是不值一提。相对于浩如烟海的大师名作，我的那个小文章真是不足挂齿。我也总觉得，所谓的艺术创造，就像我所在的巴丹吉林沙漠，穷其一生，都无法找到辽阔的天际、旭日和夕阳滚动的地平线。

巴丹吉林沙漠之所以著名，盖因《尚书·禹贡》"导弱水至于合黎，"之记载，并有"弱水三千，我只取一瓢饮"的谚语。王维也劳军至此,写下了"大漠孤烟直,长河落日圆"的不朽之句。20世纪初,西方探险家斯文·赫定、贝格曼等人再次发现了居延汉简。当然,这些都是历史陈迹,我在这亘古荒芜之地,承受的是风暴和沙尘、烈日与严冬。当然,还有集体性的各种工作。个人的事情在二十六岁那年电光石火,随后也像其他俗人一样,步入了家庭生活。由于地理环境的偏僻、艰苦,很多人用各种方法想离开,而我却觉得沙漠越来越适合我,这里高天阔地,适合放纵思想,张扬胸襟。即使寒冷如刀,酷夏烫人,春秋两季沙尘暴凶猛,甚至淹没了梦境,可是,沙漠之地,看起来空无一物,其实它也是丰饶的。且不说周穆公西巡、夸父追日等上古神话,即使戈壁月夜、隐蔽的红狐白狐、孤立在小片绿洲中的牧人、两汉时期的烽燧和回纥建造的公主城遗址等,每一块夯筑的黄泥都带有先人的体温。

更多的时候,我愿意沉浸在琐碎的日常生活当中。没事的时候,到营区边缘的小树林里走走,坐下来,在稀疏的树叶中,看着蓝如梦想的天空;或者去寻访一些遗址,如汉代的肩水金关、大地湾遗址,斯文赫定等人去过的黑城等地。也喜欢在夏天的月夜,坐在戈壁滩上感受从远处奔袭而来的凉风,看蜥蜴在地面上侦察兵一样曲折游走。最喜欢的,还是戈壁当中的小片绿洲,有牧民的房子、羊群和骆驼。特别是苇杭泉那一带(蒙语为海森楚鲁),不仅有泉水,还有许多鬼斧神工的天然巨石,其形状如乌龟、猛虎、骏马、黄羊等等。有一段时间,我特别喜欢搜集和阅读地方史志,从中感受一个地区的自然和人文的变迁。比如早期的乌孙、月氏、匈奴和回纥（回鹘）、突厥，以及他们的诸多分支，如薛延陀、铁勒、高车、丁零、党项羌、吐谷浑等等。想象古老大地上发生那些热血战争，丝绸之路上不断晃动的驼队、马群和商贾，悠悠的驼铃似乎还在黄沙深处叮当作响。

再向北，是额济纳。海子写过一首《致萍水相逢的额济纳姑娘》的诗歌。它的居延海和灿若黄金的胡杨林，都是美轮美奂的，但只是在特定季节，方才可以看到。为陪朋友和拍摄纪录片，我多次去过。2016年真正离开巴丹吉林的时候，我用诗歌写道："心在就足够了。戈壁以后是黄沙／点灯的红狐，沙枣树丛家中，三个仙女／提清水的黄羊，在骆驼蹄窝里吃草／／途径弱水河，烽燧于黎明时分／梦见唐僧西行时的黄色经卷／尤其卷边的那一册。上写：／行深波若波罗蜜多时／照见五蕴皆空，度一切苦厄……／／深入流沙，世界才会开阔／就像当年的李陵，以及尾随他的王维／将军以勇气雕刻武功，诗人提笔捉命／越是了无人烟，灵魂越是清醒／经商的胡人名叫突董，身后尽是马背／／丝绸是回鹘最后的立身之本，西汉和大唐／失策于内乱，这是全人类的疾病／此去漠北的单于，躲在屏风后面偷笑／再后来那些人，有一些在居延海里学芦苇摇头／另一些如我，在此多年，又去向外省／／此去额济纳，迷惑于海市蜃楼／受困于阿拉善的高度，且在王者的旷野打坐。"

巴丹吉林沙漠及其所在的阿拉善高原，的确是一个令人不断感到绝望又不断鼓舞信心的地方。在那里，走几天可能找不到一个人，身处绝境，那种绝望感是无与伦比的。但在沙漠当中，又有许多小型绿洲和水泉，从而使得人又不断燃起生的希望。由此，我觉得，沙漠是天堂和地狱并存之处，也可能有神灵在那里设置了什么秘密的通道。同时，我也认为，一个人倘若不热爱所在的地域，不用心了解这片地域的今生今世，是不道德的行为。但是，对于故乡——南太行乡村，我却是厌恶的。这里面的原因，外省的这片土地处处让我感到新奇，也觉得，这里的历史积淀足够深厚。而我的故乡南太行乡村尽管也有一星点历史，如唐代的峻极关、明"真定十三镇"长城遗址等。但我总是觉得，南太行乡村人群的促狭脾性、崇尚原始暴力、媚富欺穷、崇拜权力，以及在日常生活当中表现出来的守旧与窝里斗，甚至以相互伤害为"本事"而炫耀的做法，令我觉得极端鄙夷。因此，在诸多文章中，我写了故乡的种种不堪，当然是以人事为主。因此，遭到了故乡人一再的抵触和谴责。

最让我悲伤的是，父亲后来罹患了癌症。但与其他病人不同的是，直到去世，父亲都是乐观的。他似乎知道这一天的到来，也觉得死亡是一个必然功课。记得他去世的前几天一再说，夜里听到奶奶喊他的声音。这种带有玄幻意味的现象，在今天的乡村依旧很多。可对于我来说，父亲的去世，我整个人的精神和肉身，就像被抽走了一堵墙、一根筋一样，悲伤围困了我。胃部胀痛。夜里哭出声音。我调到成都第一年，一个春天的夜里，想起父亲，竟然哇哇地大哭起来。每次走到街道上，看到与父亲相像的人，就赶紧跑过去。至此,我才明白,对于普通人来说,亲人的离散是最大的离散。儿子时常感恩于母亲,实际上,父亲才是我们的精神支撑。男人是刚强的,看起来不容易折断,实际上我们也脆弱不堪。

父亲去世后,再回老家,感到的是无比空落,尤其是夜晚,尤其是在我和父亲睡过的床上。我用诗歌如此表达:"上面是牡丹,下面／两只鸳鸯,再下面有一张毛毡／再再下面是木板／木板下面是空,是水泥封闭的另一种／应当是二〇〇七年,我和父亲／在春夜里,并排睡在这张木床上／他叹息,但不打鼾／我几次惊醒,听到他在叫疼／我想父亲一生够苦的了／他的身体让我想起时间博物馆／他叫疼,使得世界上所有的春夜都锈迹斑斑。"次年,我由巴丹吉林沙漠来到了成都。此前,我没有来过一次川地。斯时,我感到了一种强烈的命运感。人这一生,真的是漂泊无定。谁也不知道自己此生会行徙何处,在哪里扎根,又被拔根,最终会是一个什么样的状态。

巴蜀之地,起初的生活也是新鲜的。从天高地荒到人口密集。生活当然是新鲜的。此时,我已经有十多年不怎么写诗了,但对诗歌的阅读从来没有放松。我觉得,诗歌对于一个人来说,是一种光照和水滴。人生很多时候是困难的,精神和灵魂难免会枯燥、皲裂、蒙尘甚至发霉,而诗歌,则是光亮剂和润滑剂,使得我们自觉自愿地保持了自由和敏锐、爱与慈悲。2013年在北京鲁迅文学院,阅读其他人的作品,我觉得自己还可以写诗。由此,我才又开始了诗歌写作。还记得那一年,我写的第一首诗是《自言自语或者以此存留》,其中第一段如下:"如果有一只手,它一定插在冬天的裤兜 / 你知道我在风中能被北方抚摸多久 / 北京是一只裤兜和另一只裤兜合谋 / 是一个人和另一群人,隔着乌鸦的翅膀 / 找到蝼蚁的舌尖,还有烟支横穿的长街午夜。"

在诗歌写作上,我始终觉得,诗歌是有其独特密码的,所有明白如话的诗歌,都有才情和才气不足的嫌疑,反之,所有把诗歌写成咒语的,也是作者缺乏现实撷取和提升能力的表现。作为艺术品,诗歌需要的是精密的逻辑、与众不同的语言组合方式、自由的思想及其呈现和表达的方式,此外,还应当具备一种既可飞翔于空又可掠地飞行的触角和思维。这一点,刘勰的《文心雕龙》也有论述:"若情数诡杂,体变迁贸,拙辞或孕于巧义,庸事或萌于新意。视布于麻,虽云未费,杼轴献功,焕然乃珍。至于思表纤旨,文外曲致,言所不追,笔固知止。至精而后阐其妙,至变而后通其数。伊挚不能言鼎,轮扁不能语斤,其微矣乎!"

就此,《纳博科夫文学讲稿三种》中说:"就天才作家(就我们能猜测到的而言,而我相信我们的猜测是正确的)而言,时间、空间、四季的变化,人们的行为、思想,凡此种种,都已不是授引自常识的古已有之的老概念了,而是艺术大师懂得以其独特方式表达的一连串独特的令人惊奇的物事。至于平庸的作家,可做的只是粉饰平凡的事物:这些人不去操心创造新天地,而只想从旧家当,从做小说的老程式里找出几件得用的家伙来炮制作品,如此而已。不过,他们的天地虽小,倒也能导出一些有点趣味的花样来,招得平庸的读者一时的喜爱,因为这些读者喜欢看到自家的心思在小说里于一种令人愉快的伪装下得到反映,但是一个真正的作家会发射星球上天,会仿制一个睡觉的人,并急不可待地用手去搔他的肋骨逗他笑。这样的作家手中是没有现成的观念可用的,他们必须自己创造。写作的艺术首先应将这个世界视为潜在的小说来观察,不然这门艺术就成了无所作为的行当。"

令我感到奇怪的是,有几次在老家讲座。人群中,我居然发现了赵晓敏。在台上,我惊诧,一时语噎。等散会之后再寻找,赵晓敏已经不见了。我想象不出赵晓敏来会场的理由和真实心理。或许,他还是在热爱着诗歌,文学梦始终在暗中燃烧。也或许,他只是来看看而已。回到家里,我才听说赵晓敏现在还是孑然一身。在市区租了一个房子,和他的堂嫂子一起蒸馒头卖馒头。从他人的话语中,我也听到了一些弦外之音,即似乎赵晓敏和他堂嫂子保持了不正当的两性关系。我叹息。觉得这个人,起初那么聪明,有主见,怎么一下子就废了呢?

赵晓敏的家在邻村,几次路过,我看到院子里长满了荒草,一些焦枯的梧桐树叶落在其中。早在十多二十年前,他的父母就先后去世了。几个哥哥、姐姐另立门户,唯有他,混得如此光景。时间从没饶恕过谁。人在世上,很多东西或许是命定的,也或许是自作孽而导致的。人类自毁的能力,远远超出自我发育和保持强健的需求。我还听村人说,把那个和自己有过孩子的四川女子卖掉之后,赵晓敏后来又买了一个贵州的女子。倒是还可以,但一年后秋天的某一天,那个女子借口去田里刨红薯,就再也没有回来。

当然,有些人心是暖不热的,也是无法停泊的。这一次,村人给予了赵晓敏相对较多的同情。理由是,赵晓敏对这个贵州女子还算不错,给吃给穿,也从没打过。但我想,仅仅这样就够了吗?人之为人,肯定不仅是物质的需求。一个人无论出身如何,只要和某个人同床共枕了,且又是一年以上的时间,两个人就应当有感情了。也或许,贵州女子的跑也是有道理的。如她想回老家了,还有赵晓敏的家境,也不是理想的。至于赵晓敏这个人,估计也没有什么值得她去留恋的吧。

这使我想起博尔赫斯《恶棍列传》中的一段话:"他们在南方各个大种植园走动,有时手上亮出豪华的戒指,让人另眼相看,他们选中一个倒霉的黑人,说是有办法让他自由。办法是叫黑人从旧主人的种植园逃跑,由他们卖到远处另一个庄园。卖身的钱提一部分给他本人,然后再帮他逃亡,最后把他带到一个已经废除黑奴制的州。金钱和自由,叮当作响的大银圆加上自由,还有比这更令人动心的诱惑吗?那个黑人不顾一切,决定了第一次的逃亡。"

或许那个贵州女子并没有回到她的故乡,又被人送到了某个更为偏远的村庄。

人的复杂性使得文学常写常新，而文学的功能，也就是对世道人心的观察和发现，就是对人性深度的探究，就是对人的生存和精神状态做雕塑式的表达。诗歌也不例外。它的对象永远是人，即便是物，也是人的物。诗歌之所以能够与小说相提并论，就在于它无所不及的象征和隐喻，使得它以最小的体量凝聚了更大的能力，如浓缩铀。因此，在这个意义上，对于诗歌，我一直坚持它的趣味性、经验性、想象力和思想力。到成都之后，我很快做了文学编辑。在选择诗歌稿件上，一直以来的标准是：独特、有自我的发现、技术上成熟且有新鲜感、意象的丰沛、语词的精准和指向的多维、多角度的阐释性和发散意识。可惜，我们这个时代，诗人很多，但平庸的诗歌也太多。

博尔赫斯说："文学不是别的，就是引导一个梦。"在我看来，文学就是要制造一个宫殿或者迷宫式的情境世界，其中应当应有尽有，需要芝麻开门，也需要口诀和咒语、灯谜和藏头诗式的引导，把人们引进去之后，让他们自行发现这个虚构世界当中的宏大与幽微、残酷与幸福、悲悯与不幸。

这需要天才。可惜的是，在多年的编辑和阅读生涯当中，真正能够打动我的诗歌太少了。我们的诗人和作家总是喜欢跟随潮流，哪个登高一呼，给他名声与当世的好处，就会一拥而上。诗人们自我的期许与作品的差距，使得很多人发生了心理和精神上的分裂。能够正视自己的作品，且能够时刻自省的诗人少之又少。更多的初学者和急需出名的诗人跟在后面，与鉴赏力不够的看客一起，做了诗歌的盲众，却又不自知。见一个说好，另一个跟上，一群人说好，有更大一群人簇拥。完全丧失了自己的判断能力。这种不自觉的悲哀，要么使得当代新诗变得面目雷同，形迹可疑，也使得多数人丧失了自我的立场，乃至原本宽敞的写作方向。我一直觉得，诗歌是创造的，需要自己介入，并且把诗歌的个性尤其是对现实物象和精神当中那些困境，包括鲜花败叶都要精微地发现，并很好地书写出来，而不是人云亦云。其实，写作者最需要和时刻需要的，是读书，读诗歌之外的书籍；是进入生活，进而建立一种自我的文化意识和精神方位。

时间太快，到成都那年，我不到四十岁。现在呢，一晃就老了。就个人而言，我想至此也就扎根了，不是一个人，而是一家人。我也始终觉得，这世上，最关心你的、爱你的，永远是家人，妻子、儿子，或丈夫。我们身边人那么多，一上街就有可能和几十上百人相互看见甚至会身体磨蹭一下，可转头之后，一切都是空无的。这可能是中年综合征之一，即特别在乎家庭，逐渐地将自己的身心由广阔的社会撤回到家庭这一狭小的单元里。或许有人说，这是狭隘的，殊不知，爱家庭和爱身边人是普凡之人唯一回退的道路。当然，我们内心可以装下整个世界和全人类，可是，每个人最终的落点和巢穴，也只能是家庭和亲人。

成都夏天溽热，而阳光频繁且炽烈，冬季湿冷却长期阴霾。这种天气，与人生的某些时节相像。2017年后，我逐渐地把自己零散的诗歌总题称为"成都诗集"。这些年来的所有诗歌，题材无外乎个人的生活和精神困境,旅行的某些自然存在和个人想法,对亲人的感恩及亲情的呈现,当然,也有一部分实验之作。我总是觉得,诗歌是无日不趋新的。倘若一个诗人只是一个姿势、一种腔调,那么他对新诗发展又有何益处呢?这不是我的诗歌多么富有引领性质,而是说,不创新的写作是速朽的,完全不必再写下去。正如雷蒙德·卡佛《论写作》中所说:"作家有可能在一首诗或一篇短篇小说里使用平常但准确的语言描写平常的事和物,而赋予这些事物——一张椅子、一幅窗帘、一把叉子、一块石头、一只耳环——以巨大,甚至是令人吃惊的力量。他写出的一行看似无关痛痒的对话有可能会让读者的脊背发凉,而在纳博科夫看来,艺术的快感正是从脊背那儿来的。这样的写作才是我最感兴趣的。我痛恨马虎或随意的写作,不管它是出自实验的麾下,还是属于粗制滥造的现实主义之列。"

需要说起的是,写完此文,2018年就要结束了。2019年像个身材短粗的胖子,或者是一根烧红的烤肉签子,它正在兴致勃勃地等待人和万物迎面降临。而在此刻,我的内心里忽然充满了悲伤,究其原因,我是厌恶"时间"这架机器和"怪兽"的人,因为,它总使得我还没做好准备,就已经错过了很多美好的事情。如此几年过去了,我也是马上五十岁的人了。神灵啊,我感到了你的罪孽,以及我的软弱。记得2018年年初,我写过一首名叫《感谢》的小诗,大致是可以表达自己此刻之心情的。"以粗砂之肉身,裂谷之人生/以刀锋之梦想,云朵之命运/以月亮之阴柔,积雪之

决心 / 以岩石之棱角，流水之蜿蜒 / 以少女之单纯，中年之楚歌 / 乍然接触的肌肤太多，还是做过爱的 / 为我怀过孕的，她们太好！每一天的粟米 / 蔬菜和无数添加剂 / 调味品。还有我自己 / 以越发薄脆的灵魂，为这个星球 / 增添的那一升重量 / 就像一棵白菜，/ 幸好不算腐坏。"

中年的爱与痛

1

　　好像是第九次，或者第十次。他们俩每一次相见，虽然只有一个晚上。詹磊和赵芳的小别胜新婚式的恋爱生活还是相当快乐的，虽然所谓的幸福总是短暂如瞬间。就在此前的一年，詹磊完全没有了这个能力。他把个人这些最私密的事儿，也向赵芳和盘托出。说完，詹磊的脸色沮丧了一下，似乎一枚初秋的杨树叶子，在人生过半的时节，忽然爆发出一种未雨绸缪的凋零的尴尬和不安。看着赵芳那张也将中年，但刻意掩饰岁月的脸，詹磊语气沉重地补充说，长期服用百忧解，学名叫盐酸氟西汀胶囊，就会有这样的副作用。

任何药物对人的身体来说，都是杀敌一千自伤八百。

对于詹磊这样的一个从农村走出来的，20世纪70年代初期出生的男人，自从双脚脱离乡村的那一天起，他就铆定决心，这一生，一定要在外面混出个人样儿，理所当然，当仁不让地落脚一线城市，就像他小时候看到的那些衣着光鲜，脚跟黏土都要用东西擦得跟额头一样光洁的文明人那样，过一种与乡村和泥土永远隔绝的现代生活。

如今，二十多年过去了，他也基本上如愿以偿了。就在前两年，他还经常自矜且满足地和前妻安丽说，老婆，现在我们也算是相当可以的了，不仅在城市站住了脚跟，有了这么好的一个儿子，房子车子也宽敞、拿得出手，尽管票子不是成堆成群，可也比上不足比下有余。

安丽也说，可不就是咋的，这样的生活，还是可以的吧。

安丽是那种泼辣的女人，比詹磊小七岁。小时候读书也好，可就是上到初二放弃了学业。就此，两人刚谈恋爱的时候，詹磊还为安丽惋惜了很久，甚至想再送她到某个院校再读几年书，哪怕是旁听。可安丽说她实在对读书没啥兴趣。还说，现在的社会，读书的都成了呆子，不读书的反倒很牛。

詹磊不得不承认，安丽说这个现象，在当下还是普遍的。在他身边的例子就很多。比如他供职的单位几位主要领导，第一学历最高的是高小毕业。高小是个什么学历在单位，他曾经给领导整理了几次档案，填了无数次的表，詹磊还是没怎么弄清楚。詹磊和安丽恋爱了三年之后,择了一个黄道吉日,两人先是领了结婚证,过了一段时间,置办了酒席。两个天南地北、素不相识的男女,就这么名正言顺,甚至有点恬不知耻地就滚在了一张床铺上面,也滚到了惊涛骇浪的生活的同一战壕当中。

这样的事情,在世界上每天都在发生。但不管在哪个年代,一个正常人的现实生活大抵就是:成年了、恋爱了、结婚了、生孩子了。当然,像詹磊和安丽这一些从乡土里趔趄着走出来的人,基本上都没啥根基,一切都得靠自己来打拼。

婚姻这个东西,就是用来把最初的美好爱情血淋淋地撕开给夫妻双方看的一种无规则的游戏。只不过,有些夫妻逐渐看清了,也豁然了、顺从了,有些夫妻看清了,却又糊涂了、分裂了。

所谓好的夫妻,大致是前一种;所谓不好的夫妻,除了后一种,还有很多种,就像詹磊和安丽。

具体说,前年秋天的教师节,周六。詹磊照例起得很早,煮粥,然后坐在电脑前。日上三竿,安丽还在床上睡着,或者玩手机。安丽总是这样,除了出外和吃饭,剩下的时间基本都在床上。也不知道为什么,安丽自己显得很生气,就在床上扯着嗓子大声吼嚷。大意是说詹磊这样那样的事情做得不好。而且,不断地大声指责和埋汰詹磊。

他们的房子还算比较大的,从主卧到书坊,中间还隔了次卧和客厅,两道墙。尽管这样,安丽指责詹磊的声音还是像沾满毒液的蛇牙一样,一条条地奔行而来。起初,詹磊不觉得什么。安丽的这种做法或者说脾性，早从五年前就开始了。

女人或者男人身上的某些毛病，好像是到了某一个年龄段以后，或者换了一个新的生活环境，就像是老树生新枝那般，不知不觉地就长到了无法修剪的程度。对于安丽这个新滋生的坏毛病，詹磊开始真的没在意。按照惯例，安丽骂一会儿，或者自己生一会儿闷气，就会雨过天晴，一切如旧了。

可这一次，安丽居然大声喊他过去，而且歇斯底里。听到安丽那种无中生有、不可一世的吼叫声，詹磊的心情忽然很糟，胸腔和脑袋里有一包火药，忽然被点燃了，噌地站起身，胸腔里的怒气翻江倒海，汹涌澎湃。但他还是忍住了，长出了一口气，应了一声，起身往主卧室走，路过次卧即儿子房间的时候，习惯性地看了一眼，十三岁的儿子正趴在桌上写作业，一副专心致志的样子。也难怪，对于安丽这种习惯性的吼叫，儿子也似乎见惯不怪了。

詹磊径直走进主卧。

安丽拥着被子，头发有些松散。

从相貌上说，安丽还算是那种有些美貌的妇女，尽管也三十六七了，可脸蛋保持得还很光洁，看起来还像是二十多一点的姑娘家。

相比较而言，詹磊则显得苍老许多，眼角和额头皱纹多了不说。早些年间，头发秋风扫落叶一样地掉，不几年，就成了光葫芦。为了遮丑，不得不整年累月地和各种各样的帽子过不去，光家里就东南西北明处暗着地放了十几顶。以至于两个人一同参加什么宴会或者活动的时候，熟悉的朋友调侃他们是父女，不熟悉的朋友看他们的眼睛，好像在铁丝上滑行的闪电。这使得詹磊时常有些自豪，也自卑。有时候自豪地忍不住在朋友圈专门晒晒老婆，引得东西南北、认识不认识的男男女女一片点赞。有时候自卑得即使在小区散步，安丽挽他的胳膊都不自在地东张西望，那感觉，好像是一对不当男女在自行公然示众一样。

2

"幼稚！""太幼稚。"赵芳站在地上，一边用浴巾擦拭着身子，一边大声对詹磊说，你觉得正常吗？有房有车，老公挣钱也不少，儿子又那么乖，自己马上四十岁了，无缘无故地会闹离婚？那个女人脑袋中邪了？闹了五鬼了？詹磊躺在床上，一边抽烟，一边看着赵芳。照实说，赵芳虽然四十岁了，也生了孩子，身体还不算臃肿，仍旧白皙，有弹性。擦完身子，赵芳又鱼一样爬上床来，把头放在詹磊的胸脯上。詹磊摸了一下赵芳的细腻白皙的后背，又轻轻拍着，看着天花板说，直到现在，我还是相信，我前妻没有其他男人。和我离婚，肯定是我的性格让她实在受不了了。

赵芳猛然坐起来，有点发怒地对詹磊说：詹磊，你这个笨猪！到现在你还不明白，真是没法说你了！詹磊看着赵芳的不大但却有神，还有一点好看的眼睛，又将眼睛移到赵芳的两片红嘴唇上，苦笑一下，伸手摸了一下赵芳的脸蛋，说，其实我也早有觉察，但至今不敢相信是真的。

两人一时无语。詹磊又点了一根香烟，尽管是冬天，外面冷得手指都不敢伸开，可宾馆里空调却把整个房间吹得令人血脉偾张。詹磊叹了一口气，脑子里动画片一样，翻出前妻安丽的那张圆圆的脸蛋。

两年多以来，这种情形就像某种习惯性或者与生俱来的潜意识，总是顽强而纵深地翻来覆去。詹磊深刻地意识到，时间这杀人不眨眼的猛兽不舍昼夜地撕咬吞噬每一个生命，他的身心因此也罹患了严重的抑郁症，以及萎缩性胃炎、左心室增大和心律不齐、莫名眩晕、浑身发软等病征，时常被疾病折磨得死去活来。

不对！用詹磊对赵芳等人陈述的口吻说，叫九死一生。

那一段时间，詹磊满脑子都是安丽，当然有不舍、愤恨，回忆的甜蜜与不甘，突然的中断与后半生的迷茫等等，这些情绪，魔鬼一样袭击，一拨一拨，从不停歇。在和安丽近二十年的夫妻生活当中，最初的三四年是恋爱期，两个人的感情，从开始的炽烈到结婚之前的突然平淡，一切都和其他夫妻没什么两样。

詹磊至今还记得，结婚的事情还是安丽提出来的，然后是岳父和岳母郑重其事地对他说，你们俩谈了这么久了，也都老大不小了，亲戚朋友也都知道了，结了吧！

这语气，让詹磊听出了某种无奈。事实上也是，詹磊和安丽恋爱之初，岳母是坚决反对的。理由很简单，第一，她个人看不上詹磊。那时候的詹磊,还是一个打工仔,没钱不说,还早早地落了头发,脸又很瘦,还窄,跟宾馆电梯的轿门很是相像。有几次在岳母家里小住,詹磊就有意无意地听见岳母一边在院子里走动,一边骂他是驴尿、龟头。这类的下半身骂人话极具地方性。没错,河西走廊一带农村人习惯于用这种直接的动物生殖器来对某人表达内心的不满与愤恨情绪。第二,詹磊是内地人,与河西走廊的陆地距离显然超出了岳父母的预期,这使得岳父母留安丽在家里,招上门女婿,为他们养老送终的计划落空。按照岳母的话说,闺女嫁了人,就等于被狗骗走了,千方百计留在家里,但心早就被狗给叼走了,人再好,也还是个空壳。这样做基本没用。第三,岳母就觉得詹磊这个人不靠谱。至于詹磊怎么不靠谱,从安丽几次相关的转述中,詹磊也没听出个一二三来。可安丽就是心甘情愿,即使被岳母打死,也要和詹磊在一起。与岳母相比,岳父的为人却很实在、本分,在詹磊和安丽的婚事上,不表示赞同,也不怎么反对。这和大多数家庭一样,在女儿安丽的婚事上,做父亲的一般不会有太多意见,基本上是岳母说了算。

3

女人是世界上最奇怪的动物,安丽是,赵芳也是。这不,詹磊和赵芳两人。从内心说,对于赵芳,詹磊有点不怎么满意,更谈不上什么一见如故或者一见钟情。当然了,对于当下的男女情事,再用"一见钟情"这个词确实不好意思，甚至有点玷污的不洁净感。

詹磊和赵芳见面的时候是一个下午。

詹磊策划了一个晚会，还比较大。赵芳在附近的一个城市，开车最多一个小时，看到海报，就说想来看，也算是休闲，还问詹磊能否搞到票。詹磊是主创人员，搞几张演出票不过是一句话的事情。

傍晚，赵芳开车来了，而且还是一个人。詹磊和她见面后，直接把她引到盛大的剧院的一边。赵芳嗲声说，听说这里的银杏树多，正是秋天，黄得很好看。这句话，暴露了赵芳的深层次的审美层次，甚至文化涵养与情趣。

是的，詹磊这个人的唯一优点，就是有点文化。譬如，写个酸文章、小诗歌，胡诌几句影评、观后感之类的都不算问题，多年坚持下来，还在文学圈有了一点小名气。这也是他长期浸淫在文化圈里的结果。他那点墨水，以及所谓的审美情趣和思想见识，大部分也都是道听途说来的，当然也有自己的一些经验、思考和觉悟。但凡搞点小文艺的人，大抵是敏感、多情的，伤春悲秋、儿女情长、由此及彼、东拉西扯、自圆其说、触景生情之类的，是他们的强项。当然，詹磊的这种敏感当中，也包含了一些艺术的成分，比如他对文学的鉴赏能力，对影视乃至舞台的思维，偶尔还能搞出点彩头来。其他的，肯定也是半瓶醋。

实际的情况是，一拨朋友约詹磊喝茶，就在剧院附近的一所茶楼。赵芳来之前，詹磊就对她说了。原本，詹磊觉得这样不太妥当，赵芳也不高兴。和自己在一起，使得其他人不高兴，是詹磊最不想做的事情。况且，赵芳说是来看演出，真正目的是和他见面。

谁知，赵芳却不在乎地说，你有事就去，我看看银杏，在里面走走，感觉一下，然后看演出，完了就开车回去。赵芳这样豁达或者不在乎的态度，使得詹磊心里边觉得又放松又满意。

事实上，他那些朋友，都是快生锈了的铁杆，无话不说，相互之间熟悉得只剩下不知道裤衩的颜色了，要是带赵芳去，一起喝茶吃饭，一点问题没有。可是，詹磊心里就是有点膈，不想把赵芳引进他的朋友圈。这种心理，大致也是某种结果的前奏。事物的自我进程一旦走上程序，当事人就很难操控了。结果到底是一副怎样的面目，谁也无法控制。

晚会的主题也是诗歌，当地爱乐乐团，配上当地的部分朗诵家、演员，再加上鲍国安之类的大牌演员，虽然有点单调，但也算是高潮迭起。只是，舞台设置在室外，深秋的傍晚，冷空气就像偷袭的敌人或毒妇，伴随着密集的灰尘，在人的身上搜刮。坐久了，身体就有点僵硬、难受。好不容易结束了，时间还早，朋友们要去宵夜。詹磊则推辞说，你们去吧，昨天晚上就整多了，现在还晕乎乎的。想回去休息。一个叫张建林的朋友冲着詹磊淫邪地笑说，我看你不是回去休息，是要去骑马挎枪，逍遥江湖吧，然后嘿嘿笑。詹磊尴尬了一下，不知道说什么好。

先前，詹磊和赵芳会面之后，就搭赵芳的车来到和朋友们约定的地点。为了把赵芳打发走，詹磊喊朋友张建林出来送票。这么一来，张建林就亲眼看见了詹磊和赵芳在一起的情景。詹磊离婚的事情，他的朋友们早就知道了，也先后给詹磊介绍了几个。

詹磊一个都没兴趣，他是在等前妻安丽回心转意。

4

这是不可能的！不仅赵芳如此说。詹磊那帮朋友也这样说。

有天下午，詹磊被一个叫林昭美的女性朋友约出来谈事。事情很简单，就是商议晚会的各个细节。聊完之后，他们俩又说起个人私事。林昭美也不避讳，先对詹磊说了她自己第一次婚姻的失败原因。林昭美用一双红嘟嘟的嘴唇，带动一张白而瓷实的脸蛋，一本优雅地对詹磊缓缓地讲说，她第一个老公也是很好的，给市委某个领导当秘书，收入和前途都不错。可她生了孩子后，突然就觉得老公这样不好，那样也不好。一看到老公就气不打一处来。

这可能是产后抑郁，很多妇女罹患此病。但在当时，抑郁症在国内大抵还是一个新鲜的疾病，很少人知道，更别说患者自我检测了。林昭美说，她那两年就是控制不住自己的暴脾气，自己也不知道怎么了。和丈夫吵闹的最终结果，就是两人分开。林昭美说，那个时候，她前夫工作忙，根本照顾不了自己和孩子，这些倒还在其次。人这个东西，心理和情感很奇怪。有些时候，或者说，某一个阶段，连自己都无法控制，不明所以。其实，现在想想，第一个老公人还真不错，高大英俊，还有文化，对她也相当不错，也不喝酒，也不花心，对家庭全心全意。因为工作忙累，有时候还觉得心疼。可是……林昭美停顿了一下，抽了一口香烟，眼神复杂地看着詹磊细声说，可你知道吗？古人说的破镜重圆，可靠吗？再好的镜子，一旦破了，再怎么拼接和黏合，也还是有裂痕的啊！

林昭美说，她离婚几年后，也想过和前夫复婚，而且非常强烈。有几次，她故意去前夫下班的必经之路上，若有所思地等待。谁知道，当她看到前夫西装革履地走过来，却忽然没了兴趣，下意识地扭身进了旁边的商场。

至于为什么，她自己也说不清。

再一年后，林昭美方才想清楚，破镜重圆，但裂纹终究难以弥补，再也回不到从前时候了。人就是这么奇怪。情感的镜面，始终是原生的最好。一旦破裂，同一个镜面，即使回炉重造，裂纹虽然看不见了，可暗中的裂纹，却始终开着，甚至会因此越来越深，越来越不可收拾。

随后就断了这个念头。

林昭美现在的老公，是他们单位的同事。林昭美离婚，他从没结过婚。听说了林昭美的事情，他就主动黏上去了。前前后后，用心追了她七年，一点也不嫌弃她带着和前夫的孩子，林昭美也不想给他再生一个孩子，铁心和她一起。这不，刚结了婚。这一点，詹磊清楚,还参加了他们的婚礼,但没有知道得这么详细。听了林昭美一番话,詹磊心里也觉得,和前期安丽复婚的可能是极度渺茫的。

安丽是那种脾气大、主意大,惹恼了,宁跳火坑不回头的人。

可是,詹磊总无法遏制自己内心复婚的念头,就像是一种病。

在詹磊看来,世上的女子太多了,美貌的,一上街,到处都是。可是,这些如过江之鲫的美人们,都是别人的,绝对不会是自己的。有几次,他还淫邪地想,再有钱和体力,一天要两个美女,累死,一辈子也没有多少。从这个层面看,守住一个,能把自己老婆伺候好,那就是非常了不起了。詹磊还发现,中年世界,其实是女人的,特别是在肉身方面。有一次,詹磊还忽然想到,女人在十八到三十岁,专属于爱情;三十岁到四十岁,是孩子和家庭的。四十岁至少到五十岁,性可能就占据了主要部分。

这个发现或者想法,詹磊也给一些中年女性说过,有的含糊其词,有的说他纯属胡诌八扯,而绝大多数知识女性则嗯嗯着表示同意,或者直接说差不多。

和林昭美聊了之后,詹磊非但没有释怀,心理负担反而越来越大。

他感觉到了绝望。这和他此前对于婚姻爱情的判断截然相反。夫妻就是要相依为命、同甘共苦的,再者,无论何时,婚姻应当是牢固的,终生的。一对男女,一旦成为夫妻,特别是有了共同的孩子之后,就血浓于水了。

詹磊还觉得，夫妻之间，即使有一些矛盾之类的，只要不是暴力伤害、处处恶意，也还是短暂的分裂，终究还是要合在一起的。可是，林昭美的话击中了他的要害，他和前妻复婚的强烈期望一下子崩溃了。詹磊就是这样的人，看起来粗糙、秃顶，脸盘也不怎么周正，眼睛因为鱼尾纹而显得三角，看起来也有些浑浊和怪异。很多时候，"相由心生"这句话未必完全正确，至少在詹磊这里是有些出入的。以相貌看的话，詹磊绝对是那种邪恶之辈，可事实上，詹磊重情义，且善良莫名，见到老弱又困难的，绝对出手帮助。

对前妻安丽，詹磊几乎是百依百顺。几次朋友聚会，他和妻子也在，从神情和细节上看，詹磊就像是一个羔羊，在安丽面前，柔顺到了无骨的程度。其中一次，安丽拿烧烤时候被烫了一下，几乎是惊叫声刚起，十米之外的詹磊就闪电到了安丽面前，抓起安丽的手……啊呀，那种心疼和恩爱，特别是詹磊脸上的疼惜，让周边的几个女人惊叹不已。

有人说，这或许是詹磊装出来的。但几个年届五十的男女却说，不像，那种情境是很难装出来的。大致因了这一点，听说安丽和詹磊离婚，他的几个朋友叹息说，你这么一个好男人，她安丽放弃了，以后，打着一千瓦的探照灯都难找到了。

但安丽就是铁了心，并且是用了激光的力量，和詹磊离了婚。几个月后，又是一个盛夏，有天中午，午休前，詹磊泡了一杯绿茶。这绿茶，是四川蒙顶山的黄芽，在蒙顶山系列绿茶当中，黄芽还是历史最长的一款，有不少的诗人墨客写过诗。炎热的中午被空调吵闹得满是汗水，不过很快就感觉清凉了。睡了一大觉起来之后，第一感觉是口渴，詹磊抓起茶杯，一饮而尽。

喝茶是詹磊多年来的习惯，以至于到了无茶不喝水的程度。几十年来，无论在不产茶的地方工作，还是辗转到了茶叶之乡，詹磊对茶叶的热爱，一点都不差于香烟。他也喝酒，而且极其能喝，尤其是四十岁以前。可这一次，茶叶喝下去不到几分钟，詹磊突然觉得头发晕、眼睛发黑、四肢虚软、心慌得厉害。从卫生间出来，詹磊打了一个趔趄，心中大叫不好！回办公室坐了一会儿，上述不适持续加剧。面容痛苦地挣扎着站起来，提了包，急仓仓锁了门，出了日光咆哮的大院，直接打了一辆车，直奔第三人民医院。

这家医院是距离詹磊单位最近的，更有趣的是，詹磊和这家医院的渊源很深。2011年冬天，因为喝酒，可能还有长期在外面吃饭，不规律，一些小餐馆并不卫生。詹磊的胃病很严重，疼，还有某种饥饿感。起初，詹磊觉得可能是大问题，比如严重的胃溃疡，或者其他更糟糕的。詹磊就是这样，永远的杞人忧天，身体稍有不适，就觉得自己得了什么大的或者不治之症。

仓皇去医院检查，结果是慢性浅表性胃炎。

这样的胃病，几乎每个人都有，算不得什么大事。有一次闲聊，一个同事说，三医院治疗胃病不错，他的胃病就在那里治好的，而且只吃了几种简单的西药。詹磊心想，去看看也对的，再说，马上要过春节了，今年说好的回岳父母家。

从前，只要他们一家在岳父母家过年，和岳父小喝几杯，还有陪远近来拜年的亲戚胡吃海塞，是必定节目。在詹磊和心里和现实生活当中，他觉得岳父母都是最近的人，和自己的亲生父母没有区别。

有些厄难是自觉性降临的。

那一次，詹磊拿了四种药，医生叮嘱要连续吃九天。那药物吃了之后，詹磊感到胃就很舒服。吃到第六天，药吃完了。詹磊心想，与其去三医院自己花钱，不如在本单位的门诊免费再拿相同药物，吃够九天，也该请假回家了。

单位门诊部的值班医生是一个女的，詹磊来拿药，她很是热情。一般来说，同单位的人虽然不在一个部门，可大家平素还是有很多交集的，主要是相互之间的各种通融和帮忙。这大致是各大单位当中的一个特色，人情社会，同事、朋友，肯定是无形的财富。基于此，那位女医生不仅给詹磊开了他列举的几种药物，还建议他再与阿莫西林、小苏打等另外三种药一并服用，并说，这样的话，效果更好。

对于现代医学医药，詹磊是绝对的门外汉，女医生那么一说，他就答应了，而且回到宿舍，就把八种药物一同喝了下去。不到五分钟，坏事了。头晕、心慌，视物模糊，漂浮感，紧接着是濒死感。詹磊预感到不妙，跌跌撞撞地开门，窜上电梯，出大院和大门，直接到门诊部。还是那位女医生在值班。

有气无力地坐下来,面对那张笑容可掬的脸庞,詹磊简单说了自己的这种可怕的患病感觉,然后睁着一双迷茫和祈求的眼睛,看着那位女医生。女医生不慌不忙,说可能是血糖低了,或者甲亢。起身,翻看了詹磊的眼睑之后,又优雅地坐下,开单子,让詹磊抽血化验,还有心电图。詹磊知道这也是必须要做的。摇摇晃晃起身,出门上楼。将近一个小时,拿到结果后,显示一切正常。詹磊坐在女医生面前,还是感觉天旋地转,连女医生的脸都看不清了。

5

这是詹磊罹患抑郁症的真正起源,但是詹磊,直到五年后才知道。他在相关书籍上查到,抑郁症大致有心因性和药物性两种。而他的抑郁症,属于后一种。整整一年,詹磊都在这种非正常状态下生活,有时候走在街道上,濒死感突然来袭,詹磊也觉得自己马上就要死去了一样,惶恐不已。看到医院,就直奔急诊室。

可每次检查,也都是心电图、血糖等老几样,除了窦性心律也都没什么问题。可詹磊就是不适。有一次,刚回到宿舍,詹磊忽然觉得胸闷、眩晕、后背发凉,继而全身严重僵硬,意识混沌。那一刻,詹磊明显地感觉到自己就要死去,但求生的本能使得他不得不挣扎一下。现在想起来,詹磊觉得,那种挣扎其实也是徒劳无益的,无非是把自己放倒在床上,顺其自然。他的心里,一直有个激烈的念头，对自己说：詹磊，你必须活下去，你还有老娘和妻儿。

是的，詹磊就是这样想的。这一点，詹磊也和安丽说过。说这话的时候，安丽已经开始决绝地给詹磊要离婚了。那是一个晚上，安丽照样躺在床上，一脸倦容和怒容，头发蓬乱而黏结，好像受了全世界的委屈一样。事实上，詹磊也没有惹她，因为，詹磊这一天都在十里外的市中心上班，傍晚下班方才回家。回家之前，詹磊想，女人嘛，心思幽秘又时常会莫名其妙、左右不是，甚至撒泼耍浑、驴头马嘴，偶尔，心情不顺，闹一闹，出出气之后，再过一阵子就好了。谁知道，这一次，安丽越闹越凶。詹磊就有点想不通。更令他没有想到的是，他和儿子回到家，安丽不仅没有起床，也没有做饭。这也没什么，没饭自己做，不行叫外卖。可安丽一看到詹磊，就哭，然后发疯一样地喊叫，不断地拍打床铺，甚至头撞墙，手指抓，安静不到一秒钟，又翻滚到地上，身体在墙壁和双人床之间乱撞，寻死觅活。

那样子，让詹磊感觉到无比恐怖。这是詹磊和安丽一起近二十年来的第一次，在此之前，安丽也闹过，但从没有这样的没头没脑，形状可怖。也就是从这时候开始，詹磊觉得，安丽暴露了她一生或者心性当中最真切的东西，即内心深处乃至精神上的某种极端情绪与爆发性改变。

詹磊沉默地抱着安丽，安抚了一下。可安丽安静了不过几十秒，就一把推开詹磊，眼睛发直，而且极度迷茫，看了詹磊几秒，突然又放声大哭起来。这种阵仗，詹磊第一次见到。那一刻，詹磊也觉得，安丽已经进入了一个超级非正常精神状态。但到底是什么致使安丽如此，或者说，安丽突然的疯癫，一定有非常隐秘的原始因素。詹磊下意识地再次抱住安丽，在他和安丽多年的生活当中，詹磊一直坚持着恋爱和婚姻之初，自己对安丽及安丽父母承诺的誓言，这一辈子，不会动安丽一根毫毛。

将近二十年的时间，詹磊确实也做过一些不着调的事情，比如前两年，詹磊与其他女子着实暧昧了一阵子，尽管后来打住了，可这也是污点。尽管他藏得很深，可还是被安丽发现了，安丽当即用暴怒的耳光，对詹磊进行了暴力惩罚。

最大的那次是他们结婚第四年。那时候，詹磊三十岁出头，在单位虽然没有担任实际职务，但和单位领导要好。钱啊，事儿啊，看起来没有话语权，可时时处处都能体验到领导身边红人的优越性，这种现象，大致可以称为"近距离权利"或者"权利的内边缘作用"。但詹磊却没在钱和权利上出问题，而是在情感上。

起初，他和外地一个女的只是朋友关系，而且是那种单纯的文友，不对，詹磊对"文友"这个称谓有一种天然性排斥，觉得文友这个称谓本身带有一定的侮辱性。在他看来，无论男女，有个舞文弄墨的习惯，应当是自觉自愿而且纯粹的，文友一词显然轻佻而不当。起初，詹磊和那个女的只是聊诗文写作，一起在网络论坛你点我评，相互之间偶尔说点"吃了没？""累不累？""回家没？""睡了没？"之类的有效废话，久而久之，就有了那么点男女之间的情愫。几个月后一发不可收拾。

詹磊那女友，名叫张蓉蓉，彼时还是单身。和詹磊有了暧昧关系之后，又和男友正式分手。她的理由是，自己这样的人，不想活过四十岁，因为，四十岁以后，女人就变得面目可憎了，美不起来，也不甘心。那将是非人的折磨。与其结婚，坑害别人，倒不如自己过，与其不断地残花败柳，不如就让自己的生命止于绚烂之际。到了四十岁，找个合适的方法，把自己弄死好了。

话虽这样说，但张蓉蓉又十分矛盾地经常对詹磊说，哎呀，詹磊，你说，人来世上一遭，总得留下点什么，不然的话，和草木猪狗有啥区别呢？大致是基于这种想法，张蓉蓉又渴望和詹磊生一个孩子，并且要自己养，不连累詹磊半分钱。爱情中的男人都被魔鬼置换了思维，浑然不是现实中的自己。詹磊想也没想，就答应了张蓉蓉。在差不多半年的时间里，詹磊和张蓉蓉的话题和心思，就都围绕这个中心绕圈圈了。

6

每次和赵芳一起，詹磊都睡得很舒服。

詹磊把自己的感受也对赵芳说了。

赵芳听了，包含挑逗性地笑着说，那当然的了！

詹磊转了一下身子，抱住赵芳说，和一个自己喜欢的人睡在一起的感觉，更舒服。前者可以说是感官上的愉悦，也可以说是身心共同缔造；后面的，则是纯粹的心理和精神上的。也或许是古老的阴阳平衡乃至磁场相吸的结果，也可能是一个长期单独睡眠者乍然与另一个异性同床共枕的安心与坦然。相比较而言，后者可能胜于前者。

赵芳嗯了一声，正色说，也大致是这样的一个意思吧。天地生男女，就是为了互补和平衡。对于赵芳的回答，詹磊不是很满意。从内心说，詹磊喜欢和尊重那些有深度的知识女性。就像他和安丽在一起的时候，突然遇到的那一位女"文友"一样。对这件事，从见到赵芳的第一天，詹磊就如实告知了她。

赵芳听了，看着詹磊的脸，凝重地说，是不是你们男人都会这样？见到别的女人就口水三尺，远观不过瘾，还要有一腿？

詹磊急忙说，这倒不一定，要看实际情况。有些男的，确实以猎取女性肉身为主要目的，这和嫖娼还不一样。嫖娼纯粹是为了游戏和释放身体的某种动物性需求，而花花公子，则沉迷于两性之间的器官接触和各种动作乃至释放、抵达的肉身极乐境界。还有一些男的却认为，爱情或者说身心合一的，才是极致与美丽的，不仅可以愉悦身心，还可以使得人在这空茫而又繁杂、沉重的现实生活中得到一种无与伦比的安慰和鼓舞。

詹磊举例说，就像他以前和张蓉蓉。两个人好到了男方不顾一切地要离婚，转身娶她的程度，但两个人却没有任何肉身关系。那时候都想着，这样的美事，一定要庄重，还要有一种隆重的仪式感，必须到了新婚之夜才可以。多美好啊！可因为张蓉蓉的不克制，等不及，胡闹，惊动并伤害了他的妻子安丽，三个人闹得天翻地覆，致使安丽精神抑郁而身体受损，进而结束。

詹磊说，当他看到妻子安丽的检查单上显示肝部有阴影及轻度精神抑郁的瞬间，他就决定，无论如何，他都要陪着安丽。那一刻，看着形容憔悴的安丽，詹磊眼泪决堤，一把抱住安丽，抚摸着她的后背说，你好的时候，一切都可以，你不好，我绝不离开你！

赵芳表情沉静，手掌放在詹磊的胸脯上说，你是一个好男人！

詹磊叹了一口气，看着白花花的天花板说，所以，我没有怪我前妻，因为自己也有一次出格的行为，她这样闹，是我的报应。而且是对我的一种惩罚。我这两年多以来没有再找对象，甚至都不碰一下别的女人，心里也是想，等前妻气头过了，回心转意就行了，再严重一点，即使前妻有其他的男人，只要回头，我也可以接受和原谅。

说到这里，詹磊忍不住眼泪溢出，随即也觉得心脏和肠胃一阵绞痛。这种感觉，他以前只是听说肝肠寸断、心如刀绞之类的成语或者形容，第一次真切地体验到，还是前妻安丽决然和他离婚之后，詹磊一个人熬过的抑郁症加浑身莫名不适的岁月。对此，詹磊对赵芳，包括在赵芳之前短暂相处过的一个女孩子毫不隐瞒。从本质上说，詹磊是那种很坦诚的人，当然，天下没有毫无保留的人，也没有真正的"真"与"本相"的人。

其实，第一次和赵芳认识的时候，詹磊就连篇累牍地说了自己的一些不好之处或者现实中的实际问题，如性格上的外刚，即在家庭之外的雷厉果决、当仁不让甚至关于插科打诨；内柔，即在家庭，特别是在妻子面前的绵若羔羊、过分温驯等。当然还包括自己的情史。前妻和前妻之外的女人，詹磊都对赵芳说了。不管有无实质性的关系，全部坦白讲了。

赵芳倒是大度，对詹磊说，这个没啥，人嘛，遇到了，可能就会发生一些应当发生的事情。再说，那时候，我们还没有认识。可能是投桃报李，赵芳反过来也讲了自己的情爱历程。在詹磊之前，前夫之后，赵芳离婚五年期间，先后有过两任正式的男朋友，最后一个，是今年春天才分手的。

赵芳说的时候，詹磊没说话，可心里，却有了某种不快的感觉。这种不快，大抵是男人们所共有的，即自己的女人只能和自己发生肉身上的关系，倘若自己的女人和其他男人了，特别是同城甚至同圈子的，那么，这种心理上的阴影与压力就会层层加重，以至于发展成疑心病。

因此，詹磊潜意识里觉得，假如和赵芳真成了夫妻，因为双方都有比较固定的单位工作，又不可能调动，还生活在同一个城市甚至熟人圈子当中，这是非常尴尬的。比如他和赵芳一起参加某一个聚会，或者在街上、江边和公园等处散步，迎面而来或者偶尔跟赵芳打招呼的异性当中，谁知道哪一个就是自己的前任？

这种没有目标和方向的敌对感和耻辱感，会使得男人的自尊心瞬间崩解于无形，而且自伤严重。从某种意义上说，爱情可能有很多的共性，但作为婚姻中的丈夫和妻子，则具备了社会契约、道德甚至良心上的自律性和排他性。

7

你的心里，还有你前妻，还没完全放下！这样的话，不仅赵芳这样说，詹磊新认识的另一个离异妇女朱燕也这样说。

与赵芳相比，朱燕是那种高学历的女性，博士、诗人加现当代文学研究与批评家。这件事说起来也奇怪。詹磊一个女同事在外地培训的时候，与朱燕同在一个班，久而久之，两个人就熟悉了。然后就做了牵线的红娘。事实上，朱燕和詹磊也算是旧相识，早在十几年前，朱燕就向詹磊请教过一些文学专业上的问题，而且是当代新诗。詹磊也依稀记得，是有一个叫朱燕的博客朋友和他讨论过一些文学上的问题。

如今说起来，两个人都觉得恍然惚然，除了感叹岁月如滔滔大河，一流就是十多年之外，马上就把话题切到了对方为什么沦落成单身及自身现状上面。詹磊如法炮制，把自己这些年，特别是自己被前妻安丽离婚的实际情况，以及净身出户、新供职的单位、所在城市的风情，甚至他罹患抑郁症的某些症状，包括新近爆发的轻度萎缩性胃炎等等，都毫不保留地说给了朱燕。

朱燕也很坦率地说了她为什么离婚，以及离婚后和一个有妇之夫的情感纠葛等。

朱燕在微信中真切地对詹磊说，她前几年不想再结婚，今年以来，忽然春情泛滥，迫切地想找一个安妥身心的人，再生一个孩子。

安妥身心，特别是再生一个孩子。朱燕的这句话使得詹磊怦然心动。尽管他和安丽有一个十多岁的男孩，但离婚的时候，儿子选择了和安丽在一起。虽然夫妻离婚，孩子无论何时都还是自己的，但在詹磊的内心深处，却总觉得是一个巨大的遗憾。在城市多年，浸淫了太多的现代文明与城市思维，但詹磊的骨子里还是比较传统的，他一直觉得，生儿育女，特别是有一个孩子始终在自己身边，不仅是家族香火的问题，也还是人的正常生活的标志。

詹磊还一直觉得，当代的生活虽然科技第一，信息笼罩，人类的各种活动和日常所需将越来越方便，智能化工具的不断涌现会使得人们无条件地解决基本的劳动及其他实际问题，但在未来，人和人之间的关系肯定会变得越来越隔膜甚至逐渐生疏，更还有可能敌对，误解，且不解加剧。在这种情况下，古老的血缘会使得人拥有一种天然的信任和安全感，而安全感则是最重要的，它可以让人在纷繁的社会现实中，找到一个共同的天窗及隐秘而自在的光照与抚慰。

再后来，两人迫切地见面了。

准确说，是朱燕主动的。正式聊了几天，詹磊去陕西出差。给朱燕说后，朱燕说，她也去。这对于詹磊来说，有点突然。况且，他现在还和赵芳若即若离地谈着。他心里很想拒绝，不要朱燕去。

可朱燕的性格就是那么爽直。没等詹磊回答，就买了高铁票。

詹磊只能依顺于她。

詹磊知道，自己性格当中，有一个致命弱点，那就是太柔软了，什么事情，都不忍拒绝任何人。比如，一个同事借了他几万块钱，五年了，他也催要几次，但对方一说自己有困难，他就心软了，主动允许对方再拖些日子。在情感上，詹磊也是如此。和朱燕的最初想法，詹磊也是抱着"万一比赵芳更合适的呢"的态度。

捡到筐子就是菜，用这句话来概括詹磊现在的情状，是最贴切的。他迫切而又有些贪婪地寻找属于自己的那个人，用以缓解自己的抑郁症，不规律的生活，以及心神无靠的心理、情感与精神困境。当晚，两个人就见面了。在机场，然后同乘来接詹磊的车，到詹磊公差目的地，吃了点东西。朱燕也没说别的，直接和詹磊进了一个房间。这还不算，一进门，就主动抱住了詹磊，而且一条腿还绕到詹磊的大腿后，进行挑逗。这样主动和大胆的女子，詹磊还是平生第一次遇到。

可詹磊居然没有一点反应。这简直反常。

詹磊想起和赵芳第一次的那种甜畅淋漓，不免有些沮丧。但心里，还是希望自己能够快速恢复正常。他觉得，中年女人，在性的问题上，是比财产、事业、感情、人品还要看重。性是生命的原动力。詹磊深知这一点，但他这种深知，也是既往经验，具体说，是男性经验。而现在，人到中年之后，他才深切地体验到，中年的世界，其实是女人的，男人只是青年时代的主角，人到中年之后，无论是生理上还是精神上，女性跃居其上，成了中年世界的主导者。

这一点，从赵芳到朱燕，詹磊深切甚至刻骨地感觉到了中年女人的强悍，由此他也想到，从前和安丽一起的时候，虽然夫妻生活也正常，一周至少两次，但每次都比较短，甚至有些机械……这可能是导致安丽对他严重不满意，乃至决然离婚的深层次原因。尽管，安丽到现在也未必承认这一点。

人的忧虑与失败来自内部，也来自道德即传统的力量。有几次，夜深人静，詹磊忽然觉察到，即使安丽和他复婚，但复婚后的难题更令人头疼，不说他会不自觉地对安丽产生很深的戒心，再不会把工资卡交给安丽，一切不问，即使夫妻生活，他也会有产生心理上的障碍。想到这里， 詹磊总是会倏然坐起，感觉像是一场噩梦，浑身冒汗、焦灼不堪。

这时候，詹磊才深刻地意识到林昭美所说的话的分量。也就是说，夫妻之间，其实是安心最重要，倘若失去了基本的信任感，再好的婚姻也都会是一场灾难。与其空洞地海枯石烂，地老天荒，不如轻松地好说好散，各自寻安的好。

8

和朱燕聊天，两人颇为投机，对世俗乃至文学的看法与主张等等，也都非常契合。以至于詹磊认为，他自己终于找到了一个和自己相匹配的人，可以相互托付后半生的绝佳伴侣。因此，两人分开后的日子，詹磊心里充满了稳定感，还有一种重生的感觉。

尽管如此，回到单位之后，詹磊又去见了赵芳。

这一次，是他乘车到芳所在的城市，不远，半个小时就到了。之所以如此，一是詹磊觉得，赵芳虽然俗了一点，也不怎么爱好文学艺术，但是一个会生活的女人；他詹磊不就是要这样的女人吗？文学艺术之类的，终究是现实生活之上的事物，人到中年，最重要的不是这些，而是真切、琐碎而又庞大的现实琐碎及其各种要素。二是生理欲望在作怪。詹磊觉得，和赵芳做爱有一种自觉的自然与畅快感。他还想要。于是乎，就神使鬼差地又和赵芳约会了。

其实，这一个行动，詹磊心理压力很大。他也知道，这是不道德的，也是对不起朱燕的。但他却无法遏制自己。去到，吃饭，两个人直接进房间。詹磊就把手机静音，到第二天早上，趁赵芳洗漱的时候，詹磊翻看手机，发现有二十多个未接来电，都是朱燕的。

那一刻，詹磊的心是慌乱的，有一种急于逃出房间的感觉。但他知道，这样急切地回电话，可能会使得朱燕更加猜疑，还是稍安勿躁，等回去之后，再给朱燕回电话，就说手机忘在办公室了之类的。

这时候，詹磊也方才体验到撒谎的不自由，尤其是这种不自由对于良心的那种咬噬的疼痛感。好在，朱燕对此没有表示任何怀疑。两人扯了一会儿各自当天要做的事情之后，詹磊又说起自己的抑郁症和胃部胀满、嗳气、疼痛和烧灼感。朱艳说她认识一个蒙医,专门治疗胃病的,很多严重的胃病,都治好了,更重要的是,她也非常熟悉。然后声色严肃地对詹磊说,再不要说自己抑郁症,你没有,你的一切身体问题,都是颈椎和心理引起的。说到这里,朱燕加重语气说,你再说自己是抑郁症,我真的要重新考虑了,谁愿意和一个精神上有问题的人一起生活?

听了朱燕这句话,詹磊不由得打了一个激灵。他瞬间明白,是朱燕的强势,导致了他的某种心结,即在朱燕面前,他又回到了和安丽一起的情状,一切都是被动的,一切都被女主笼罩了,他不过是一二奴仆,连臣子都算不上。这种来自女性的高压,使得詹磊深切地感到了作为一个男人的无力与无奈。

和安丽在一起的时候,他觉得安丽性格太刚强和任性,家里的一切都是女主说了算,他就是一个傀儡。安丽没有工作,一家人靠他的工资生活,安丽还表现得比较温驯,凡事征求他的意见。最近五年,安丽做生意,赚了一些钱之后,对他的态度竹竿一样节节改变,从不满到不屑的发展几乎是可以量化的。及至离婚前一年,连早餐吃什么,不吃什么这样的蛋卵小事,詹磊都不敢擅专,都得征求安丽意见后才"实施"的。

更可怕的是,朱燕和安丽一样,内心深处,都是渴望被控制,或者说对方比自己更强的人,尤其是婚姻和家庭生活。安丽之所以不管不顾地离开詹磊,不是詹磊这个人不好或者不够好,而是詹磊好得有些过分了。再加上安丽和詹磊不同于一个圈子,一个文艺一个商业，两个人互不交集，尽管詹磊多次想把安丽引入他的圈子，可安丽天性上对文艺不感兴趣，每次都是拒绝。詹磊呢，从小就不具备商业头脑，对商业和生意之类的，完全门外汉，就知道拿工资，再赚点小稿费。这样的话，两个人从文化乃至精神层次，最重要的是世俗生活上有着天堑式的分野与不兼容。

安丽渴望的是雄性的引领与攀登，是具体而琐碎的生活，是物质的极度满足与不断积累，而詹磊则是过一种比上不足比下有余的平常日子。现在的朱燕，虽然也是理想主义色彩浓郁的文学青年和文学研究者，但她的要求却是男人不仅精神上强大，还要物质上的适度富有。对这一点，从两人几次聊天中就可以看出来。和安丽离婚后，詹磊把原先的房子赠予了儿子，后来的房子是安丽出了大部分钱，詹磊出了少部分。起初，安丽要在房产证上写詹磊的名字，詹磊毫不犹豫地说，前一个房子写着我的名字，这个就写你。

那时候，詹磊还想，安丽闹离婚，也就是一时半会的事情，不会是真的。再说，夫妻这么多年，他知道安丽不算是一个邪恶的人，也不会不顾大局。更重要的是，安丽虽然只有三十七岁，但这个年龄的女人，比四十多岁的男人，还高不成低不就。再说，像詹磊对老婆百依百顺，用心真心，还有社会地位的丈夫，以后，她安丽真的再难找到。

朱燕沉默了一会儿，脸色严肃地说，詹磊，像你这样，没有房子，我又是从另一个城市到一个陌生城市去，以前的房产给了前夫和孩子，自己在那里还有一个小房子，但还要还贷，父母也没有收入，还要我和弟弟供养。你这样的情况，必须要回一套房子来，我们虽然不追求物质，但我们连房子都没有的话，以后的生活质量乃至个人的学术研究和文学创作都会受影响。再说，还要要一个孩子，没有基本的保障，怎么要呢？

朱燕这番话，不是没有道理，而是事实情况。

詹磊觉得，只要两个人相爱，就不会在乎其他。夫妻齐心，其利断金。

尽管朱燕所说确实有道理，詹磊心里还有点不怎么满意。他记得，自己和前妻安丽恋爱和婚姻之初，他是一穷二白，唯一的凭仗就是有一份工作。安丽呢，辍学后一直在广阔而毫无前途的农村务农。那时候，也有很多同事劝他说，找个有工作的，以后生活有保障。

詹磊始终对这种说法嗤之以鼻，甚至觉得人世间的爱情都被这样俗气的东西连皮带骨地玷污、猥亵了。以至于在很多的场合，詹磊义正词严地说，这个汉族人（好像他自己不是汉族似的），几乎没有真的爱情，都是物质了、权势了之类的。还是游牧民族好，为了爱情，可以抛弃现有的一切，去追寻自己内心的美好。

经过一番思量和比较之后，詹磊觉得，朱燕可能是自己这些年以来，遇到的最合适的女人，尽管也还有许多的不合适，如朱燕的强势，对物质的要求，前者是他之所以被离婚的根本，以及短处，后者是他目前的现实困境，净身出户的中年男人，上班族，他能有多少积蓄呢?

在此期间,詹磊一直在看房子,这座城市,以前的房子只有八千,去年一下子飙升到了均价二万五以上,还限购。这也是一个极大的现实问题。詹磊感到,人生的困境真是此起彼伏,每个人都深陷其中,而他自己,似乎是最惨烈的了。

但在这世界上,他詹磊不过是遇到了很多人也同样遭受的问题,根本算不上什么灭顶之灾,更不是什么大不了的苦难,相对于其他人的更惨烈的人生际遇和苦难,他只是想在中年的此刻,能够恰如其分地安妥自己的越来越衰老的肉身,为自己的精神和灵魂造一座不必奢华的宫殿。

可目前来看,詹磊也还没有找到相应的对象,更没有可能开始建造。

对于这一点,朱燕也早就明确讲过,没有自己的房子,恋爱和结婚都是奢侈的。可詹磊只能如此,他又回到了左右无依无靠的青年时代,可现实给予他的时间,却又是如此短促,一个年纪半百的男人,此情此景之下,除了奋力另起炉灶之外,毫无退路,也没有其他选择。

躺在很深的夜里,詹磊总是辗转反侧。即使睡着了,也是噩梦不断。有几次,他梦见了一些陌生的街道和家,有的是乡村,有的是城市的楼宇。其中一些人的面孔,总是恶狠狠的,不是拿着菜刀追着砍他,就是眼神里充满鄙夷或者仇恨。

倏然醒来,詹磊觉得更加沮丧,是那种无法遏制的败坏情绪,毒药一样迅速蔓延。他起身,洗了一把脸,站在凌晨的窗前,看着有些安静的灯火,偶尔驰过的各种车辆。他总是觉得,那些在黎明时候拉运渣土的卡车和自己很像,不光是负重缓慢的样子,而且还有它们蹒跚而且臃肿的形象。

我深爱着的他和你

两个我都爱,而且深爱、挚爱、惜爱和永爱。只是,其中一个,几年前跟着他母亲离开了我。现在,我和她,必须再要一个孩子。我老了,死了,还有人陪着她。抱着这种心态或者愿景,2020年4月4日,在成都锦江区妇幼保健院,我看到了另一个崭新的人。从产房出来的时候,自带一身高洁,但必将被万般红尘熏染得浑浊的他被包裹着,躺在他母亲身边,不出声,睁着一双刚进入尘世的眼睛慢慢地看。我有些激动,笑了一下,然后是眼泪。人生于此时刻,大致是最幸福的情景之一,当一个完全隶属或者派生于自己的新的生命横空出世,这真是一个至为隆重的时刻。

在此之前,我想我这一辈子可能只有一个孩子了。他于2002年在巴丹吉林沙漠的酒泉卫星发生中心医院出生,护士抱着他走出来的时候,他也睁着眼睛,黑黑的,他肯定看到了白色的墙壁,以及我的脸。但我没有跟着护士去仔细看他,而是仍旧候在产房外面,等剖腹产的妻子出来。那个时候,我还在空军某部服役,驻地是古称瀚海、泽卤的浩荡大漠,距离最近的城市也有两百多公里的路程。我以为,孩子是次要的,如果有什么不测,在他和妻子之间,我更多地倾向于后者。而现在的心境,我觉得两个人都极其重要,医疗条件的提升,身在城市的诸多便利,都使得女人的分娩,在某种程度上减少了不必要的风险。

这是科技给予每个人的"福利",而我还想到,科学与科技的发展,各种便捷和安全仅仅是一种外在的保障,人这个高智动物,其最核心还是要具备"心"与"爱"的情感和思想。除却这些,再发达的科技也是无效的,它无法深入人心,并且赋予人以复杂的感官和情感体验,也不可能使得人类真正地消除仇恨、误解、冲突乃至各种灾祸、战争。科技只是一种方法论和实践方式,一种人人应当具备看问题和解决问题的能力、素养,以及创新意识和求是态度,更有一种兼济众生的情怀与境界。

接过推车,推着他们母子回病房的时候,我满心地笑。这就是最好的了,大人孩子平安,在我和她之间,又有一个人加入,而且来自我们两个人,携带了我们双方遥远的血脉与基因传承,以及各自成长的文化地理环境和现实生活习惯等等讯息。这是一件过于奇妙的奇迹,也是人类之所以总是在绝望后又充满希望的根源之一。不论如何伟大、光荣和卑贱、低微,最终都是要归于寂灭的，但在寂灭之前，看到有一些新人郁郁苍苍，无论是善恶还是美丑、仁慈还是暴力，也都有了相应的继承和坚持者。这令人悲伤无奈，又不得不觉得，世界和人类还会存在很久，一直到天荒地老与海枯石烂。

前额没有头发，也像我一样。当年，大儿子锐锐出生之后，也是前额没有头发。开始我还觉得对不起儿子，几个月后，儿子的头发却都长出来了，且浓和黑。这刚刚从母腹中破土而出的二儿子，大致也会这样的。我的头发沦落，被俗人称之为光头或者秃瓢，却也不是遗传的。我父亲直到去世，也是满头的黑发。我导致脱发的原因，仔细回想，确认是多年前在巴丹吉林沙漠空军某部服役时候，有一个瀚海阑干百丈冰的夜晚，我放了一些暖气水洗了一次头发，次日，就发现枕巾上落了一层头发，一根根的，犹如杂草窝。战友劝我说，这得去医院看看，你现在还年轻，还没成家，更没有谈对象，要是头发掉成了戈壁滩，估计对你找老婆也有很大影响。我觉得是这样的道理。可自己还是一个一文不名的义务兵，一个出身乡村、在这个世界上一切都还茫茫然如祁连雪野的年轻人，业未立，器不成，即使满头漂亮的头发又有何用？基于这种心理，便没去医院，也不想去医院。医院那个地方，总给人传达一种万事皆休甚至咬人肌肤的死亡气息。几年后，我前额的头发就没了，一片白白的面板出现在头顶，夜里宛如明月，只是冬天时候必须要戴帽子，否则，一出门，头顶就愁云惨淡万里凝了。我这种对自己的头发的决绝想法，真有点霍去病"匈奴未灭，何以家为"的豪壮气概。

他哭，声音不是那种尖利的，而似乎冰裂的响声，在我耳膜中如雷声一般。我抱着转悠了几圈，而他的目的却是吃奶。我只好把他放在妻子怀里。婴儿的哭，是对世界的宣告，也是对世界的失望，是对生命的反讽式赞颂，也是对万物终极宿命的悲悯。没有牙齿的哭是和善的，也是绝望的。对这个时代乃至人类的未来，我一向悲观。他还没有来到的时候，我们想有个他。人在这个世界上，能留下的东西极少，甚至连一只影子最终都会被天地没收，消失无踪，唯一可以的，便是自己的基因。人类之所以绵延不休，坚持了数千年甚至几十万年的根本原因，就在于生殖。时代发展到今天，很多东西都太快了，尤其进入新世纪之后，整个人类的科技创造及其普及率，已经超越了以往任何时代，以至于每个人都被其强大的力量所裹挟甚至被要挟。

每一代人都要经历一场或者多场苦难，由此向前数，父母、爷奶、曾祖等等，不是洪水地震，就是战争、瘟疫和饥荒；或许，上天在给予人基本的生活与简单的快乐、复杂的构造和政治影响、丰富的体验和心灵感受的同时，也植入了不可回避的灾祸与苦难。对于人类这种高智动物来说，一旦舒服一点，就开始肆无忌惮；略微有些幸福，就开始欲望极度膨胀；大致可以过得去，就会大肆挥霍。如果可以偷天换日，人类当然也会不遗余力，还会将自己的各种行为用语言加以美化，使之合理化，富有正义性。以此来看，人生人，人创造人，尤其在文明递进的当下，其实也有某些原罪在里面，即寻欢作乐，对肉身欲望的贪恋等等，从这个意义上说，民族传统中的养儿防老、积谷防饥的忧患意识完全是不可取的。我想，在古代，人们总是主观性地认为，对于子女来说，父母一是具备生杀予夺的权利，二是有着旷日持久、含辛茹苦的养育之恩。因此，养儿防老，衍传后人，便成了所有人的心理，即期望自己的付出能够得到回报，尽管不及自己当年辛苦的万分之一，但在晚年，儿女能给予他们一定意义上的安慰与照顾，也就心满意足了。再者，传宗接代之所以深入人心，其根本的一点，大致暴露了多数人对世俗的贪恋以及对自我血脉和拥有物质的不舍，而唯有子女，才能更好地接续和继承这一切，至于光宗耀祖的想法，大致也是诸多父母的期望，但前两者，却是最容易实现的。

我们生育他，就我本人来说，当然也是有这样的愿想的。主要是我，无论怎么心如明镜自视甚高，本质上还是一个俗人。我对她说，我四十多快五十岁了，一副身躯，已经向着垂垂老矣疾步如飞，你还年轻，如此还不觉得什么，待我腰身佝偻，甚至行将和"就木"之后，你也老了，身边还有一个懂你，知道力所能及地照顾你一下，哪怕几十秒钟，哪怕他不怎么孝顺，届时还能看你一眼，说几句心里话，那也是令人安慰的。尽管多年前，我已经对人生的多数东西不再向往或者说刻意要求，但我觉得，人应当为他人考虑一些现实利益，尤其是身边人。她年轻，一直对我说，真没有想那么远。孩子刻意不要或者暂时不要，先自己玩好再说。这可能就是代沟。一代人和一代人之间，分歧的永远是思想和情感呈现、表达方式。但我坚持，幸好也怀孕了。这样的事情，我始料不及，惶恐而又高兴。

我们总是悲观地在人世间的花草和荆棘中趔趄前行，却总是满怀希望地幻想前方的水边和山岭上有更美的风景。人本来就是矛盾的，但又和谐统一。在这个年代，一个人在母腹中诞生了，并不一定会真的来到世上，这和当下的人群观念息息相关。在很多时候，人们性爱，但起初的目的却不是生殖，而是自我意义上的娱乐。多数年轻人在条件不具备的情况下，选择引产。按照佛家和道教的说法是杀生之罪。自己年轻的时候，也曾有过。那时候浑然不觉，好像怀孕了不想要，引产就是一件鸿毛小事，可现在却觉得，一个生命，做好了来人世的准备，就应当善待他，让他按照自然规律生成和出生，并且拥有一个好的文化和教育环境。尽管我们常常事与愿违甚至很悲催，也总是寄希望于自己的后代，如何得与众不同，超越普凡同类，站立和行走在众人仰望与羡慕的峰巅，但根本的问题是，精英和巨人却极少，也不可能随意就诞生和炼成。因此，大多数人的人生，一如更多的人那样平淡无奇，甚至蝇营狗苟所为不过一日三餐，寻常衣裳，在这个社会上，连一丝涟漪都不会激起，而人还要无休止地繁衍下去。

该给他起个啥样的名字呢？

锐锐，是大儿子的名字。弟弟家的三个孩子也是我给他们取的名字。其中都带着一个锐字，只是，闺女是蕊，儿子是蕊和汭，大都是根据五行来的。这些年来，因为前妻和儿子强行与我不在一起，使得我放下了许多骄妄与趋西方的思想或者理念，从而回到了自己已有的文化传统当中来了。至于玄学，它可能是深奥的，甚至不可解的，但其中的一些规律性东西，还是令人信服的。唯心主义使得人安贫乐道，又充满宿命的意味，甚至对万事万物都采取了宽容与和解的态度。比如，我先前的生活，可以说是还比较优渥和满足的，和前妻和儿子锐锐在一起，从没有想到会中途改道，戛然而止，而改道的理由也很牵强，即说我太依赖她了，此外没有。此前，两人感情也不错，与公婆和岳父母的关系也非常融洽，但改变了。我百思不得其解，痛哭得只想抽刀断水，但不借酒浇愁。最终，我在玄学上找到了答案。因此，我觉得新生儿子的名字里必须也要有汭或者同音字。

我是有一些大家族观念的人，在南方和四川等地，看到一些大家族的宅院遗留，聆听他们的家族故事，我就向往不已，甚至有些膜拜。北方在古代王朝中多是流徙之地，尽管元明清三朝在此立都数百年，但每一次大规模的战乱，北方多数地方就成了兵火推演的边疆和前线，生民罹难，多数人一次次被迫迁徙，待到王朝逐渐稳定，再由其他地区充实过来。我们这一脉杨姓，便是明朝初期迁徙至南太行山区安家落户的众多流民之一支，在时间的"分解"之中，早就没有了宗族的观念，也从来没有过族长之类的乡村自治传统。而南方一带，因为多数是由中原地区迁徙而去的纯正汉族人,家族观念尚存,甚至历多年而不衰。记得一次,在眉山拜谒三苏祠的时候,我也想到,苏洵原籍河北景县,早年随其祖上至眉州做官而定居此地。其在眉山的建树,尤其是对两个儿子的成功教育,是大家族中的一个样板和楷模。并且,我还觉得,一个家庭,因为几代人秉持和坚守,建立和循行自己的一套价值理念,有自己的家风以延续后世,赓续传统。

在当下年代,这肯定是不合时宜的,也会被人嘲讽为复古的浑蛋或封建余孽。但我觉得,家族制之于乡村没有什么不好,"道法自然"之外,人才会成为一方民众的某种方向,其中,自身修养和为人处世良好者当然堪为一方楷模,其影响和带动之力,也是非常巨大的,这些士绅对稳定和调和基层社会生态,提高全民文化、文明素质,肯定是有助益的。我也想,我的儿子,肯定是祖父祖母和父母双亲,以及我和妻子的血脉,他和大儿子锐锐,以及弟弟的几个孩子,都属于同一源流,他们又是同一代人,在名字中,用一个字把他们有意识地连接起来,一是愿他们不忘祖宗,二是能够很好地团结合作。我想到了芮字,再加上一个"灼"字。芮字为"草生的样子""系盾的绶带","灼"字取《诗经·桃夭》中的"灼灼其华"之意。

他在夜里哭,我却睡得很好,有几次被护士强行喊起来。病房使得病人丧失尊严,陪护的亲属也是。我记得,大儿子锐锐出生的时候,正是六月初,巴丹吉林沙漠白昼的热浪铺天盖地,把树木和楼房都烧得神志慌乱。那时候,空调似乎还不太流行,我们所在的病房是多人间,因为剖宫产,再加上刚坐月子,不刻意开窗通风,以至于整个病房里犹如水蒸的大锅。我没地方休息,晚上只能找临近的床铺睡一会儿,有几次,实在瞌睡得就要瘫倒的时候,跑到隔壁病房里见有空床,躺下就睡。正在香甜畅转之间,被护士大声呵斥说:这是产妇的病房,男人不能在这里。这时候,我才知道,旁边的几张病床上,还睡着几位等待生产的产妇。只好起来。这时候,儿子也在哭。我去抱他,也没用。他的哭声在酒泉卫星发射中心医院的午夜回荡,使得静谧的大漠戈壁也有了一些动荡的生机。

锐锐生下来八斤四两,算是巨大儿。圆脸,大眼睛,一脸的沉静,好像已经谙熟了对他来说崭新的人世。我抱着他,他总是哭,这使得我烦躁。那时候,我不到三十岁,按道理,自己的亲生儿子来了,该是多么美好的事情,可我觉得有些麻烦。主要是他的不明所以的哭。再加上那时候的经济条件不怎么好,忽然添了一个一切都要花销用度的小孩子,负担也会重起来,根本没想到上述的诸如传宗接代、养儿防老之类的传统命题。以此对比,在略微年轻的时代,我也是一个绝对遵从西方价值观的所谓新潮人,这也是世界的融合速度和密度加快的结果。常读的书无不是什么卡文、斯基、乔治、文森、菲德、杰德、威廉、维诺、科斯等等西方社科著作及文学作品,对老庄孔孟嗤之以鼻,觉得他们的学说乃是致使中国近代落后甚至屡遭屈辱的根源所在。

可真的是这样的吗？我觉得一个说法非常好，即中国乃至东方文明是一个从高智到低智的过程，而西方恰恰相反。在守恒定律中，世上的万物必然有其对立面，也在不断地进行能量转化。老子《道德经》说："有无相生，难易相成，长短相形，高下相倾，音声相和，前后相随。"B·格林《宇宙的琴弦》中说，"一个基本粒子的性质——它的质量和不同的力荷——是由它内部的弦产生的精确的共振模式决定的。"

东方和西方的理论或者哲学，本质上是没有高下之分的。无非是东方的笼统，往往有结果而无方法，缺乏的是实证主义；而西方的实证主义，正好弥补了东方哲学乃至其衍生出的术数等哲学的笼统和玄秘。用一方否定另一方，应当是一个愚蠢的做法。因此，多年之后再去了解中国的文化源头《易经》和老子的学说，我觉得羞惭。中国人，在远古时候是智慧甚至超智慧的，而数千年下来，及至17世纪末期至今（或许更早至春秋战国之后），开始走下坡路。科学技术这个东西，它的发展规律是叠加式的，先驱一旦揭开某一项科技的盖子，顺着其中的螺纹和台阶，后人就可以挖掘出更多、更广阔的东西，那些"螺纹"不断扩大，进而派生和衍生出更多的学科及其相应的技术及实证方法来。

就像我当年对大儿子锐锐出生的态度，觉得这些可能是无所谓的，人的所有快乐都应当建立在自我满足的基础上，然后再去关心和创造其他有助于更多人的事物，这大致是所谓的个人主义之一种。但随着儿子一天天长大，我才发现和体验到了其中的美好,即一个人于世上活着,如白驹过隙,匆匆几十年之后,若只是一切为了自己,那肯定也是一种难以启齿的失败。从来没有一件事物的诞生与演进,仅仅依靠自身就可以完成的。人也如此。没有周边的食物与大的适应的物候空间环境,如果人只是一座孤岛的话,尽管可以兴盛一时,但最终是要自行灭绝的。我至今记得,大儿子锐锐一岁的时候,单位里有了一台数码相机,我正好是宣传干事,就把它拿了出来,在办公楼前后的草坪和树荫里,给他照了很多相片。其中一张,锐锐穿着一件红方格套头衫,下身是牛仔裤,理了发,头顶上留着头发,上下各长出了一颗门牙,坐在草坪上,胖胖的小手里抓着一根羽毛草,灿烂地笑着;还有一张,是他在草坪上学着走路的瞬间,那么开心,笑得似乎全世界只剩下了纯真与美好。

等他长到两三岁,我一直有个习惯改不了,每次下班回来,不是把他的一只手全部含在嘴里,就是他的半只脚。直到他七八岁了,我仍旧甘之若饴。我极其喜欢和儿子锐锐闹着玩,好像自己也是孩子一样。并且从一开始,我就把自己定位成儿子的兄弟或者小伙伴,从没有把自己当作他的爸爸。在很多时候,我和他闹着玩,他忽然哭了,我怎么哄他都不行,有几次在酒泉和嘉峪关玩,我和他开玩笑,动了一下,他就哭,他的妈妈就骂我。更多的时候,我喜欢让儿子在我背上乱踩,借以缓解长期伏案的背疼和颈椎疼。他也兴高采烈,从这边跳上去,在我背上蹦跶几下,再从那边下去。一家人一起,其实是一场漫长的修行及提炼过程。对于锐锐,从他满月那天开始,我就觉得他是自己生命当中重新生长出来的一部分了,同时他也是我父母和我和前妻的生命、情感血脉在人间的又一次递进和延伸。就像我母亲星夜到巴丹吉林之后,一进门,就趴在床上端详她的孙子,用粗糙的手掌一次次摸他熟睡中的脸蛋和手脚,那种虔诚与细心,让我觉到了血液里那种生生不息的暖意与美好。

而二儿子可可却很少哭,出院到月子中心。内心里,我对这些是排斥的,觉得还是回家好一些,便于孩子及早适应环境,产妇也康复得快一些;但月子中心的好处,也显而易见,只是价格昂贵。尤其是在这一个新冠病毒蔓延全球的春天。只有在不可抗的灾难奔袭面前,人才会觉得自己的虚弱。自从人类肇始,每一代人都有自己的苦难,每一个人也都会是生命的炮灰、时间的祭品。以此推测,今后一段或者相当长的一段时间内,大的经济环境大致是不容乐观的,尤其是对于个人来说,开源节流,过紧日子,是应当想到的切身之事。但也觉得,女人一辈子生育的次数可能很少,身体恢复得好一些,对她来说,也是抵抗病毒的基本条件。

可可有时候会笑,而且笑得很成熟,比"少年老成"这个词更提前了一些,简直是"出生即成年"。但我也觉得,时代及食物结构、生活环境和气候的改变,使得人也与从前有了巨大的差别。我记得,大儿子锐锐出生之后,表情看起来也有一些老成感,但几个月之后,他就又变回了婴儿应当的懵懂与茫然,甚至一无所知、一无所觉的状态。

我注意到，二儿子的笑是隐秘的，他通常会在将睡未睡或者假装休息的时候，肥嘟嘟的嘴角向上一拉，鼻子和两腮的肉也跟着细微挪动，嘴角微微上扬，然后呈现出一脸的笑意，而且很开心，也很通透的样子，好像他已经洞晓了很多秘密，甚至看穿了整个人生和人世一般，这使我惊异，同时也有一丝担忧。人在哪个年龄段做哪种事，持什么样的态度，才符合自然规律，可现在的孩子之早熟甚至早智，看起来是一件好事，其实未必如人所愿。多年以来，我最欣赏但却又遵循不好的格言和教条，便是"大智若愚"。我不想孩子早智早慧，也从没想过他将来如何的不可一世，成为某一方面的标高和楷模。普通人是最好的状态，倘若能够做个学问家、科学家和医生、教授之类，我倒是很开心的。因为，这些职业，有着为天地立心、为生民立命、为往圣继绝学、为万世开太平以及救助他人的意义在其中。

天地之间，人不独有；人也不会独生，而是众生之生。

吃了睁着眼睛看灯或者他以为奇怪的天花板，或者自己忽闪着眼睛，伸胳膊蹬腿，尤其是他挥舞两只小手啊啊啊不停叫的样子，我一看到就非常开心，觉得他这个动作里面，充满了生命的动力，也包含了渴望拥抱的情感。二十多天后，他笑得少了，但也不怎么哭，每一次哭，肯定是饿了。妻子的乳汁足够他吃了，可这个小子，往往吃了一顿母乳之后，还要吃一些液体奶，从起初的50毫升快速增加到100毫升。我仔细观察过他吮吸的动作，尤其是吃液体奶的时候，小嘴一嘬一嘬的，均匀、有力，还特别优美。看着他吃一会儿累了，长出口气，含着奶嘴歇息的模样，我就想笑。喊他的乳名可可，或者叫他杨芮灼。吃了奶，必定会拉屎和撒尿，他排泄的声音尤其大，好像大人一样，我听到，有点惊天动地的感觉。给他换尿不湿的整个过程中，我叫他杨臭臭。还有几次，我刚打开尿不湿，他的小鸡鸡一竖，一股尿便喷射而出。

这也是快乐的，记得大儿子锐锐小时候，那时候还没流行尿不湿之类的替代品。人类的发明创造越多就越会对自己形成限制，甚至是某些技能的剥夺和僭越。那时候，我每天下班洗尿布。儿子的屎尿，也没有觉得脏。二儿子用的尿不湿，完全省略了洗尿布这个环节。我觉得不是什么好事。人只为人，应当还是原始和拙朴一些好。当我们的文明越是加速递增和改进发展，其中必然存在着巨大的反噬的可能或者说必然。我也想到，不用等我们老了，即使现在，自己的亲人到了生命终点，屎尿不能自理的时候，我们会不会像对待孩子一样不嫌弃？并久无怨言？现在，手机很方便，录下来保存起来，等儿子长大了再给他看，他会不会觉得很羞惭或者幸福呢？

人说，自己不养儿女不知父母恩，看起来这句话是对的。每当这时候，我就想起自己父亲，奶奶病逝之前，是父亲陪着她，给她端屎端尿、洗脸梳头的。这使我吃惊，从来没有想到，父亲那么木讷，在自己母亲面前，却是如此的细心和孝顺。我相信，基因和血脉之间，是有传承的。就像岳母和妻子说，可可长得像爸爸，除了眼睛之外，大抵也都是我的翻版。我很开心。我也知道，子孙后代，不过是另外的一些自己，或者代替自己在世上穿梭行走的躯壳和灵魂。就像我，父亲虽然去世了，可村里还有人见到我会说，这是杨恩富的老大，或者问我是谁的孩子，我会告诉他们，俺爹的名字叫杨恩富。他们听了之后，就会啊一声，说，知道，南沟村的，然后还会说一些与我父亲有关的往事。对于我的两个儿子，大儿子锐锐已经高中三年级了，面临高考。因为长期不在一起，我能做的，就是说话和钱。和他们母子分开的最初几年里，一想到锐锐，我就泪流满面，心疼得就要碎裂了一样。我确认从灵魂里爱我的儿子锐锐，尽管他可能至今不知道，在他妈妈和我闹事离婚的时候，他也没劝阻甚至同意他妈妈这样做，但我知道，他有点太成熟了，或者太自以为是了，更或许，是他也受到了当下一些所谓新思潮的影响的结果，如夫妻不合适就不在一起了，离婚是平常事等等，直到现在，锐锐也从没有给我说过他个人对于他妈妈和我离婚的个人想法，每次和他见面，都是说一些其他的事情。

直到现在，我也没有对锐锐说过，他又有了一个弟弟。我不知道该怎么跟他说，也觉得这时候说也不好，他正在迎接高考，不能让他分心、思虑其他的事情。有几次，我抱着二儿子可可哄的时候，不自觉地把他叫成了锐锐，急忙改口。我肯定不是有意这样叫的，而是和锐锐一起生活多年，已经使得我形成了某种心理惯性，一提起儿子，就是锐锐。现在，可可来了，我想，他俩尽管相差十八岁，但也是同父异母的兄弟，也都姓杨。

人生的诸多不快或许是命中注定的，但无论和谁，肯定也是冥冥中的缘分。我爱大儿子锐锐，但不会像当年那样再去爱他的妈妈了，我以为的恒定不变，最终也只能从亲人一般的一家人到对面不相识。夫妻，其实是一种合作，一旦合作结束，也就返回了陌生人的位置。

我爱可可，也爱他妈妈，因为我们是新的一家人，除了他们母子之外，我没有更入心和可靠的人了；从这个层面说，还是血缘关系是世上最为牢靠的和长久的。我还记得，和前妻离婚后，我给儿子写过一首痛彻心扉的诗歌，题目就叫《写给儿子》："要去另一个地方，目的地是'无处安放'/你知道我是爱你的人，爸爸这个称谓可以忽略/十五年不是一闪而过/是我就着奶香咬你的小脚/含着你的手掌，在你的恼怒中呵呵大笑/有一次我把你举过头顶/你忽然撒尿。更多时候我看着你玩耍/调皮、爬树、打拳/……我的儿子，你真的太好。直到有一天我不敢近身/用拍肩膀和打屁股，代替心里的日光与青草/你长大了，爸爸已经变得无关紧要/而我却总是想你抱抱。一个男人越来越老/另一个男人，他正在广场奔跑/你的内心满是星斗，还有那么多未知的照耀/可我还想从前那样和你手拉手/一个男人总是自我抚摸/爸爸站在门边，梦想你看见/也像你小时候，抱抱我，再拍拍我的胸口/笑着说，爸爸，你咋像个孩子呢？尽管你现在还不算老。"

我相信,再过几年,锐锐上了大学,或者大学毕业,参加工作了,自己也成家,做了父亲之后,读到这首诗,他会理解甚至心疼我……那么一下的。

在可可到来之前之后,心情激动,也沉郁,想得也多,也为可可写了几首所谓的当代诗歌,其中一首如下"关于幸福、美好、仁慈、理想、伟大 / 创造、成就、利人、惠众、爱己与爱人 / ……其实是我说了不算,只是心里有 / 中国的稻米、麦子,和山河 / 有大地一隅之溪水 / 冬树的冷意,春花和秋天的仓皇飞虫 / 当然还有旧了的房子,荒草的坟茔 / 一个个的人和他们的子孙 / 那地方叫南沟,还叫安子沟 / 我的生身之地,由我向上追溯 / 无论是谁:我们都是可怜的人类,风雨饥年 / 战乱,饿死、阵亡者的白骨 / 我们至今承继着 / 他们的血脉和灵魂。如今我只身在外 / 这是我的命运,当然也包括你 / 亲亲宝贝,我们生下你,是要另一个自己 / 多年后,用来代替掉我们 / 在这世上活着 / 我们爱你,还有你的哥哥 / 我只能陪你 / 慢慢长大,自己变老 / 就像我们的列祖列宗 / 当然也包括这世界上所有的人。"

后记
人世磨难与精神履历

他一个人坐在露台上,面前的茶水或青翠,或艳红,还有一包香烟。日光斜照或者直接落在身体上,耳朵里充盈着无边的嘈杂的市集声,眼前却只有一些庭院的绿植。这样的情境,大致持续了五年的时间。这个男人,就是我自己。准确地说,2015 年之前,尽管我也经受过人世诸多的磨难,如前途的迷茫、经济上的困顿、情感上的伤痕、工作和梦想的苦厄等,且很长时间过得浑噩、自诩,甚至不明所以、娇嗔与无所敬畏,现在想来,这可能是我迄今为止最为幸福的时光,更是我人生中极为难得的轻松与快意的无忧时刻。

当这一切于 2015 年戛然而止,接下来的,是形若怒涛的个人困境和精神磨难。后来又罹患抑郁症。最严重的时候,走到大街上,濒死感袭来。幸亏成都医院很多。每次都如丧家之犬跑到急诊室,一番检查,身体没有什么大的问题,可经常觉得严重不适,严重到了数次想要自杀的地步。先后三次住院,得益于朋友的照顾。浑身缠着机器躺在病床上的时候,我的眼泪怎么也止不住。邻床的一位老年病人不断被他的老伴大声呵斥,但态度凶神恶煞的老伴仍旧给他喂饭,擦嘴和手脚,令我羡慕不已。人生至此,病了有人照顾,哪怕被呵斥,也是幸福的。而我,孤身一人在成都,虽说有亲人,可世上血缘之外的亲情,似乎可以算作是乌有的。有儿子,可他还在读书,我不能耽误他。

出院之后,一个人坐在阳光下面,或者在某个茶吧里消磨时光。我想写点东西,但始终无法面对屏幕,一看就晕得天旋地转,世界颠倒。心悸、意识恍惚、无端的疼痛、紧张得心跳超过140次/秒,我只能使劲掐自己的虎口和人中穴,使劲搓手背。那种濒死的恐慌,生无可恋的沮丧和挫败感,使我真正地体验到了"哀莫大于心死"的感觉。斯时,我时常阅读司马迁的《报任安书》,还有《道德经》和抑郁症相关书籍,从中感知古贤者的"心哀"。尽管人类早就告别了"宫刑",但最大的哀伤却不是"耻辱"可以一言蔽之的。

中医理论和认知中,尽管没有抑郁症这一说,但"肝郁"及其成因和影响之说也是极为科学的。《黄帝内经·素问》中"木郁达之,火郁发之,土郁夺之,金郁泄之,水郁折之……"之论似乎更有道理。西医的头痛医头,脚痛医脚,缺乏的正是中医的浑然贯通的整体论。但事实是,我到成都医学院附属医院就诊,吃中药许久,不适还是没有任何改善。直到在华西医院住院半个月,方才有所缓解。这也说明,中医与当代同步的速率和深度,似乎还不够深入。在长期的求医问药过程中,我先后遇到了两个极端:一个西学博士一口否定中医的功效,另一个中医则直接否认抑郁症这个疾病的存在。这两位都令我不满意。在这浩大的天地之间,无论何种事物,是和合,是融会贯通,辩证治疗,而不是独尊一家,或者拒绝与当代接轨。一切疾病起因,都与"情志"有关。情绪,或者说心态之说,最近几年也甚嚣尘上。它对人的生理健康影响,确实是存在的,甚至有着主导的作用。

任何疾病的缓解与痊愈,其实也是"情志"旺健的结果。这几年来,《道德经》于我的抑郁症有着极其重要的心灵意义。通俗来讲,认识世界和事物的方法论问题,以及人对自身的境遇的认识和判断正当与"高超"与否,才是根本所在。天下的一切,都是相对的,也是相互的,时刻循环和变化的,有此才有彼,有一才有二。二去一,还是一,一去一,是无,但无也无所谓无,有也无所谓有,无所谓此,也无所谓彼。"混混沌沌,无始无终"。"道生一,一生二,二生三,三生万物。""天地之间,其犹橐龠乎?虚而不屈,动而俞出。"

换句话说,你所得即所失,所失即所得。"有无之相生也,难易之相成也,长短之相刑也,高下之相盈也,音声之相和也,先后之相随,恒也。"在此之前,我一直觉得,自己的这一生大抵如此了，比上不足比下有余，虽不那么的"显耀"，但也过得如此这般，可以不再过分忧虑基本的生存问题。那时候，我哪里知道人生无常的深切含义，当然也不知道"持而盈之，不如其已；揣而锐之，不可长保。金玉满堂，莫之能守；富贵而骄，自遗其咎。功成身退，天之道也。"通过一番磨难，特别是罹患疾病之后，我豁然开朗，也适才放松下来，不再纠结于往事。往事者，亡也。已经丢失的，说明它们应当丢失；离去的，一定是必然离去的。再锥心痛苦与刻意怀想，徒然自我消耗。

  抑郁症的经历，对于人的心灵和精神，乃至写东西，是有一些补益作用的。在此之前，我写东西，多数是向外的，即写外物外事，他者他状的多，而没有真正地深入自己的内心或者"内宇宙"。抑郁症之间，因为身体原因，我写的极少，并且，对于自己的遭遇，也采取了遮掩的态度。这本书中的绝大多数文章，便是2016年到2020年的某种特殊记录。之所以将在西北从军的内容加入，是想找一个"开端"，类似这样的一种中年纪事的散文集，倘若没有我在西北从军的主要经历，后面的文章似乎没有了来由。如司马迁《报任安书》中所说的："夫人情莫不贪生恶死，念父母，顾妻子，至激于义理者不然，乃有所不得已也。""拳拳之忠，终不能自列……"的话，可能是最痛苦的事情。

  人到中年，是最经不起折腾的，诸般脆弱，万般无奈。一次的风吹草动，涟漪裂纹，似乎都是致命的。我在写这些文章的时候，最深刻的感受便是：人之痛切之情，莫过于身心俱毁，心如死灰；人之深爱，莫过于儿女情长，生养之恩；人之所喜，亦莫过于知遇、宽慰与鼓舞之心有灵犀。说到底，一个普凡之人，在浩大的人世当中，其本质上是可有可无的，但只要还在活着，就必须保持自己的尊严，履行自己的职责和义务。在抑郁症最严重、身心最受折磨的时候，我一直用"你还有母亲，还有儿子"这句话来说服自己，鼓励自己坚强地活下去。那一段暗无天日的时光，占去了我四十岁到五十岁时间的二分之一。

这应当是男人最好的一段生命时间段吧，可我却陷入了疾病与俗世挫败的痛苦中不能自拔。曾有一段时间，有师友说我因为离开原单位而罹患抑郁症。这恰恰是我最不怕的。我怕的是，至亲的背离与恶意，甚至反目。当然，这世界上，除了血缘之间砸不断的亲情之外，其他的似乎都是暂时的。天地在造物的时候，已经设定了人的某些悲剧性的程序。《道德经》说："将欲歙之，必固张之；将欲弱之，必固强之；将欲废之，必固兴之；将欲取之，必固与之。是谓微明，柔弱胜刚强。"万事万物发生大的变化之前，必然会以与之相反的方式出现，尔后再转入完全相反的程序，即所谓的"极则反，盈则亏"是也。

事物无时无刻地运动，此时和彼时，这一秒和下一秒，看起来相似，实际上已经发生了变化。这看起来像是玄学，但也是实在的。这本书中的所有文章，大抵是体现了个人的某些变化的，主要是人生的状态与际遇，还有精神的位移和现实的转换。在没有知觉当中，中年男人的一切都变得面目全非，也处处悬疑。无论是《误药记》《虚妄的行途》,还是《中年的乡愁》《我深爱着的他和你》;无论《沙漠里的细水微光》《边塞军旅和青春的巴丹吉林》,还是《成都笔记》《混沌时刻:抑郁症与日常悬念》等等,其中体现的个人性与时代性,现实性和精神性,我觉得都是深刻的,能够从更深层次上反映中年男人的愁云惨淡,或者时不我待的自我矛盾与冲突,也体现了一个中年男人在日常生活中的恐惧、不安,以及些许的温暖和惊鸿一瞥式的愉悦与渴望。

《我深爱着的他和你》似乎是一个总结和告知。当我再次回到正常的,且有些许庸俗的人间烟火中,温暖、快乐之余,仍旧是很矛盾的、有担忧的。这其中,既有锥心的爱,也有无可奈何的事实陈述。我记得,二儿子芮灼出生后,我们把他的胞衣拿到了老家,埋在了父母亲为我修建的房院里。这是一个讲究。我内心期望的是,无论在何处出生和成长,自己的根必定还在父亲那里。

就像我,四十岁之前,觉得外面哪里都比老家好,也有过终生不回的想法。但现在却觉得,无论身在何处,最终都要回到自己的祖脉之地。尽管每一个人都是不同的,可在很多时候,我们又都是相同的。我深信,每一个人的中年都是充满各种故事与趣味,甚至别异性质的。这一本《中年纪》大抵是一份专属于此一年代的一个中年男人的心灵档案,也是一份迥异于很多人的中年男人精神履历书。

在此,感谢北岳文艺出版社,感谢我的责编向丽女士。同时也祝福每一个人,多一些美好与快乐,互助与慈悲。祝福我们这个世界,人类都健康平安,按照冥冥之中"被预设"的"程序",多彩地生活下去,子子孙孙,万世万代。

杨献平
2021年9月